岩波現代全書
064

男の絆の比較文化史

GendaiZensho
岩波現代全書
064

男の絆の比較文化史

桜と少年

佐伯順子
Junko Saeki

序

〈男の絆〉――それは、日本および様々な地域、時代の表象に連綿と描かれ続けてきた。特に日本の表象の歴史においては、男どうしの親密な関係性は、中世には稚児物語、近世には歌舞伎や武家の世界を題材として文学の一分野を形成するほど発達し、近代以降の表象にもなお、親密な〈男の絆〉のモチーフは継承され、現代の少女漫画においても類似の主題が人気を獲得するに至っている。日本の文化史、心性史上、〈男の絆〉というモチーフは、それなくして歴史を語ることはできないほどに、重要な位置を占めている。

男色や男性同性愛に関する研究は、歴史学、文学、社会学等の方法論を用いて、一定の蓄積がある。[1]しかし、この主題についての文化史、心性史的な観点からの研究、なかんずく、女性表象も含めた通史的考察は十分でなく、特定の時代や地域に焦点をあてた先行研究が多い。本書は、日本中世の稚児物語から現代の少女漫画に至る〈男の絆〉の表象の歴史を、海外文化の影響も視野に入れ、時代・地域を通じた縦、横の比較軸を含めて論じ、〈男の絆〉の表象と実践が提示する汎文化的、歴史的な問題点を明らかにしたい。

〈男の絆〉の問題はジェンダー論や男性学の課題として近年は学術的に認知されるようになったが、実はすぐれて〝女性問題〟でもある。なぜなら本書で明らかにするとおり、〈男の絆〉が多くの場合、ジェンダーとしての〈女性性〉を帯びる人物の存在を必要不可欠とし、かつ顕在的、潜在的な女性排除、女性嫌悪を伴っているからである。E・K・セジウィックが提示した「ホモ・ソーシャル」(homosocial)、「ホモ・セクシュアル」(homosexual)の概念(Sedgwick 1985)の弁別は、日本の学術界にも少なからぬ影響を与えたが、日本の〈男の絆〉の表象は、精神／肉体の二分法を前提として分析すべきではないことを、本書で明らかにする。

一方、男どうしの心的あるいは身体的関係性を表現する用語として、〈男の絆〉(male bonding)という概念は有効であるため、本書では、歴史上「男色」「同性愛」「友情」といった多様な表現によって認識されてきた男(セックスとしての)どうしの親密な関係性を包括的に表現する概念として、〈男の絆〉という用語を用いる[2]。エロス的関係がなくとも、潜在的に肉体的欲望が存在する〈男の絆〉の事例は存在し、逆の場合もある。つまり、当事者にとって男どうしの〈親密性[3]〉(intimacy)は、「友情」として自覚されたり、「男色」または「同性愛」として認識されたりという多様性があるのだが、これらの関係性を広く〈男の絆〉という概念でとらえかえし、その上で細部の多様性、歴史的な変化を検証することで、中世から近世、近代へと続く〈男の絆〉の特質と、時代による連続性／不連続性を同時に明らかにすることができる。

〈男の絆〉は桜花の象徴と結びつくことで、〝日本的美意識〟と言いたくなるものを形成しているが、〈男の絆〉の美化は日本固有の文化、社会現象とはいえず、地域と時代を通じて観察可能な〈男性性〉の発露ともなっていることを、本書で明らかにする。だが同時に、歌舞伎や「武士道」と結びつくことで、日本の心性史に固有とみなされる価値観を形成してきたことも一面の事実であり、「日本文化」というアイデンティティが〈男の絆〉と不即不離に結合してきたことも解き明かしてゆきたい。

本書は、〈男の絆〉を通じてみる日本文化史、心性史であり、また、比較文化的方法による汎文化的な女性／男性史の一部ともなり、過去、現在、未来の「人」の生き様と、社会、文化を解く手がかりでもありたいと願う。

凡　例

- 引用文中の傍線は、特にことわりのない限り、引用者による強調である。また、「…」は中略を表し、「……」は原文のままとした。
- 引用文中の「――」は、ことわりのない限り、原文のままとした。
- 作品からの引用は、ことわりのない限り、巻末に掲げた一次文献による。引用末尾には、適宜頁数を算用数字で、巻数をローマ数字で、（　）内に記した。
- 原則として、一次、二次文献含め、文献名および引用文の旧字体は新字体に改め、振り仮名は適宜整理した。
- 漫画作品からの引用（吹き出しの台詞、擬声語、擬態語）は、わかち書きを適宜整理し、振り仮名を適宜省略した。
- 同じ苗字の著者による文献出典は、石田瑞麿＝石田瑞、石田美紀＝石田美、のように表記した。
- 欧文文献および映画の台詞の邦訳はことわりのない限り拙訳である。

目次

第一章

稚児物語と〈男の絆〉

桜と無常の美

▲梅若を眺める桂海
（『秋夜長物語』絵巻より）
◀善妙の入水
（『華厳宗祖師絵伝』より）

美少年と桜

美少年は、つねに桜とともにいる。これは、中世の稚児物語から近世の浮世草子、さらには、近現代文学の幸田露伴や福永武彦に至るまで、驚くほど長く継承されているイマジネーションだ。まずは室町時代、僧坊を舞台に稚児物語と呼ばれる一連の物語が描かれた。それは美しい稚児に年上の僧侶が恋をするという類似した筋書きをもっている。なかでもその代表作とされる『秋夜長物語(あきのよのながものがたり)』(永和三〈一三七七〉年以前)は、比叡山の学僧・桂海と三井寺の稚児・梅若の恋を哀しくも美しく描き出す。(1)

桂海は「文武の達人」と評される比叡山の律師。夢に「花の落ち、葉の散るを見て(2)」以来、出家でありながらも名誉や利欲に走り、真の悟りを求めていないのではという反省がわきおこり、比叡山を離れて一人、仏道修行に専念したいとの思いを抱いていた。

そんなおり、石山寺に詣でた桂海が三井寺の前を過ぎようとすると、はらはらと春雨が降りかかってきた。雨宿りのため金堂の方へと足を運ぶと、聖護院の庭に「老木の花の色ことなる梢、垣に余りて雲を凝せり」と、見事な桜の花が目に入った。思わず花にさそわれて立ち寄ってみると、そこには、桜かと見まごう美しい稚児の姿があった。

齢二八計の児の、…腰囲ほそやかにけまはし深くみやびかなるが、…雪重げに咲きたる下枝の花を一態(ひとふさ)手に折りて、

降る雨に濡るとも折らん山桜雲のかへしの風もこそ吹け

とうちすさみて花の雫に濡れたる体、是も花かと迷われて、誘ふ風もやあらんとしづ心なければ…　（463）

降りかかる春雨に濡れながら、桜の花のもとにたたずむ美少年。それはまるで、春雨に濡れる桜の花のようにしおらしく、桂海の心をとらえてしまう。こんなに美しい少年なら、きっと誰かからお誘いがあるに違いないと、心が騒ぐ桂海。

実は、桂海はこの少年にすでに夢のなかで出会っていた。かねてから、山奥に庵を結んで修行に専念したいと思っていた桂海だったが、決心をつけかねており、祈願のために石山寺にこもって七日の間、五体投地を行っていたところ、満願の夜、夢の中に美しい少年が姿を現したのだ。

容色華麗なる児の、いふ計なくあてやかなるが立ち出でて、散りまがひたる花の木陰に立ちやすらいたれば、青葉勝(がち)に縫(ぬひ)したる水干の、遠山桜に花二度咲きたるかと疑はれて、雪の如くふりかゝりゝ、…さて見へずなりぬと見ゑて、夢はすなはち覚めにけり。　（461-62）

やはり、桜の木陰に姿を現していた絶世の美少年。どこからともなく現れ、雪のように降りかかる花びらを袖に包んで、またどこへともなく去るその姿は、まるで一幅の絵のよう。これぞ所願成就の印、と喜んだ桂海だが、少年のあまりの美しさに、「猶山深く住まばやと思ひし心はうち失せて、夢に見えつる児の面影、時の程も身を離れず」と、修行はそっちのけで、少年の姿が頭を離れなくなってしまう。これではいけない、と再び石山の観音のもとへ詣でた矢先、夢に見たままの少年に現実で出会ったのであった。

桜のもとの出会い

桜のもとで出会う、美少年と年上の僧。この出会いは、稚児物語に定型的に見られるものである。『鳥部山物語』でも、武蔵国の民部卿が京の都に上って北山の桜見物に出かけ、やはり類まれな美少年、藤の弁に出会う。

年のほどまだ二八にもたり給はぬほどなるが、色々に染めわけたる衣、いとなよやかにきなして、…この世の人ともおもはれず、あてやかなるさまはかりなし。（141-42）

まだ十六歳にもならぬかと見える少年が、色鮮やかな衣を優美に着こなして、おもむろに車から降り立つ。その後姿は、まるでこの世の人とは思えない美しさで、民部卿を圧倒する。「今は心もみだれ髪の、いふにもあまる恋草は」(142)と、同行の人々が見咎めるほど恋にとらわれてしまった民部卿は、少年の姿を求めてあちらこちらを尋ねあるく。その熱意が通じたのか、ある公卿の邸らしき門のそばで、ついに本人の姿を目にする。

かたちいとたぐひなき児の、…散りすぎたる花の梢をつく〴〵とながめて、

移ろひてあらぬ色香に衰へぬ　花も盛りはみじかゝりけり

と口ずさみながら、そばなるこうらんにそとよりかゝりて、つらづゐつき給へるさま、…北山の花のえにし露まがふべくもあらず。（142）

散り過ぎた桜の梢をしみじみ眺め、「花の盛りは短いものだなあ」とつぶやきつつ物思わしげに頬杖をつく少年。ぞっとするほど美しいその姿は、まさに尋ねあぐねたその人。最初の出会いが花

見であれば、再会の場でもまた、桜の花が情趣を添える。満開ではなく散った後の桜が、かえって少年のたたずまいに余韻を添える。

『松帆浦物語』における恋人たちの出会いも、やはり花見である。「数しらぬ花ども枝もたわむまで開きつゝ」と、今を盛りと咲き誇る桜の花のもとで、「花よりもこの君に目とゞめたる人あまたあり」と、花をしのぐ美しさで人目を惹きつけていたのが、藤侍従という十四歳の元服まもない少年。「三十ばかり」の法師・宰相の君も心を奪われ、藤侍従の美しさに見とれて後を追いかける。そして、「命もたふまじきほど」に恋こがれるのである。

『嵯峨物語』でも、稚児はやはり桜花のもとに姿を現す。


艶にやさしき児の、秋山の紅葉まだ若葉がちなる縫い物したる装束なるが、…花を折らんとて、いつくしき手して、前なる枝をたはめ給ひけるに、降るとも知らぬ花の雪の御顔に散りかゝりければ…（385）

春の暮れ、嵯峨野の奥に閑居していた一条郎が目にしたのは、桜の花を手折ろうとする松寿君という少年。「みどりの髪、雪の肌、御眼のうるはしさ、御ことばのいさぎよさ、まことに此世の人ともおぼへず」と、やはりこの世の人とは思えないほどの美少年で、学才もあり、将来を期待されていた中納言康直の御曹司。一条郎は、「松寿のことのみ心にかゝりて、…いぬれば夢、さむればうつゝ、雨となり雲となる、あさなゆふなの物思ひなりければ」（387）と、一日中松寿のことばかり考え、何度も手紙を送る。

『幻夢物語』では、大原の奥に住む沙門・幻夢が、雪をしのぐため立ち寄った先で、「年のほど十四五ばかりなる児」と出会う。受戒のため下野国から京に上ってきた花松というこの少年は、「世にすぐれ尋常にて…娟たる装ひ華やかにぞ見えし」と、やはり際立った美少年。「時うつりけれども雪なをやまず」と、二人の出会いは降りしきる雪景色を背景としており、「雪ぞ咲冬ながら山の花ざかり」と、少年は雪を桜花にたとえ、幻夢が「ふるえを隠す霜の桜木」とつけて、二人の縁は結ばれる。少年の名前にも「花」が入っており、〝桜の縁〟が少年と法師を結びつける。

桜の花びらと雪。空から降り注ぐ、白くはかなく、小さなもの。少年美を際立たせるこの演出が、驚くべきことに、二十世紀の少女漫画というメディアにまで受け継がれていることを、後に語ることになろう。

桜の象徴性――無常と聖性

少女漫画と稚児物語の共通性は第九章にゆずり、ここではまず、中世の稚児物語における稚児と桜との関係をときあかそう。なぜ稚児は、つねに桜とともにいるのか。その理由はまず、彼らのたどる運命にある。

> 夫、春の花の樹頭にのぼるは、上求菩提の機をすゝめ、秋の月の水底にくだるは、下化の衆生の相をあらはす。(460)

『秋夜長物語』は、春の花は菩提を求める機縁となると説き起こす。桂海が「花の落ち、葉の散る」のを夢に見て悟りへの希求を促されたように、咲いた花が散るさまは、命のはかなさ、この世の無常を痛感させ、「出離生死(しゅつりしょうじ)」(悟りを開いて生死の苦のある現世を離脱すること)への思いをかきたてる。桜花の短い命を代弁するかのように、物語のなかの稚児は薄命である。「この類いの物語の典型」(阿部 1998: 212)とされる『秋夜長物語』の主人公・梅若の運命をたどろう。

比叡山の桂海が一目ぼれした梅若は、天狗にさらわれて一時、行方不明になってしまう。梅若失踪の原因は比叡山(山門)の桂海ではないかという三井寺(寺門)側の誤解が生じ、山門と寺門の間に一大紛争が勃発。梅若の実家は焼き払われ、三井寺も山門の襲撃をうけて灰燼に帰した。天狗のもとから逃げてきた梅若は、実家や三井寺の惨状を目にし、責任を感じて瀬田の唐橋から入水する。あたら少年の命を散らした梅若。その亡骸(なきがら)をかき抱き、桂海は涙にくれる。

梅若の死は、物語に悲劇的効果をもたらすが、それ以上に、恋人の発心を促す意味をもっていた。かねてから深い仏道修行を願っていた桂海は、梅若の死にあってついに比叡山を離れ、西山に庵を結んで梅若の菩提を弔い、「道学兼備」の「瞻西上人」として尊敬を集めるにいたる。現実にも、法然、親鸞ら、官僧であった僧侶がさらに遁世する「二重出家者」が存在し、「男犯、女犯をはじめとする破戒がごくあたりまえに行われていた現実」への批判が「二重出家」の原因であったとされる(松尾 2008: 104)。現実の「二重出家」の動機づけの一部に男色があったことは、要因としては物語との共通性をみせているが、稚児物語の場合、現実とは逆に、「男犯」への批判ではなく少年への恋慕自体が遁世の動機となっている。

桂海にとっての梅若は、単なる恋の相手ではなく、桂海を高次の宗教的境地に至らしめる導き手となった。それもそのはず、実は梅若は人間ではなく、桂海の発心を促すためにこの世に姿を現した石山観音の化身であったと、最後に明かされる。夭折により身をもって命のはかなさ、この世の無常を示し、恋の相手を悟りに導く梅若、実は観音の化身——稚児が〈聖なるもの〉として描かれるのは、悟りの契機としての役割によるものであり、この聖性こそが、桜と少年を結ぶ縁となる。

『秋夜長物語』の書き出しどおり、桜の盛りの短さは世の無常を人に知らしめ、稚児の短命と重なって、見る人を悟りに導く〈聖なるもの〉ととらえられる。稚児物語は「稚児に対する強い崇拝心」(濱中 1996: 15)を特徴とし、「中世の庶民信仰に於いて、非力にして苦難する童子を神として考える理解があった」(同前 17)と指摘されるが、その稚児の聖性は、桜の表象に重なることで増幅されるといえる。

〝薄命の美少年〟が年上の男性を高い宗教的境地に導く……この発想も、実に六百年もの時をこえて二十世紀の少女漫画にまで受け継がれてゆくのだが、今は結論を急がず、桜と稚児の聖性について考察を進めよう。

桜花の土着的聖性

桜が〈聖なるもの〉として稚児の表象と一体化するのは、仏教的な無常観によるのみならず、桜そのものへの土着的な信仰とも関わっている。稚児物語で描かれる桜は、近代以降に普及したソメイヨシノではなく山桜であるが、ハナは「実りの先触れ・前兆」であり、なかでもサクラの「サ」は田の神、穀霊、「クラ」は神座の意味、すなわちサクラは「田の神の依代」であるという(桜井 1974:

73–74)。花見といえばまず桜の花見が連想されるのは、桜花が宗教性を含む〈聖なる花〉であったためであり、農耕儀礼における桜の聖性を背景に、古代の宮中でも「花宴」といえば「桜花宴」が中心であった(同前)。

『秋夜長物語』の桂海も、稚児その人ではなく、まずは花に惹かれて歩みを進めた結果、少年のもとに導かれた。そこには、少年以前に、花自体がもつ〝聖なる力〟があり、少年美の神聖さも、花とともにあってこそ保証されるといえよう。花は神の「よりしろ」「聖なるもののシンボル」ともみなされる(守屋 1991: 16)。薄命、すなわち散りやすさによって世の無常を悟らせる〈聖なる少年〉は、観音の化身であると同時に、〝花の化身〟としての土着的な神とみなすこともできる。〈聖なる花〉と〈聖なる少年〉とは不可分に結びついている。

稚児として顕現する観音は、「仏教の大系上の菩薩としてと言うより、仙人のような訳のわからぬ不思議な存在」「仏教と他のあらゆる神々を結びつけ、あらたな〈聖なるもの〉を誕生させる…概念」(阿部 1998: 217)とも指摘されるように、稚児は仏教という枠組みをこえ、豊穣への祈り、自然神への崇拝といった宗教的感性を象徴する存在ともいえよう。つまり、稚児物語における桜と少年の一体化は、土着的な信仰世界における豊穣の花としての桜の聖性の上に、仏教的な無常観がいわば〝接木〟された結果と思われる。

寺院社会の男色風俗は、院政期ごろに貴族社会へ、鎌倉末期ごろには武家社会へと浸透し、稚児たちが「花」として賞翫されるとともに、立花も初期には稚児によって担われたという(松岡 1991: 117)[3]。「花」は世阿弥の芸道論における鍵概念でもあり、花と稚児には、宗教的、芸道的、象徴的な、多重な次元での結びつきが存在したといえる。

無常と耽美的要素

稚児と桜花の薄命は、稚児の美のはかなさとも重なりあっている。稚児が稚児として美貌を認められる期間は十代のわずか四、五年の間であり（松岡 1991: 136）、この美意識は後の章で述べるように、近世、近代の少年観へも長く継承されてゆく。稚児男色においては、少年美は紅粉や黛で彩られるが、少年が成長して身体的〈男性性〉が備わってくると、優雅な美貌は望みにくくなる。『鳥部山物語』の藤の弁が、散り過ぎた桜の花を眺めて、「花も盛りはみじかゝりけり」と嘆息しているのは、自らの美のはかなさも連想するゆえであろう。

稚児の〝稚児としての寿命〟は、たった数年。だからこそ稚児の美には、「男は男に成るまでの間に、この世のものとも思われぬ玄妙幽艶な一時期がある」（白洲 1997: 18）と、女性／男性という現世の性の二分法とは異質な、超人間的価値をみいだされる。

「とにかくに常ならぬ物は此世なりけり」（『鳥部山物語』）、「生あるものは必ず滅し、盛なるものは必おとろふる習なり」（『幻夢物語』）と、『秋夜長物語』以外の稚児物語も、まずは世の無常から書き起こされる。稚児の美貌の〝散りやすさ〟は、人間の生全体のはかなさの象徴として機能しているのである。

少年美と命のはかなさは、稚児物語の筆致に濃厚な耽美的気配を漂わせる。

涙と共にむすぼゝれし心の下ひも打解けて、こやの枕、川嶋の流も浅からぬ、…篠の小竹の一臥に、明けぬと告ぐる鳥の音も恨めしく、…明方の月、窓の西よりくまなく指し入りたれば、寝乱れ髪のはら〳〵と懸りたるはづれより、…ほのかなるかほばせの思は色深く見ゑたる様、別れて後の面影も、又逢ふまでを待つ程の命あるべしとも覚えず。（『秋夜長物語』469）

桂海が初めて梅若と一夜をともにした後朝の描写は、七五調の流麗な文体によって耽美的情緒をかもし出す。明け方のほのかな月の光に照らされた神秘的な稚児の美貌は、この子の命はいつまでか、との胸さわぎを抱かせる。

『鳥部山物語』でも、

わざとならぬ匂ひしめやかに打ちかをりて、いける仏の御国ともいはまほしきに、妻戸の少し開きたるより見入りたれば花紅葉散りみだれる屛風ひきまはし、幽なる燈のもとに数々の草紙広げて、心静かにうちかたぶき給へるに、こぼれかゝりたる鬢のはつれより、にほやかにほのかなる顔ばせ、露を含める花の曙、風に従へる柳の夕景色…（145）

と、心地よい薫りのなか、花、紅葉で彩られた屛風を背景に、少年の美しい横顔が浮かび上がる。美貌の稚児はこの世ならぬ夢の境地に、恋の相手を、そして稚児物語の読者を誘うのである。

「秋の哀れおぼしめし給ふにや、白き色紙に荻すゝき乱れあひたる絵を、似なくかゝせおはしまし給ふ」（同前）と、僧侶の〝憧れの美少年〟である稚児は、芸術的才能、美的感受性にすぐれ、〝才色兼備〟の〝完璧なる少年〟として徹底的に美化される。稚児物語の稚児たちは、どこかに欠点や隙がある生身の人間ではなく、人間離れした一種のイコンと化している。

稚児も花も、外見の美しさが価値の大きな源泉であり、その意味では容姿偏重の恋慕であるが、稚児物語は内面も外見も非のうちどころがない存在として稚児を描くことにより、美少年を崇拝に値するイコンとして高めるのである。

なぜ美貌か――宗教的文脈と両性具有の聖性

稚児＝〈聖なるもの〉という認識は稚児物語のみならず、『稚児観音縁起』(十四世紀前半)等の稚児の観音化身譚にも見られる、中世において強固な発想であり(松岡 1991: 138)、稚児を王になぞらえて礼拝する中世天台寺院の宗教儀礼・稚児灌頂(かんじょう)とも結びついていた(阿部 1998: 207)。つまり、稚児物語における稚児の聖化は、あながち物語上の非現実的表象ではなく、現実の宗教儀礼ともあいまった、〈少年神崇拝〉ともいうべき中世の心性史の産物であり、当時の仏教的文脈によれば、容貌の美は前世の功徳の証左とみなされたともいう(平松 2007: 98–99)。これらの議論も参照すれば、僧侶が稚児の美に惹かれるのは、現世的恋の願望というよりも、美の背後にある聖性や功徳を獲得せんとする営みという解釈が成り立つ。稚児への恋慕に宗教的正当性を付与することで、稚児物語における男色的欲望自体も、宗教的、美的価値を与えられている。

稚児の美が女性美の形容で語られることにも留意すべきである。

嬋娟たる秋の蟬の初元結、宛転たる蛾眉の黛の匂、花にもねたまれ、月にもそねまれぬべき百のかほばせ、ちぢの媚、絵にかくとも筆も及び難く、語るに云ふともことの葉なかるべし。
(『秋夜長物語』 469)

梅若の容姿は、「嬋娟たる両鬢は秋の蟬の羽、宛転たる双蛾は遠山の色」(『和漢朗詠集』)という女性美の常套句をふまえて表現され、実際、稚児の図像は女性の容姿と極めて類似している。稚児の装いは優美な水干長髪を特徴としており、剃髪し地味な墨染の衣を身に着けた僧侶の外見とは対照的である。美少年の視覚表象が女性像との類似性をみせるのは、稚児特有のものではなく、日本の絵画表現においては、近世、近代においても美女と美男子の身体的差異は顕著ではない（佐伯順2008）。視覚表象においても言語表現においても、稚児の容姿が〈女性性〉を帯びているのは、近世の男色における若衆（年下の少年）と念者（年長者）との髪型、着物の対比（第四章参照）にも通じるものであり、年上の僧侶＝〈男性性〉／年下の稚児＝〈女性性〉という表象的なジェンダーの対比を際立たせる。

特に『秋夜長物語』絵巻では、入水自殺した梅若の黒髪が水に漂うありさまが、妖しくも美しく描かれており（第三章扉）、日本の道成寺伝承に登場する宮子姫や、その母とされる海女が黒髪をなびかせて海にもぐる姿の視覚表象（第三章扉）、つまり女性の髪の表象との類似性をみせる。長い髪は、日本民俗学においては女性の「霊力」の象徴との解釈があり（宮田1983）、『徒然草』の一節にみるように、女性の魅惑の象徴ともみなされる。稚児の長髪も、年上の男性を魅了し欲望を喚起するセクシュアリティの象徴であるとともに、〈聖なるもの〉としての「霊力」の源と解釈することもできよう。

黒髪と金髪という違いはあれ、ヨーロッパの世紀末絵画が好んでモチーフにした〝宿命の女〟のエロス的魅惑も、水に漂う長い髪で表現される（尹1994）。梅若の長髪の視覚表象は、同じく水死したオフィーリアの髪の図像（ジョン・エヴァレット・ミレー『オフィーリア』一八五二年）のように、死してもなお、桂海の腕のなかで生き物のような強い存在感を放っている。

ただ、多分に女性表象との類似性をみせているとはいえ、稚児の身体的な性（セックス）はあくまでも男なのであり、ゆえにこそ、女性とも男性ともつかぬ「両性具有の美」（白洲 1997）が発散される。この美は成人前の限られた数年であるゆえに「時分の花」であり、そのために散る花とも重ねられていた。醍醐寺『稚児之草子』や『天狗草紙絵巻』『芦引絵巻』『稚児観音縁起絵巻』といった絵巻物も色彩豊かに稚児と桜をともに描く。[4] 桜の美の刹那性と少年美のはかなさは相乗効果をあげ、双方の美を言説上も視覚表現においても引立てあう。

稚児の性的受動性とジェンダーの〈女性性〉

だが、こうして宗教的、美的価値の体現者としてのみ稚児という存在を理解し、その耽美的言語表現や視覚的描写に酔うだけでは、分析として不十分である。稚児物語の描く少年像には、深刻な権力とジェンダーの上下関係が同時に含まれているからである。

稚児物語における少年と年上の僧侶との関係性は、少年が感情的にも性的にも受身の立場として描かれており、年上から年下という恋慕の方向性が、いわば固定的な関係の定型となっている。『秋夜長物語』では、桂海が梅若に仕える童から梅若の身元を聞きだし、さらに、聖護院の御坊近くに住む知人の家に、詩歌の会や酒宴にことよせてしばしば泊まり、梅若づきの童に贈り物をするなどして懇意になり、和歌を贈ってやっと思いを遂げる。恋の成就にむけての桂海の能動性はかくも目覚ましいものであり、梅若の受動性との著しい対比をなしている。

『松帆浦物語』でも、藤侍従を見初めた宰相の君が、「花のひもとくる気色は見えずとも　一夜は許せ木の本の山」と歌を贈る。「木のもとを尋ねとふとも数ならぬ　垣根の花に心とめじな」と、藤侍従はやんわりと拒絶するが、「夜な〳〵門にたゝずみ愁苦辛吟」する宰相の君の姿を見てついに心を許す。「たゞ顔うちあかめて、とかくの事ものたまはねば」と、求愛をうけて恥じらい躊躇する『鳥部山物語』の藤の弁のそぶりも、ステレオタイプな〈女性性〉を帯びている。『嵯峨物語』でも、松寿に心を奪われた一条が何度も松寿に文を送るが、松寿は「一たびの御いらへもおはしまさず」と、すぐには応じていない。稚児が僧侶の求愛を恥じらいつつ受け入れるという展開は、稚児物語の男色関係の定型といえるものであり、能動的に求愛するのは常に年長男性の側である。この定型は、女性のもとを訪れる男とそれを待つ女の姿に重ねられ、招婿婚の形式にてらしても、稚児は女性の立場に近い。

探偵まがいの身辺調査を繰り広げ、相手に積極的に近づく年長男性の行動半径の広さに対し、「深き窓に向かひては、詩を作り歌を詠みて、日を暮らし夜を明かされ給ひ候ぞや」(『秋夜長物語』の梅若)と、滅多に外に姿を見せずに日常生活を送る少年は、性格も内向的であり、身分が高い貴公子という点でも〝深窓の令嬢〟、いや〝深窓の美少年〟という性格づけがなされている。「あけくれはたゞ深き窓のうちにて、和歌の浦なみに心を寄せ、手ならひなどのみことゝし給ふぞや」と、才色兼備の誉れ高い『鳥部山物語』の藤の弁もやはり「深窓」のうちに育てられており、やんごとなく控えめな貴公子たちが、自ら行動をおこして僧侶に求愛することはまずない。

僧侶が稚児の美を〝見初める〟ことで恋が始まり、稚児はそれを受け入れる。恋を告白するのも、僧侶から稚児へという一方向性。性的に受身であること、美貌を観賞されること――恋における関係性において、稚児は一貫してステレオタイプな〈女性性〉を付与されており、セックスは男性であるがジェンダーは女性である。僧侶＝〈男性性〉、稚児＝〈女性性〉という固定的なジェンダー配置は、和歌の贈答等による初期の接触から、恋が成就した後の肉体関係においても基本的に変わらない。この固定的関係性は、二十世紀日本の漫画表現のBL（ボーイズ・ラブ）における「攻め」と「受け」の対比（第九章参照）とも類似しており、稚児物語が描く男色は、男どうしのエロス的関係性の現代にも通じる定型的表象の源とも位置付けることができよう。

自己犠牲と受難

稚児のジェンダーの〈女性性〉は、稚児の社会的立場の脆弱性および、身体的な傷つきやすさとも連動している。『秋夜長物語』の梅若は天狗にさらわれるが、天狗による少年の誘拐は、少年が現実において、人買いにさらわれたり山伏に連れ去られたりすることの比喩であると解釈される（細川 1993）。また、僧が美貌の少年を買い、稚児とすることもあった（平松 2007）。つまり稚児の身体は、未成年ゆえの社会的、肉体的脆弱性によって略奪の危機にさらされ、容姿によって売買される性の商品化の対象となっていたのである。であれば、表象された稚児の姿が才色兼備の〈聖なるもの〉として高められるのは、現実の負の部分の巧みな隠蔽ともいえる。

熊野の僧兵が伊勢志摩で美少年を強奪した事例（阿部 1998: 218）もあり、中世の物語、説話に登場する少年の特徴のひとつが「その非力ぶりにあることは明らか」（濱中 1996: 15）とも指摘されるとおり、耽美的に表象される物語上の稚児の背後には、現実上の稚児の社会的抑圧や、年長者による少年支配といった負の現実が横たわっていた。謡曲『花月』[5]のように、舞台上で華やかな芸能を繰り広げる美少年像の内実にも、「権力者である僧侶による少年の、内的自己を含む人格的支配・隷属関係、主従関係」（細川 1993: 73-74）があり、稚児は僧侶の「性奴隷」（山崎 1971: 122）とも指摘されるとおり、ジェンダーとしての〈女性性〉を身に帯びた稚児は、誘拐事件の被害者、性の商品化の対象という社会的、性的弱者性を有していたことを忘れてはならない。

稚児のジェンダーの〈女性性〉は、自己犠牲のモチーフによっても示される。『秋夜長物語』の梅若は、入水自殺により桂海を悟りに導き、自らの命を犠牲にして年長男性を高次の宗教的境地に導く。〝恋人を自殺によって守り／救う女性〟というヒロイン表象は、『日本書紀』で日本武尊（やまとたけるのみこと）の海難を入水によって救った弟橘媛（おとたちばなひめ）、僧・義湘の航海を守る善妙（ぜんみょう）[6]（第一章扉）、ワーグナーのオペラ『さまよえるオランダ人』（一八四三年初演）のゼンタ等、時代を問わず、アジアの伝承や西洋の舞台芸術に存在する。しかもこの物語的モチーフは、入水や投身という手段さえも共有して、二〇世紀の少女漫画『トーマの心臓』の少年トーマの自殺や、そのヒントとなったフランス映画『寄宿舎――悲しみの天使』（第九章参照）にまで驚くほど息長くみいだすことができる。

〝自己犠牲によって男性を救済する存在〟という意味でも、少年のジェンダーは説話や物語のヒロインたちの表象と見事なほど類似している。受難や犠牲を通じてこそ、稚児は〈聖なるもの〉として顕現するとの指摘（阿部 1998: 218）もあるとおり、自己犠牲をアイデンティティとすることで〝男性に奉仕する〟女性と少年、双方に期待される共通のジェンダー役割が浮かび上がってくる。

視線と権力——「視る快楽」と呪術

視線の方向性も、稚児物語における稚児のジェンダーの〈女性性〉を明らかにする。稚児物語の定型として、稚児が僧侶に見初められて関係が成立することはすでに述べた。稚児の美貌を僧侶がのぞき見る構図（第一章扉）により、『秋夜長物語』絵巻は、〝視る男／視られる少年〟という関係を視覚的に明示している。

稚児の美貌は一見、僧侶に対する稚児の価値的優位性を示すかのようだが、実は、「美しい」という価値判断をする主体は〝視る男〟である僧侶の側にあり、稚児は〝視られる客体〟として、受動的立場にある。この構図には、男女のジェンダー配置において論じられてきた、視線と権力の問題が共有されている。

> 性的な不均衡に秩序立てられた世界においては、視るという行為の快楽は能動的＝男性、受動的＝女性と分割されている。…異性愛における能動／受動という分割もまた同様に、物語構造を管理する。…映画の幻想を支配し、そして更におし進めるという意味で、男性が権力の表象として現れる。（Mulvey 1990: 33）

フェミニズム映画批評において問題化される、能動的＝男性、受動的＝女性という二項対立に由来する権力の上下関係は、そっくりそのまま日本中世の稚児物語の視線とジェンダーの構図にもあてはまる。男性の「視る快楽」（visual pleasure）に奉仕する女性は、年上の僧侶にやはり「視る快楽」を与える稚児と同じ立場にある。稚児は主体的に快楽を味わう権利を保証されておらず、逆に成人男性に一方的に視られる対象となることで、性的にも受身の客体として扱われる。〈視る／視られる〉〈主体／客体〉の明確な分離、二項対立は、性的な強弱の権力関係と連動してしまうがゆえに問題化せざるをえない。受動の側は性的弱者として、暴力や性的ハラスメントの被害者になりがちであり、人権を侵害され、支配、抑圧される危機にさらされる。稚児物語は「少年の肉体の陵辱でしかない僧侶の欲望の正当化」にすぎず、「テクストの向こう側に、いかに多くの稚児たちが僧侶にその肉体を陵辱され、最後は弊履のごとくに使い捨てにされてしまったか」（神田龍 2003: 158）という指摘はその意味で、稚児のジェンダーの悲惨な実質をついている。

『あしびき』のように関係の対等性、永続性を描く稚児物語も存在するが、それは例外的事例であり（富田 2005）、美的価値や耽美的文体のみならず、稚児の立場の脆弱性や僧侶との権力的上下関係、さらには少年と女性のジェンダーとの共通性に注目することで、浮世草子から少女漫画にいたるまで、後世の表象群にも根強く継承される少年表象の抑圧的側面を読み解くことが可能になる。

いや、稚児は〈聖なるもの〉として崇められているではないか、だから実質的立場は僧侶よりも上ではないのか、という反論があるかもしれない。だが、崇拝と差別が表裏一体であることも、女性表象が抱える問題点と全く同質なのである。

「君は日本の中世で、欧羅巴の中世の聖母崇拝に相当するものを知っていますか…稚児崇拝だよ。…」（三島由紀夫『禁色』91）

三島由紀夫が『禁色』（第一部・昭和二十六〈一九五一〉年、第二部・昭和二十七―二十八〈一九五二―五三〉年）において、「聖母崇拝」と「稚児崇拝」を同一視したのはまさに卓見であった。聖母マリアは聖処女として崇められてはいるが、実はセクシュアリティを剝奪された父権的な性道徳による女性の性への抑圧という側面が内包されており(Daly 1975、岡野 1998)、ある対象を神聖視することは一見、対象を尊重しているようでいて、実は〝視る側〟の価値観の投影にすぎない。当事者である少年や女性の立場からみれば、生身の人間としての主体性や欲望、ひいては〝人権〟を奪われることと紙一重なのだ。「聖母崇拝」と「稚児崇拝」の同一視の理論的根拠は明示されておらず、あくまでも作中の作家・檜俊輔の感性的判断として口にされ、作者・三島自身もその根拠を明確に自覚していなかったかもしれない。だが、稚児と女性のジェンダーを詳細に比較すれば、〝崇拝されつつも性的主体性を奪われた客体〟として、両者の本質は確かに等しい[7]。

この見解が、檜という年長男性の価値認識から、年下の美青年・南悠一に投げかけられた台詞の一部であることも重要である。ここでは、年長男性の価値観が、年少男子に対して教えこまれ、刷りこまれようとしている。美貌の男子は、年上の男性にその価値を認められることで、年長者の世界観、価値体系のなかに取り込まれる。

『禁色』の檜が醍醐寺『稚児乃草子』をはじめ、日本の歴史上の男色について並々ならぬ関心を示していることから(252)、三島文学への中世・近世の男色文学からの影響は明白であるが、実際、檜が悠一の美を見出す最初の出会いの場面は、僧侶が稚児を視る場面と同じ一方向的視線の構図を示している。『禁色』については第三章で詳しく分析するが、ここで指摘しておきたいのは、こうした視線のアンバランスが、稚児が象徴する「花」という存在とも関連することである。

花見の起源において「見ル」と「守(モ)ル」(見守る)の語は同根であり、対象を見ることは、すなわち対象を治め、占有することと同義であり、『万葉集』や『日本書紀』が伝える天皇の「国見」は、天皇が「見る」主体となることで、見られる土地を支配する権力を掌握することを意味すると論じられる（桜井 1974）。桜が稚児の聖性をシンボリックに示すことと、花見の対象となることで視る側の支配下に治められる権力の構図は見事に呼応している。桜と同一視される稚児は、花見の主体である権力者に支配されるごとく、年上の男に視られることで、その性的支配下に入る立場を受け入れる。

ひとくちに稚児といっても、容色や芸によって人身売買の対象となる場合や、貴族の子弟が教養を身につけるべく寺に預けられる場合など、稚児の社会的身分にも格差と多様性が存在したが（平松 2007）、表象上の稚児は深窓の貴公子として美化されることにより、差別的要素を巧みに隠蔽され、耽美的に享受される。稚児物語の近代読者としての『禁色』の檜も、「実に美しい」（143）と南を視る視線と僧侶の視線を無意識に重ね、稚児物語における権力の上下関係に同調しているといえる。

〈アライアンスの装置〉としての男色――〈男の絆〉の補強と女性排除

稚児が視られる存在として権力的、性的弱者の立場に位置づけられるのは、〝表象する側／される側〟という、稚児物語のメッセージの〝送り手／受け手〟の構図にも連動している。「若い貴族の間に広がっていた性風俗」としての男色は、「男色関係を通じて若い貴族の勢力を取り込もうとする「政治的意図に満ちたもの」であり（五味 1995: 34）、寺院社会から宮中に持ち込まれた稚児物語も、「稚児の犠牲死をもって「太平」なるものを念願」するメッセージによって、「人間同士の連帯を深め、その証」としてメディア的に機能したと指摘される（神田龍 2003: 174）。当時の支配階級における男色風俗は、個人的な嗜好というよりも多分に政治性をはらんだものであり、その意味で男たちのホモ・ソーシャルな絆を支える社会的機能を果たしていた。

　小田亮は文化人類学の観点から、日本近世の武家社会の男色を「アライアンスの装置」と位置づけたが（小田 1996）、日本の古代・中世の貴族社会と寺院社会における男色もまた、男たちの政治・宗教世界を支える〈アライアンスの装置〉であったといえよう。男色関係が保証する「人間」の「連帯」の「人間」とは men＝男であり、稚児をスケープゴートとする物語が寺院および宮中の権力体制、ひいては当時の社会秩序を維持する意味作用を有したとすれば、それは物語の内実とあいまって、稚児の表象が稚児物語というメディアのメッセージを享受する権力者＝受け手側にとって、〈男の絆〉を補強する〝道具〟として機能したことを示唆している。

　ここでいう権力者としての「男」とは、セックス、ジェンダーともに男である成人男性であり、成人男性間の社会関係を支える象徴的中核としては、セックスは男でありながらジェンダーとしては〈女性性〉を有する稚児が招来される。なぜなら、稚児という存在は、セックスが男であることで〈男の絆〉に組み込まれることを許される一方、ジェンダーとしては〈女性性〉を有することで、男性権力者に利用される客体としての〝利便性〟をも備えている、実に権力者側につごうのよい存在だからである。それ自体では権力の主体になることができないが、権力に利用されるカリスマ性を有する稚児は、容姿においてもセクシュアリティにおいても〈女性性〉を身に帯びることにより、男社会の一部でありながら、かつ「性的他者」という独自の位置を占めることになる。

かくして、稚児という存在によって〈女性性〉を補完した男性集団は、セックスとしての女性を排除する方向へと動き、〈男の絆〉を自己完結させる。白洲正子が『天狗草紙絵巻』（鎌倉末期、南都北嶺の僧侶を天狗にたとえて戯画化）をとりあげ、「女が出てくるのは…末端のところだけ」（白洲 1997: 106）と述べているとおり、稚児物語の登場人物は一貫してセックスとしての男性中心であり、女性は全く登場しないか、登場するとしても脇役として周縁化されてしまう。この傾向は、後の少女漫画における少年愛作品にも共通する特徴であり、〈男の絆〉をエロス的親密性によって強化する男色関係は、男という同質のセックス間の連帯意識を保つため、女性という性的「他者」の排除、ひいては女性嫌悪へと至る。この女性嫌悪の心性は、近世の男色論（第四章で詳述）で突出するようになるが、〝女という異分子〟を排除した堅固な〈男の絆〉のもたらす心的団結力により、安定的社会秩序の構築が可能になるという政治的認識が、男色表象の背後には潜在している。

稚児物語が示す女性排除は、中世仏教が女性を「罪業深き」存在として男性の劣位においた宗教的女性観（田中貴 1992、西口 2006）と呼応しているとみることができるが、〈男の絆〉の背後にある男性中心主義は、宗教的女性観によって正当化され、男性中心の社会体制を心性的に支え、類似の構造は近世の男色にも継承されてゆく（第四章）。

男というセックスのみで閉じた自己完結的な社会関係は、日本固有の現象ではなく、E・K・セジウィックは、社会科学の概念「ホモ・ソーシャル」（homosocial）を、「同じセックスの人間どうし」の「社会的絆」（social bonds）と規定し、それがホモ・セクシュアルから派生したアナロジーであり、かつホモ・セクシュアルと区別するための概念と定義づけた（Sedgwick 1985: 1）。セジウィックは、男性集団が「女性の交換」によって体制を維持するというレヴィ＝ストロースの議論を読み直し、女性の交換の背後に、異性愛者としての自己確立をめざす男性の動機づけをみいだそうとした。その論理的帰結として、ホモ・ソーシャルでヘテロ・セクシュアルな欲望、という図式をセジウィックは提示するが、男性のホモ・ソーシャルがホモフォビア（同性愛嫌悪）を伴うというセジウィックの議論は、本書で証明してゆくように、男色的欲望を肯定する近世以前の日本の表象にそのまま適用することはできない。

セジウィックの図式とは対照的に、日本中世の稚児物語は、男のホモ・ソーシャルな関係性の表象において、エロス的関係（男色）を顕在化させている。この傾向は近世の武家社会と歌舞伎における男色表象にも継承されるものであり（第四章参照）、日本の表象および歴史的現実において、セジウィックの図式があてはまるのは、明治近代以降である（第五―八章参照）。

〈戦士性〉と〈男性性〉

ホモ・ソーシャルな〈男の絆〉の表象における〈男性性〉のアイデンティティの内実として戦闘のモチーフも重要である。『秋夜長物語』の桂海は、決して〝軟弱な男〟としては描かれていない。山門と寺門の戦いが勃発した際には率先して武勇を発揮し、勝利をもたらした。つまり、優秀な僧侶であるとともに優れた〈戦士性〉を有する腕力、知力を兼ね備えた人物であり、その文武両道ぶりがヒーローとしての類まれな資質となっている。

「過去においても、現在も、アフリカのおおくの社会で、肉体的な能力や武勇が、男らしさ、あるいは一人前の男性であることの要件であり、男らしさを鍛錬し、誇示する方法が、社会・文化的に制度化されている」（栗本 1998: 70）と、文化人類学ではアフリカ社会における〈男性性〉が〈戦士性〉と同一視される傾向が指摘され、古代ギリシアや、近代日本およびドイツの軍事組織など、歴史上、様々な時代と地域において、〈戦士性〉と〈男性性〉の結びつきは広く観察できる。(8)

日本近世の戦士、つまり武士のアイデンティティも〈男性性〉の自覚と強く結びついており（第四章）、稚児物語の桂海も、すぐれた〈戦士性〉＝〈男性性〉を有する人物として、〈男の絆〉の物語の主人公にふさわしい英雄性を帯びる。戦闘能力においても知性においても、理想的〈男性性〉を有する桂海の恋の相手は、知的能力も腕力も男性に劣る（と男性からみなされる）〝罪深い〟存在としての女ではなく、男子でなければならなかった。

稚児物語は〈男の絆〉の美的、宗教的、政治的優越意識を内包しており、後々の〈男の絆〉の表象の源かつ原型としての重要な歴史的位置を占めるテキスト群である。

第二章

トーマス・マンと〈男性同盟〉

『ヴェニスに死す』と稚児物語の共鳴

◀▲映画『ヴェニスに死す』(1971年)より

『ヴェニスに死す』における〈男の絆〉と「視る快楽」

稚児物語に表現される〈男の絆〉は、日本文化固有の現象であろうか――いや、そうではない。ヴィスコンティの映像における「ドイツ風グロテスク」は、「日本中世の稚児物語において、僧が稚児を見初める場面に近似してくる」(松岡 1991: 139)との指摘もあるように、類似の表象は海外の事例にも存在する。ではなぜ、稚児物語は「ドイツ風」であり得るのか。本章では、トーマス・マン『ヴェニスに死す』(一九一二年)が描く少年表象と、日本中世の稚児物語の稚児像を比較することによって、両者が共有するジェンダーの問題を、汎文化的な視野で考察したい。

稚児物語と近代ドイツ文学――時代も地域もかけ離れており、直接の影響関係は想定できないが、『ヴェニスに死す』はまさに、ヴィスコンティによって映画化されており(一九七一年)、三島由紀夫『禁色』にも直接影響を与えている。三島へのマン文学の影響、特に『ヴェニスに死す』から『禁色』への影響関係については、日地谷=キルシュネライトによる詳細な分析があり、本書でも確認するように、プロット、登場人物について多くの類似点が存在する(日地谷=キルシュネライト 1995)。同時に、『禁色』には稚児男色への言及(第一章)もあり、三島のテキストにおいて、稚児物語とマン文学との共鳴が示唆される。だが、三島とマンについては日独双方からの比較研究の成果がある(福田 1970、林 1990、舘野 2004、下程 2008、日地谷=キルシュネライト編 2010)が、〈男の絆〉の分析においてはさらに、稚児物語/マン/三島の三者を同時に視野に入れた研究が有効であると考える。近代ドイツ文学、特に映画『ヴェニスに死す』は、日本の少年愛漫画にも多大な影響を与えており〈第九章〉、その意味でも〈男の絆〉のモチーフの歴史的研究上、極めて重要な分析対象である。そこで本章ではまず、稚児物語と『ヴェニスに死す』の類似性を明らかにし、さらに三島文学を論じあわせることで、三者が共有する少年表象の問題点と〈男の絆〉の特質を明らかにしたい。

『ヴェニスに死す』のプロットはごく単純である。初老の作家グスターフ・アッシェンバッハがミュンヘンからヴェニスへ旅に出て、宿泊先でポーランド人の少年タッジオに出会い、タッジオに心を奪われつつ、ヴェニスの海岸で死んでゆく。これといって劇的なプロットのないこの物語で、鮮烈な存在感を放っているのは、アッシェンバッハを魅了する少年タッジオである。テキストの多くの部分が、タッジオの美貌の描写に費やされている。

> 目を見はりながら、アッシェンバッハはその少年が完全に美しいのに気づいた。蒼白で、上品に表情のとざされた顔、蜜いろの捲毛にとりまかれた顔、まっすぐにとおった鼻とかわいい口をもった顔、やさしい神々しいまじめさを浮かべている顔――かれの顔は、最も高貴な時代にできたギリシャの彫像を思わせた。[1](50, 41)

偶然、同じ宿に泊まりあわせたポーランド人少年の姿に、目が釘付けになるアッシェンバッハ。初対面の瞬間から、タッジオの容姿は実に手のこんだ耽美的筆致で描かれる。「完全に美しい」(vollkommen schön)、「神々しいまじめさ」(göttlichem Ernst)と、タッジオの姿は美術品に近い理想的完全性を備え、ギリシア彫刻になぞらえて〝鑑賞〟される。

> アッシェンバッハはまたしても、この人間の子のそれこそ神に近い美しさに、感嘆した。…そ

れはパロス産の大理石のもつ淡黄色の光沢をおびた、エロスの神の首で、細いおちついた眉があり、こめかみと耳は、直角にたれかかる捲毛で、暗くやわらかくおおわれていた。

(57, 47)

朝食の場で再び目にするタッジオも、やはり詳細な描写で美化され、「神に近い美しさ」(gottähnliche Schönheit)、「エロスの神の首」(das Haupt des Eros)、「あの熱い頰をした神」[2]と、アッシェンバッハのなかで〈聖なるもの〉にまで高められてゆく。「奔放な太陽がおしげもなく、少年のうえに輝きをそそぎかけ、そして海のけだかい、奥行のふかいながめが、たえずかれのすがたのはくとなり、背景となっていた」(81, 68)と、海辺で陽光に包まれるタッジオの姿も、光に荘厳された聖像のように描かれ、稚児物語で稚児の正体とされる観音像さながらに、光に包まれた〈聖なるもの〉として神聖視される。

ここでアッシェンバッハが想起する〈聖なるもの〉は、ギリシア彫刻の連想や「エロスの神」という表現が示すとおり、キリスト教の神ではなく、仏教の観音でもなく、古代ギリシアの神々である。だが、少年の容姿に魅了される年上の男性が、少年美に人間を超越した聖性をみいだし、憧れる発想は、表層的な宗教の差異をこえ、稚児物語と『ヴェニスに死す』に共有されている。

「窃視」の欲望とタッジオの〈女性性〉

少年を眺める視線の主体が、徹底してアッシェンバッハ、すなわち年上の男性側にあることも、稚児物語と『ヴェニスに死す』の重要な共通点である。

なんどもなんども、ほとんど間断なく、アッシェンバッハは少年タッジオを見た。…かれはいたるところで少年を見、少年に出会った。…かれはタッジオが左手から、波打ぎわに添ってこっちへくるのを見る。うしろのほうから、小屋のあいだから歩み出るのを見る。

(80–81, 67–68)

テキストは繰り返し、アッシェンバッハが少年を「見る」と記す。〝視る年長男性/視られる少年〟という視線の一方向性は、〝視る僧侶/視られる稚児〟という稚児物語における視線の構造と全く同じである。

視線の芸術である映画では、この視る側の主体性を、小説に忠実に顕在化する。ヴィスコンティの映画で、アッシェンバッハがタッジオを視界にとらえる最初のショット(二九頁引用部分に相当)では、まず、アッシェンバッハがホテルのロビーを見渡す姿が映し出され、ついでタッジオの全身のショットから頭部のクロース・アップへと移行し、アッシェンバッハの視点によってタッジオが客体化される。観客の視線はアッシェンバッハの視線と同化し、少年の容姿を年長男性の共犯的に客体化する。

フェミニズム映画批評では、視線の主体=男性=能動的、客体=女性=受動的、というジェンダー構造が、女性が男性の「窃視」の欲望の対象となる権力構造として批判されるが(第一章一八頁参照)、『ヴェニスに死す』においても、原作と映画双方において、年上のアッシェンバッハの視線が窃視狂的に少年の身体を客体化する。

もっとも、タッジオからアッシェンバッハへの視線がテキストに全く描かれていないわけではなく、「目の一べつで（アッシェンバッハの姿を、引用者注）たしかめるのだった。タッジオはかれを見た」[3]（132, 112-13）と、終盤では少年から年長者への視線も含まれるようになるし、映像にも、浜辺でタッジオが思わせぶりにアッシェンバッハをふり返る場面が含まれる（第二章扉）。だが、こうしたタッジオの視線や行動が、実態ではなくアッシェンバッハの妄想であると解釈する余地も残されており、浜辺におけるタッジオの、通俗的にいえば〝小悪魔的〟な行動は、映画がアッシェンバッハの妄想として付加したとも理解できる。だとすれば少年からの視線も結局は、年長者の妄想世界に回収される。〝視られる客体〟という位置づけにおいて、『ヴェニスに死す』のタッジオのジェンダーは、フェミニズム映画批評が論じる〈女性性〉を付与されており、それは、一方的に〝視られる〟側であった稚児物語の稚児のジェンダーに通じあう。

視線の一方向性が恋慕の一方向性と一致している点も、稚児物語と同じ構造である。アッシェンバッハは終始、積極的にタッジオを見つめ、後半ではヴェニスの街中でストーカーさながらにタッジオの後を追う。稚児に魅せられて繰り返し恋の歌を贈り、能動的に接近する稚児物語の僧侶のように。成人男性が少年美を〈聖なるもの〉として崇拝し、能動的に少年を追う関係性において、『ヴェニスに死す』と稚児物語が描く〝少年愛〟は、同質の人間関係を表現している。

少年描写の細部においても、両者には一致点が多い。

> 捲毛から水をしたたらせながら、空と海との深みから出てきた、なよやかな神のように美しく、水から浮かびあがり、水をのがれてゆくありさま——　(64, 53)

波間で水とたわむれるタッジオの姿は、濡れた髪とともに艶めかしさを増している。『秋夜長物語』絵巻でも、長い髪を琵琶湖の水に漂わせる梅若の姿が連続的に描かれ(第三章扉)、水と髪と少年美との強い親和性を表現している。髪の色は違えども、濡れた髪はともに少年美の魅惑の源泉となっている。水に濡れる髪がエロスの象徴として機能する視覚表現は、前章でもふれたヨーロッパ世紀末絵画の女性描写をも髣髴させるものであり、少年のジェンダーの〈女性性〉をも示唆する。

年長者と年少者の髪型の対比もまた、稚児物語と通じ合う特徴である。初老のアッシェンバッハは「てっぺんがうすく、こめかみのところが非常に濃く、そして白くなっていて、うしろへなでつけてある髪の毛」(29, 23-24)であり、一方、タッジオの長い金髪は、さきの引用にみるように少年の魅惑の源泉である。映画はアッシェンバッハを黒髪の短髪にし、ハリウッド古典映画の〝トール・ダーク・ガイ〟(黒髪の長身男性)と金髪美女のカップルという文法に近い視覚表現により、年長者＝男性性、年少者＝女性性の対比を示唆する。頭髪による女性性／男性性の対照性もまた、剃髪した僧侶と長髪の稚児の対比に通底する。

アッシェンバッハとタッジオの年齢差も、稚児物語の定型である稚児と僧侶の年齢階梯的な上下関係に通じる。テキストはアッシェンバッハを、「年上の男」(94, 79)と繰り返し表現し、二人の年齢差を読者に意識させる。アッシェンバッハがいわゆる功成り名遂げた大作家であるのに対し、タッジオは無名の一少年であり、年齢差は社会的立場の相違とも連動している。さらに、ドイツ人のアッシェンバッハとポーランド人のタッジオという、ゲルマン人／スラブ人という対比にも、エスニックな権力構造が暗示されている。

エスニックな差異は日本の稚児物語には顕著ではないが、年齢、社会的立場、容姿において、年死す』と基本的に同じである。いずれにおいても、〈女性性〉を付与された少年は、〈男性性〉を付与された年長者の窃視の欲望に奉仕する存在である。

この「窃視」構造は『ヴェニスに死す』全体を貫く基調であり、アッシェンバッハがヴェニスの浜辺で生を終える終幕で最高潮に達する。砂浜に置かれた「持主のないらしい写真機」(136, 117)は、カメラという視線を操作する機器により、それまで執拗にタッジオを見つめ続けて来たアッシェンバッハの姿を象徴し、「その上にかぶせてある黒い布」(137, 117)は、彼にまもなく到来する死を予告する。

ヴィスコンティの映画も原作どおりに、砂浜にぽつりと立つカメラのショットによって、死を迎えるアッシェンバッハの姿を暗示する。なぞめいたカメラの存在は、この物語の核心が視覚的快楽、なかんずく年長者による少年の「窃視」の快楽であることを表現し、その視線の主体がタッジオを見つめるアッシェンバッハであることもあわせて示唆する。それ自体が視覚的快楽を提供するメディアである映画は、年長の男が少年を視る快楽を前景化し、観客に年長者の視点を共有させ、いわば〝共犯関係〟に仕立てることで、耽美的世界に誘おうとする。

『ヴェニスに死す』では前述のように、タッジオの美の完全性が〈聖なるもの〉たる所以とされる[4]が、日本中世の稚児物語にはギリシア哲学的な動機づけは希薄であるため、美的完全性の追求と、[5]宗教的な無常観の体現という、〈少年崇拝〉の内実の違いはある。しかし、「「ヴェニスに死す」では、唯美主義がそれ自身の崩壊のうちに死ぬ」(三島由紀夫「美について」昭和二十四〈一九四九〉年、220)と評されるように、終幕における主人公の死は「退廃と解体」への陶酔（下程 2000: 116）に満ちており、美の栄光よりもむしろ滅亡が最終的な主題であるとすれば、それは、盛りよりも散る桜に無常の美をみいだす稚児物語の「日本のデカダンス」（松岡 1991: 140）ともいうべき感性に、確かに呼応している。

ただ、ヴィスコンティの映像化はマーラーの音楽とともに視覚、聴覚の官能的快楽の提供にかたむいており[6]、少年表象がはらむ権力問題の深刻さを見えにくくしている。耽美主義というオブラートの内に潜む視線の主体側の加害者性、暴力性を見逃してはならない。

崇拝という仮面のもとの差別――夭折の夢想

今、加害者性、暴力性と述べたが、『ヴェニスに死す』で最後に死ぬのはアッシェンバッハであり、少年ではない。この点は、稚児が夭折する稚児物語の定型とは異なり、どこに暴力性があるのかと疑われるかもしれない。

だが、耽美的筆致によって隠蔽される、年長者の視線の加害者性は、「かれは蒲柳の質だ、病身なのだ、とアッシェンバッハは思った。――おそらく長生きはしないだろう」（66, 55）、「タッジオは病身なのだ。たぶん長生きはしないだろう」（116, 99–100）という夭折の夢想に露呈する。アッシェンバッハは〝薄命の少年〟のイメージに「満足または安堵の感じ」（66, 55）、「ほしいままな満足感」（117, 100）を抱いており、少年の人としての生命にはあきれるほど無頓着である。

アッシェンバッハは後半、「わたしはおまえを愛している」（»Ich liebe dich!«）とつぶやくに至るのだが(97, 82)、愛する相手の短命を願うことが、現世的愛情表現の道徳基準と異質であることは明らかである。何よりも、当事者である少年の意思が不明なまま(タッジオ自身は長寿を願っているかもしれない)、相手の死を一方的に望むのは、年長者側のひとりよがりな幻想であり、手厳しくいえば、人命を蹂躙する人権侵害とさえ言ってもよい。稚児物語のように少年が実際に死ぬプロットではないが、『ヴェニスに死す』のタッジオも、年長者の世界観と美意識のもと、〈夭折の美少年〉として理想化される。だが、終始、年長男性の視点によりそって描かれるテキストには、アッシェンバッハの一方向的、独善的「愛」を批判する姿勢はみられない。

そもそもアッシェンバッハからタッジオへの「愛」は、人間から人間への愛ではなく、完全なる「美」を体現する〈聖なるもの〉への崇拝なのだから、世俗的愛情の倫理基準をあてはめること自体が無意味であろう。〈聖なるもの〉であるタッジオに、現世的〝人権〟など考慮することは、非文学的批判であるともいえる。むしろ、死との近接性こそが、タッジオの聖性を保証するのだから。

夭折を期待される少年。短命であるからこそ〈聖なるもの〉であり得る少年――それは、稚児物語の稚児たちと等しく、〈夭折の聖なる美少年〉という東西に通じるステレオタイプを生成する。セックスは男でありながら、ジェンダーとしての〈女性性〉を兼ね備える意味でも、タッジオと稚児たちは、女／男という現世的な性の二分法を超越し、この世ならぬ〈聖なるもの〉の体現者という共通のイマジネーションをみせている。

タッジオの聖性は、完全なる「美」の体現者という哲学的、美学的な含意が強く、仏教的無常観の文脈で語られているわけではない。だが、稚児の聖性にも仏教という特定の宗教の枠組みを越えた〈聖なるもの〉への希求があると指摘されるとおり(第一章参照)、少年表象が漠とした〈聖なるもの〉への人としての憧れを表明しているとすれば、東西の〈夭折の美少年〉像の根底にある心性はやはり共通しているといえるだろう。

少年の主体性の抹殺

年長者、あるいは第三者の視点からは、あらまほしき理想の境地の象徴として崇拝される〈夭折の美少年〉像であるが、崇められる少年の立場からはいかがなものであろうか。〈聖なるもの〉とされるゆえに夭折を期待、あるいは強要されるのであれば、人としての生命の否定につながり、もし少年自身が生きたい、成長したいとの欲求をもっているとすれば、少年の主体性の無視、人権剥奪にもつながりかねない。

このメカニズムは、聖母マリアが処女崇拝という形で、生身の女性としてのセクシュアリティを剥奪され、逆説的に〈聖なるもの〉として崇められるのと同じからくりにほかならない。もちろん、イマジネーションとしての女性／少年表象と、現実社会における女性や少年たちの人生を短絡的に同一視するのは理論的に間違っている。とはいえ、幻想レベルでの女性／少年への崇拝が、現実レベルでの女性／少年に対する人間性の抑圧につながる危険性があることは否めない。この危惧は、女神を崇拝する社会と現実の女性の社会的地位が一致しないという、インド社会における女神信仰がはらむジェンダーの問題(田中編 1998)に通底するものであり、現実社会での女性差別と、幻想、表象レベルにおける崇拝の不一致というアンビバレントな社会状況の実在を鑑みれば、聖母マリア崇拝と稚児崇拝を同一視した『禁色』の一節（一九頁）は、やはり慧眼というほかない。

特に少年崇拝の場合、美貌が聖性の重要な根拠となるために、美を維持するために若くして抹殺されるという人格無視、生命の軽視により結びつきやすく、外見偏重の人間観にもつながる。それは、テキストレベルでは美しく完結するが、少年たちの現実の生に目をむけるとき、加齢を許されずに性的に搾取されたままアイデンティティを保てずに自死する悲惨な末路（細川 1993: 79）が事実としてあり得る。アッシェンバッハとタッジオは、ソクラテスとファイドロスの姿に重ねられ、「初老の男と若い男、みにくい男と美しい男」（85, 71）と、年齢と容姿の対比を際立たせられているが、年長者の幻想のなかで利用され、人間扱いされない美少年——これは崇拝という仮面をかぶった差別なのだ。

「僧侶にその肉体を陵辱され、最後は弊履のごとくに使い捨てにされ」（神田龍 2003: 158）る、稚児の現実は、『ヴェニスに死す』のアッシェンバッハからタッジオへの「愛」の隠された実態でもある。耽美的筆致にまどわされず、〈女性化〉させられた少年のジェンダーに対する、年長男性の思慕の独善性を、我々は見据えねばならない。

〈声〉を奪われた少年

少年の〈声〉の不在も、アッシェンバッハの「愛」のエゴイズムを裏付ける。

> かれの話すことは、たとえどんなに平凡なことでも、一言もアッシェンバッハにはわからなかった。…耳なれぬということが、少年の語る言葉を音楽にまで高め…　（81-82, 68）

アッシェンバッハはかくもタッジオに魅了されながら、彼の言葉はひとことも理解できないし、理解しようともしない。タッジオの話すポーランド語はドイツ人のアッシェンバッハにとって異国語であり、タッジオと言語の次元でコミュニケーションをとろうとする姿勢を、アッシェンバッハは完全に放棄している。

言葉による理解の放棄は、知的意思疎通の遮断であり、二人の間に、言語をあやつる対等な人間どうしとしての相互コミュニケーションは開かれていない。アッシェンバッハはこの事実を、むしろ言葉の意味を理解できないからこそ、タッジオの声は音楽のように美しいと肯定的に受け止める。引用部分の前後には海の美的な景観描写もあり、耽美的文章は巧みに、アッシェンバッハの感受性に読者をよりそわせる。

言語コミュニケーションの拒否は確かに、タッジオを「神」と崇めること、すなわち、タッジオの超人間的造型に有意に働く。だが、エスニックな優位を自認する側は、劣位にあると判断する側の言語を学ぼうとしない傾向がある。ドイツ人のアッシェンバッハが、エスニックな「他者」としてのポーランド人の言葉を解さない（解そうとしない）姿勢は、権力関係の確認でもあり、オリエンタリズムの抱える支配／被支配の問題を内包する。

異文化としての「他者」が、エキゾチックな魅力の源であるとともに差別の対象でもあるという構造は、ゲイシャ幻想に象徴される〝女としての東洋〟（Said 1979）への差別に通じ合うものであり、ドイツ人のアッシェンバッハからポーランド人の少年タッジオへ向けられるオリエンタリズム的な視線は、男／女、年長者／年少者の上下関係にも重なり、ドイツ軍によるポーランド侵攻（一九三九年)という、現実の歴史的展開をも示唆するだろう。権力的優位に立つと自負する側は、下位とみなす対象地域の征服、支配を正当化するのであり、アッシェンバッハからタッジオへの視線は美的次元にとどまらぬ、現実の社会、歴史における国家権力の上下、支配/被支配という政治性をはらむ。

幼童神をいただく〈男性同盟〉――男の性愛の政治的機能

耽美的少年愛幻想が含む深刻かつ高度な政治性は、年長者が年少者の存在によって理想的境地に導かれるというプロットにも内包されている。

> しばしばかれ(タッジオ、引用者注)は、ながめ渡すために足をとめた。そして突然、何か思い出したように、ある衝動を受けたように、片手を腰にあてたなり、上体を基本の姿勢から美しくまわしながらふりむけて、肩ごしに岸のほうへ目をやった。…かれ(アッシェンバッハ、引用者注)は、ずっとむこうにいる青白いかわいらしい、たましいのみちびき手が、自分にほほえみかけ、自分をさしまねいているような気がした。なんとなくそのみちびき手が、手を腰からはなして、遠くのほうをゆびさしているような、望みにみちた巨大なもののなかへ、先に立ってかけてゆくような気がした。
>
> (139, 118-19)

タッジオの姿を見つめながら、砂浜で息絶えるアッシェンバッハ。今わの際に目にしたタッジオは、アッシェンバッハの視線のなかで、「たましいのみちびき手」へと昇華される。

アッシェンバッハの死は前述のように退廃、デカダンスの象徴という一面をもつが、一方で、自らの死によってアッシェンバッハは、タッジオの少年美を視線の中で永遠に保存できる。そのための方便であるとすれば、死はアッシェンバッハにとって至福の結末でもある。

アッシェンバッハがおもむく死後の世界が、「望みにみちた巨大なもの」(Verheißungsvoll-Ungeheure)と表現されていることにも注目したい。死は生命の終わりという悲劇的側面をもつが、宗教的見地からは、この世の呪縛を逃れた彼岸への飛翔という肯定的解釈が可能である。俗世間で功成り名遂げたアッシェンバッハにとって、美の化身として崇める少年タッジオを眺めながらの死は、魂の救済ともいうべき満ち足りた経験ではなかったか。その証拠に、アッシェンバッハの目に映るタッジオの姿は、靡く金髪に彩られ、天使さながらに輝いているのだ。

ヴィスコンティの映像は原作そのままに、タッジオの姿をきらめく海に包まれた生ける天使のように映し出す。自らの死によってアッシェンバッハは、タッジオを〈永遠の美少年〉として凍結し、理想郷へといざなってくれる〈聖なるもの〉として夢想しきることができたのだ。日本の稚児物語は、稚児その人の死をもって〝永遠の少年美〟を担保するが、『ヴェニスに死す』は視る側の死をもって、〈永遠の美少年〉像をアッシェンバッハ、ひいては読者および映画の観客の視線に焼きつける。少年が死ぬか、年長者が死ぬか——表面的相違はあれ、稚児物語と『ヴェニスに死す』が描く死は、少年美の凍結保存という意味で、同じ機能を果たしている。

少年が年長者にとっての理想世界への導き手という意味でも、稚児物語と『ヴェニスに死す』は同様の展開をみせる。『秋夜長物語』の桂海は、梅若の夭折に触発され、より深い悟りの境地へと導かれた。アッシェンバッハもまた、タッジオによって「望みにみちた」彼岸へと誘われてゆく。

タッジオはさながら、アッシェンバッハにとっての梅若である。

年長者を理想の境地（想定される理想郷も年長者の世界観の範囲内だが）へと導く、〈聖なるもの〉としての少年像——六百年近い時と地域を隔てた、日本中世の稚児物語と近代ドイツ文学の間に認められる、かくも多面的共鳴は、単なる偶然であろうか。いや、両者の背後にある政治、社会状況に思いをいたすとき、その共通性は偶然の一致ではなく、同質な社会的心性を見すかすことができる。

近代ドイツの男性史研究においてゾンバルトは、「ヴィルヘルム期のドイツが純粋な男性社会」（Männergesellschaft）であり、「政治の世界から女性を排除」しつつ、男だけの「男性同盟」（Männerbundes）によって社会を構成していたと論じる（Sombart 1996: 146）[7]。さらにゾンバルトは、この「「男性同盟」の文化的エッセンスが、最高の文化的表現として使われている」事例こそ、マンの『ヴェニスに死す』であると論じるのである（ibid.: 147）。

マン本人も、「性質を同じうする者が結びつき、成熟した男性が畏敬をもって仰ぎ見る青年たちと結びついて…情熱的な合体をとげる様が見られる、あの性愛の領域」（『ドイツ共和国について』一九二二年）においてこそ、「友愛からなる平和国家たる共和国が創設される基礎がある」としており（田村 2002: 113）、作家自身、性愛を含む〈男の絆〉が、国家体制に寄与すると主張していた。

ヴィルヘルム期のドイツの政治、社会体制とマン文学の相関関係についてのゾンバルトの議論、さらに、マンが主張する「友愛」の政治的機能は、まさしく稚児物語が描く〈男の絆〉の機能に重ねることができよう。なぜならいずれも、男性間の強い情緒的絆（性愛を伴う）が、私的な恋慕や性的指向の次元にとどまらず、「「男性同盟」ないし国家と結びついた性愛」（Sombart 1996: 147）であること、つまりは、男どうしの性愛の政治的機能を示しているからである。「ヴィルヘルム期の社会がかなりホモ・セクシュアル的に構成されて」おり(ibid.)、それが「ドイツ的」現象であるとゾンバルトは指摘するが(ibid.: 146)、男どうしの情緒的かつエロス的紐帯が、社会体制を維持する〈アライアンスの装置〉として働く現象は、日本中世の稚児物語についても指摘されたところであった(神田龍 2003)。

「アッシェンバッハが少年タッジオの神々しい裸身を拝跪しながら夢見た『パイドロス』の師と弟子の友愛が、いまや第一次大戦後の君主制崩壊後の政治状況のもとで現実的な国家創造の可能性として吟味され、童児神(もちろん男性)たるエロスは国家間においても『建物も規則も支配者もなく、またいかなる動機もなしに同志たちの熱烈な愛の機関を創造しようとする』「平和の神」として勧請される」(田村 2002: 113)との議論は、稚児が太平の世を招喚する神として請来されたという、稚児物語のメディア的機能(同前)に通じ合う。ドイツ近代文学と日本の稚児物語は、通常、学界的には別個のものとして論じられるが、稚児物語の背後に「幼童天皇と法体姿の上皇という、…権力の表象が機能」(同前)しているという指摘は、カリスマ的少年への思慕を中核として成立する〈男の絆〉が、国家体制を支えるというマン文学についての議論と同値である。

マンが作中に招喚する、古代ギリシアの少年と年長者との親密性もそもそも、ギリシア社会における政治、社会体制と密接に結びついていた。古典期アテナイにおいては、男児が家庭の外で専門教育を受け、公共の場で軍事教練を受けたのに対し、女性は家庭か近所の空間でわずかな教養を身につけるだけであった(Keuls 1985)。マンが共感したギリシアの文化が、「男性同士の友愛に哲学とポリス（そしてまた軍隊）の基礎をみたギリシャ的なパイデイアの理想—さらに言えばデモクラシーというよりファロクラシー（男性優位社会）の思想」（田村 2002: 113）と説明づけられるように、男性中心の政治、社会体制は、『ヴェニスに死す』と稚児物語、さらにギリシア文明に共通の〈男性同盟〉の背景であり、マン／稚児物語／ギリシア文明という三位一体の共感として日本近代の三島由紀夫の作品において融合することになる。

セジウィックが『男同士の絆』で指摘した、ホモフォビア（同性愛嫌悪）を伴うホモ・ソーシャルという現象は、あらゆる地域と時代の文化にあてはまる図式ではなく、エロチックな男の絆がそのまま、ホモ・ソーシャルな社会体制に矛盾せずに接続する例もあり、それこそが、ギリシア／マン／稚児物語／三島をつなぐ〈男性同盟〉の心性である。

『秋夜長物語』における稚児が、「人々」＝男たちの連帯感を保証するためのスケープゴートであったとすれば、『ヴェニスに死す』の少年像もまた、〈男の絆〉を維持すべく招喚されたカリスマなのであり、両者の背後にある〈男性同盟〉のメカニズムこそ、稚児物語を「ドイツ的」と思わせる核心なのである。

空虚なる「幼童神」

少年愛の物語はかくして、男の男による男のためのコンテンツとして享受され、機能する。ここで「男」というのは、成人男性であることを、あらためて確認しておきたい。というのも、物語の核をなす崇拝対象である「少年」は、男であって男ではないからである。

〈男性同盟〉は、性的「他者」であり〝異分子〟としての女性を排除することで、緊密な〈男の絆〉を成立せしめているが、一方で被崇拝者には、崇拝者たちと一線を画すカリスマとしての異質性が求められる。〈男性同盟〉の結束を維持したいのであれば、結束の中核となる崇拝の対象は成人男性であってもよいはずだが、少年であることの必然性は、成人男性にとっての「他者」としての一面を有することによるカリスマ性の保持にあろう。男であるが男でない、〈男の絆〉を支えるカリスマ――この矛盾した条件を有する存在こそ、ジェンダーとしての〈女性性〉とセックスとしての〈男性性〉を兼ね備える未成年男子＝少年にほかならなかった。〈女性性〉を有することで、崇拝対象としての異質性を確保しつつも、セックスはなお男性であることで、〈聖なる少年〉は〈男性同盟〉の中核となり、ホモ・ソーシャルな自己完結性は保たれる。

少年は年少者ゆえに権力や体力の面で社会的、身体的弱者になりがちであり、カリスマとして祀り上げられながらも、実質的な権利や主体性を持ちにくい点で、年長者にとって都合よく利用しやすいという利点も備える。タッジオからの主体性の剝奪を指摘したとおり、崇拝対象たる少年像は、表層的には賛美されつつ、内実としては成人男性の自己中心的妄想のいわば〝餌食〟となっている。つまり、〈男の絆〉の中核たる「幼童神」は、成人男性集団の結束を強化するための〝道具〟にすぎず、むしろそうでなければ機能しないため、崇拝者らと同等に自己主張する成人男性として、彼自身の〈声〉や主体性を持つと、かえって集団全体の秩序に亀裂が生じる危険性があるのである。「幼童神」は崇拝者である年長男性らに都合のよい〝幻想〟であるからこそ、連帯の中核としてのカリスマ性を確保できる。表面的崇拝とは裏腹に、それ自体で意思や権力をもつことは許されず、あくまでも成人男性のホモ・ソーシャルな連帯を保証する〈アライアンスの装置〉の一部にすぎない「幼童神」。男たちの意思で自由に操れるよう、少年たちは無力で、主体性や〈声〉を奪われている。

表象的崇拝と実態的抑圧の共存――この矛盾こそが、日本中世の稚児とドイツ近代文学のタッジオをつなぐ本質である。稚児は姿態、動作を強く規制され、院政期における天皇の幼童化と並行して、実態上も物語上も「ゼロ記号化」しており(松岡 1991)、「幼童天皇というイメージそのものが、…天皇なる実態が零であることを逆説的に物語っている」(神田龍 2003: 177)とも指摘されており、ワイマール共和国の〈男性同盟〉の精神的基盤として「幼童神」が勧請されたとすれば、院政期日本の男たちのホモ・ソーシャルな絆を支えたのも、稚児という「幼童神」であったといえる。

文学的表象の次元にとどまらず、現実の歴史上の日本という国民国家が、近代の戦時体制下でドイツと同盟を結び、ともに「滅び」への道を突き進んだことを、マンと稚児物語および三島文学の共鳴は示唆しないだろうか(8)。個人としての少年の現実的生を置き去りにして幻視される、〈声〉なきカリスマとしての「幼童神」――その姿は、日本近代の国民国家が請来した〝空虚な中心〟としての近代天皇像にまで継承され(9)、三島文学におけるマンへの共鳴と天皇崇拝の融合として顕現するのではないか――次章では、マンの『ヴェニスに死す』が三島由紀夫『禁色』に与えた影響を検証することで、この問題点をさらに追究しよう。

第三章

『禁色』の女性嫌悪と〈男の絆〉

マン／稚児物語／三島

▲水死した梅若
（『秋夜長物語』絵巻より）
◀宮子姫
（『道成寺絵とき本』より）

美貌の理想化と年齢階梯的要素

それは愕くべく美しい青年である。希臘古典期の彫像よりも、むしろペロポネソス派青銅彫刻作家の制作にかかるアポロンのような、一種もどかしい温柔な美にあふれたその肉体は、気高く立てた頸、なだらかな肩、ゆるやかな広い胸郭、優美な丸みを帯びた腕、俄かに細まった清潔な充実した胴、剣のように雄々しく締った足をもっていた。 (34)

『禁色』(第一部・昭和二十六〈一九五一〉年、第二部・昭和二十七―二十八〈一九五二―五三〉年)の幕開き近く、作家・檜俊輔は、「波打際に立止まったその青年」・南悠一の美貌に魅了される。詳細な容姿の描写、ギリシア神の想起、背景としての海――すべてが『ヴェニスに死す』からの影響を物語る。年長の作家から若者への思慕が物語の中核になる点でも、『ヴェニスに死す』との一致は顕著であり、三度目の全集出版の企画が進んでいる六十六歳の作家、つまり功成り名遂げた男性小説家という主人公・俊輔の人物像も、アッシェンバッハと重なる人物設定である。俊輔が温暖な「伊豆半島の…海浜の温泉地」に一人旅で向かい、旅先で悠一と出会うプロットも、ヴェニスに旅したアッシェンバッハが現地でタッジオと出会う展開と酷似する。

「異様なほど近くにゆらめいている広大な海は、俊輔を癒すように思われた」(『禁色』33)、「(アッシェンバッハは、引用者)海というものを、深い理由から愛している。――つらい仕事をしている芸術家の、安息を求めるきもちからである」(『ヴェニスに死す』49)と、作家たちがともに、海という存在に創作の疲れを癒す安らぎをみいだし、憧れの美少年と重ねあわせている点も、同じ発想をみせている。

「悠一は何という美しさだろう！」(147)と繰り返される美貌への礼賛は、「完全な青年、完全な外面の美の具現であること、この醜貌の作家の青年時代の夢」(36)と、「完全」性への憧れを託される。年長者と年少者間の美醜の対比、年齢階梯的な上下関係、年長者の一方向的な視線、「美」を文学的、哲学的に思索、探究しようとする主人公像、その芸術的嗜好の結果としての年少男子の美の崇拝――『禁色』と『ヴェニスに死す』は多くの点で、共通の価値観、世界観に支えられている。

ギリシア彫刻やギリシア文明への共感も両者に共通するが、『禁色』へのギリシア文化の影響には、第一部と第二部の間の「空白期間」になされた三島のギリシア旅行(昭和二十六年十二月―二十七年五月)の経験があるとされ(山田有 2008: 148)、「ギリシア人の外面への信頼」(小久保 1976: 82)や「美を強調し、積極的に理想化」(吉村 1971: 102)する姿が、三島のギリシアへの共感を生んだとも論じられるように、容姿の美、特に男性美の礼賛と、〈男の絆〉の重視という要素が、マン文学からの間接的影響とも融合し、実際のギリシア経験によって強化された三島のギリシア文化賛美へと結実したといえよう。

「老芸術家と美しい青年という人物設定、そして前者の美への屈服という結末」(福元 1986: 162)、「芸術家対市民というテーマ」(日地谷＝キルシュネライト 1995: 118)と、両作の人物像やテーマの共通性はつとに指摘されてきたが[1]、本章では、これら先行研究における論点に、稚児物語という比較軸を加え、〈男の絆〉という観点から、『禁色』へのマン文学の影響を再考したい。

〈男の絆〉の美化と特権意識

『禁色』と『ヴェニスに死す』には、プロットおよび人物像に、先行研究も指摘する多くの共通点を認めることができるが、前者は後者に比べて長編であるだけに、より複雑な人間関係を描きこんでおり、マンに触発されながらも、単なる模倣、あるいは日本の設定への置き換えにとどまってはいない。では、三島独自の視点および世界観は奈辺にみられるのか。まずは、描かれる〈男の絆〉の多様性に注目したい。

男どうしの恋慕が、もっぱらアッシェンバッハからタッジオへの思いに集中して描かれる『ヴェニスに死す』に対し、『禁色』では俊輔と悠一のみならず、他の男性登場人物どうしの人間関係も豊富に描きこまれている。「男色家」(118)が集う喫茶店ルドンに足を踏み入れた悠一は、「この社会は昼間の社会の中では隠れ蓑を着て…友情だとか、同志愛だとか、博愛だとか、師弟愛だとか、共同経営だとか、助手だとか、マネージャアだとか、書生だとか、親分子分だとか、兄弟だとか」(133)と、多様な社会関係に潜在するエロス的な〈男の絆〉、つまり「この社会の思いがけない広大さ」(同前)を認知する。近代の「同性愛」は性的な「倒錯」や「変態」とみなされたため(第七章参照)、昭和の同性愛者たちが「隠れ蓑」を着て生きる必然性に迫られていた状況を『禁色』は証言する。

男性同性愛を専門に扱う会員向け小冊子『アドニス』の創刊は昭和二十七年であり、一九五〇年代から六〇年代にかけての日本では、『アドニス』以外の、ゲイ向けメディアやコミュニティが登場したとされ（前川 2011: 157–58）、ちょうど『禁色』の発表時期と重なっている。ゆえに、悠一がルドンにみいだした男性コミュニティも、雑誌媒体等で同性愛者たちが〈声〉をあげようとしていた当時の日本の社会状況の一面とみることができよう。

もっとも前記のようなメディアは、同性愛者であることを「周囲にさとられることなく、…恋人や友人を見つける」機会を提供したとされ（同前 158）、社会的な不寛容の壁が厳然と存在していたがゆえに、[2]『禁色』発表当時は、「男色者の主人公を登場させた点にもっぱら既存道徳に対する挑戦を見出」す議論も存在した（野口 1988: 576）。

だが、男どうしの恋に対する社会的不寛容は、本書の後半で述べるとおり、明治以降に歴史的に形成されたものであり、『禁色』発表当時の評価としては一定の妥当性をもつとしても、男色の歴史にてらせば必ずしも、男どうしの恋愛描写自体が文学の革新性にはなり得ない。ゆえに本書ではまず、男色の「倒錯性」ではなく、男どうしのエロス的関係が、私的な恋慕関係にとどまらない教育的、経済的な関係を内包し、近代日本社会においても依然として〈アライアンスの装置〉として機能している側面に注目したい。「何という紐帯！…あれが親子よりも兄弟よりも妻よりももっと身近な僕の同類なんだ！」（80）と、「男色家」たちが築く〈男の絆〉は、親兄弟、夫婦という血縁関係、家族関係よりも〈親密性〉が高く、公的関係と融合していることを悠一は認識する。

「近代家族」の特徴として、男＝公領域、女＝私領域という女性と男性の性別役割分業が指摘される（落合 1989）が、この分業を前提とした場合、必然的に、婚姻による夫婦関係や家族成員の相互関係は私的な家内領域にとどまる。つまり、男女のパートナーシップは公的関係から排除され、私的であるがゆえに価値が低いとみなされる結果につながる。悠一が〈男の絆〉を、血縁や家族関係よりも「身近」と認識するのは、近代化以降の男女の性別役割分業が、夫婦関係＝私領域、〈男の絆〉＝公領域という二分法を促進したからでもあり、女性が私領域へと閉じ込められる日本の高度成長期（三浦 1999）を前に発表された『禁色』は、〈男の絆〉の公的価値が顕著になる時代の趨勢を反映している。

女性排除と女性嫌悪（ミソジニー）

「女は子供のほかに何ものも生むことができない。男は子供のほかの凡ゆるものを生むことができる」（22）という、俊輔の青年時代の日記に綴られる女性観も、社会の近代化過程における男女の性別役割分業と無関係ではありえない。作中で披瀝される俊輔の女性観は、女性の能力を生殖のみに限定し、知的、芸術的才能を全面否定する差別的言辞に満ちており、「（女の、引用者注）習性の下劣さは、ほとんど崇高なほどである。女はあらゆる価値を感性の泥沼に引きずり下ろしてしまう。女は主義というものを全く理解しない」（23）、「女を物質と思わなくてはいけない、女に決して精神を認めてはいけない」（195）と、女性を「物質」視する極端な見解にまで至っているが、こうした差別的女性観は、女＝私領域、男＝公領域という性別役割分業を前提とする社会においては、容易に正当化され、一般市民全体に共有されてしまう。

公領域からの女性排除は、日本の近代社会特有の現象ではなく、古代ギリシアにも同様のジェンダーの非対称性がみられ（Keuls 1985）、『禁色』がギリシア文化への共感をみせるのも、まさにそれゆえといえる。[3]

「相手を薪ざっぽうだと思いなさい。座蒲団だと思いなさい、…相手を物質としか考えなくてはいけません。…女に向うときは精神を外していないと、忽ち錆びて使いものにならなくなりますよ」(46)と、俊輔は悠一に対しても、執拗に女性蔑視を刷りこもうとする。俊輔の教えよろしく、悠一は表面上の婚姻関係を結びつつ、実質上は妻・康子を軽視して男性と交わり続ける。男性同性愛が常に女性嫌悪を伴うわけではないにもかかわらず、[4]『禁色』は俊輔と悠一を、ともに強い女性嫌悪を抱く人物として造型することで、〈男の絆〉の男女関係に対する優位を強調しようとする。

ただし、俊輔と悠一の女性蔑視には質的な相違がある。俊輔は三度の結婚の失敗（最初の妻は泥棒、二番目の妻は「狂人」(17)、三度目の妻は若い男と心中）という個人的なトラウマにより、激しい女性嫌悪を内面化し、悠一を利用して女性への復讐を誓った。「（日記の、引用者注）頁のおのおのを女に対する呪詛が充たしていた」(22)、「女陰を呪詛していた」(24)とも記されるように、女性嫌悪は生殖器嫌悪という、女性のセクシュアリティ自体への拒絶反応にゆきついている。

しかし、女性を生理的に嫌悪しているのであれば、そもそも女性と三度も（！）結婚するわけがないのであり、俊輔の結婚が男性への性的指向を隠蔽するためとはテキストのどこにも記されていないので、彼が女性と肉体関係を持てない性質の同性愛者ではないことは明らかである。女性と結婚して娘をなしている『ヴェニスに死す』のアッシェンバッハにも通じるこの性格は、俊輔とアッシェンバッハの同性へのエロス的関心がともに、芸術家としての自負に由来する知的構築物であることを端的に示す。

『禁色』は初老の作家という『ヴェニスに死す』に共通する人物造型に、不幸な結婚という、女性蔑視を正当化しやすい要素を加味した。つまりアッシェンバッハも俊輔も、生得的な性的指向は同性に向かっていないが、逆に、「僕は男の子をしか愛さないんです」(39)と早い段階で俊輔にむかってカミングアウトする悠一のセクシュアリティは、男性への生得的な性的指向を自覚したものであり、俊輔と悠一の同性愛的嗜好は、一見類似しているが、実態としては異なっている。俊輔の同性への関心は、女性への幻滅と芸術家としての優越意識がもたらした、いわば〈環境型〉の性的指向であり、対して悠一のそれは生来の、いわば〈生得型〉である。この相違を注意深く弁別しないことには、『禁色』の正確な解釈はできず、さらに、両者の違いは「男色」と「同性愛」の歴史一般を理解する上でも重要なメルクマールとなるのだが、この点については結語であらためて整理したい。

〈男の絆〉へのナルシシズム

俊輔と悠一の性的指向は、実態的には異質でありつつも、美的な価値観は共有している。

男色というものは、純潔な快楽に基調を置くものらしい。男色絵のあの眩ゆいような奇矯な歪曲は、純潔の苦悩の表現なのにちがいない。男同士はいかにしても汚れ合えず、相手を汚し合えない絶望にかられて、あんないたましい愛の姿態を演ずるにちがいない。(148)

と、俊輔は日本中世の男色絵巻に触発され、男と男のエロス的関係を「汚れ」ない「純粋」なものと美的に認識する。

男同士の愛はどうしてこんなに果敢ないのか。それというのも、事の後に単なる清浄な友愛に終るあの状態が、男色の本質だからではないのか。…この欲望には、肉欲というよりも、もっと形而上学的欲求に近いものがある。それは何だろう？　…彼（悠一、引用者注）が、いたるところに見出すのは厭離の心である。西鶴の男色物の恋人たちは、出家か心中にしかその帰結を見出さない。（412）

悠一もまた、男どうしの思慕に「形而上学的」な価値をみいだし、当事者的にもアイデンティティとしている。想起される稚児物語や浮世草子の男色では確かに、男性主人公が高次の悟りに導かれたり（第一章）、出家や切腹に至っており（第四章）、俊輔も悠一も歴史上の「男色」モデルに即して、男どうしのエロス的絆に高度な精神的価値をみいだそうとするのである。

逆に、「異性愛のあの無限の曲折を伴った偽善的な快楽は、男同士の間ではありえなかった」（343-44）と、異性間の恋慕を蔑視し、「異性愛の原理、あの退屈で永遠な多数決原理」（77）と、異性愛は数としては主流だが俗悪と切り捨てる。『禁色』の男たちにとって、男性同性愛は社会的マイノリティであるだけに、かえって〝選ばれた人物にしかわからない〟という一種の〝選民思想〟に結びつき、男色が芸術的才能や美的感受性を伴うという才能主義とも融合する。

君の種族には現実の存在になれない運命があるらしいよ。その代り事芸術に関する限り、君の種族は現実に対する勇敢きわまる敵手になるのだ。この道の人たちは生れながらに『表現』の天職を担っているらしい。（198）

俊輔は同性愛者を「種族」としてとらえ、かつ、芸術的才能や高度な美的感受性を備えると述べている。「種族」としてカテゴライズされる「男色家」は、それ以外の人々と意図的に差異化され、

「現実」の生よりも「表現」の世界に生きていると、俊輔は悠一にむかって説くのである。

すべての同性愛者に芸術的才能があるという考え方は、芸術的才能がない同性愛者は〝おかしい〟という別の差別につながるので、当事者の立場からは批判を受けるが、俊輔の男色観にも典型的な第三者的偏見が露呈している。さらに『禁色』では、当事者としての悠一も俊輔と同じく、マイノリティであることを逆手にとった特権意識を抱く人物として造型されており、〝選ばれた少数者〟としての優越意識と強烈なナルシシズムを表明する。

> 男性固有の美について敏感なのは男色家に限られており、希臘彫刻の男性美の大系がはじめて美学の上に確立されるには、男色家ヴィンケルマンを待つ必要があったのである。はじめ正常な少年も、ひとたび男色家の熱烈な賛美に会うと（女はこれほど肉感的な賛美を男に与えることはできない）夢見がちなナルシスに変貌する。（121）

ギリシア彫刻に体現されると（男性視点から）みなされる至高の「美」の境地は、男どうしのホモ・エロチシズムに立脚することでしか理解できないと述べられており、同性愛的嗜好の特権的美意識は、ギリシア文明に共鳴する文学者としてのアッシェンバッハの価値観にも通じる。

女性は「男色家」の高度な芸術を理解不能であるとする、俊輔と悠一が共有する優越観は、現実の男性同性愛の当事者意識をおきざりにし、男というジェンダー／セックス全体の賛美と、女性というジェンダー／セックスへの蔑視を正当化する。「男色家」＝芸術的という発想は、さきにも述べたとおり、当事者の批判にもさらされる偏見であるにもかかわらず、文学的表象としての『禁色』における「男色家」の世界では、こうした認識があたかも男性同性愛者全員の共通認識であるかのように描かれている。

もの言うタッジオ――少年の〈声〉の権利

ところが、〈環境型〉の同性愛的嗜好を示す俊輔と、〈生得型〉の当事者である悠一の間には、いずれ決定的なコミュニケーション・ギャップが生じずにはいない。

「現実の存在になれない」(五五頁引用)と、身勝手な理想像を付与しようとする俊輔に対し、悠一は「僕は…現実の存在になりたいんです」(197)と、明確に〈声〉をあげて反発する。「彼の芸術作品がはじめてあげた嘆きの声…俊輔の作品がこのときはじめて口を利いた」(同前)と、俊輔は驚愕するしかない。物語の前半では、俊輔の意思に支配される「作品」(＝モノ)であった悠一が、終幕ではついに俊輔の支配を脱し、主体的〈声〉をあげる。

アッシェンバッハとの間にエスニックな差異を設けられていた『ヴェニスに死す』のタッジオは、ドイツ語による〈声〉を与えられておらず、ポーランドとドイツとの権力関係を無自覚に内在化するアッシェンバッハの支配的立場は、少なくともコミュニケーションの一方向性という意味ではゆるぎない。だが悠一と俊輔は、日本語という言語を共有しており、エスニックな差異も設けられていないゆえに、悠一の側から俊輔に言語で異議を伝えることが可能であった。悠一は年長者に見つめられるだけの、人としての意思を奪われた偶像ではなく、個人としての主体的な自己主張を、人間として言語を用いて為す余地があった。いわば悠一は、〝もの言うタッジオ〟である。子供に近いタッジオに対し、悠一は俊輔と出会った時点ですでに二十二歳の成人であったために、相応の自己主張が可能であったともいえる。

美青年は、抗うべくもなく、見られていた。無礼きわまるその目附。それは相手を石にし、相手の意志をうばい、相手を自然に還元してしまう。(566)

成人男性としての主体性を有する悠一は、俊輔の視線の暴力性を鋭敏に見抜く。

『檜さんの視線は紛う方なく僕に向けられているが、檜さんが見ているのは僕ではない。この部屋には僕ではない、もう一人の悠一がたしかにいるのだ』。(566-67)

慧眼なる悠一は、俊輔の自分に対する視線が、人間としての彼自身に向けられたものではなく、俊輔が捏造した美的妄想=「もう一人の悠一」に向けられたものにすぎないと悟る。〝視られる者〟の人格を奪う年長者のエゴイスティックな視線——その暴力性に抗する明確な主体的意思を、悠一は獲得してゆく。

社会的立場においても年齢においても、悠一に対して優位に立っていた俊輔は、「この若者は俺の意のままになるだろう」(55)と、悠一に五十万円を渡し、康子との結婚に踏み切らせる。俊輔が悠一に接近した理由には、悠一の美貌の魅力のみならず、悠一の結婚相手を不幸にするという女性への復讐目的も含まれていた。つまり、俊輔の悠一への思慕には、悠一その人への愛情、特にアガペーとしての愛情は当初から希薄であり、悠一を利用しようという動機づけが強かった。

年長者が年少者を自己の目的や欲望のために利用する——この構図は、稚児物語における僧侶と稚児の上下関係と同質であり、「みんなが僕を先生のお稚児さんだと思って見ていますよ」(146)と悠一自身も口にするように、年齢階梯的なヒエラルキーと権力の非対称性において、悠一と俊輔の関係はまさに、中世の「男色」モデルの近代版といえる。「僕は廉い。僕は献身的な玩具だ」(203)と自嘲する悠一は、自分が俊輔の〝玩弄物〟であることを正確に理解していた。

作品前半で一貫して、〈視る年長者／視られる年少者〉という視線の一方向性が確固として存在するのもそれゆえである。この構造は、〈視る男／視られる女〉というジェンダーの非対称性と同値であり、視られる側の主体性の抑圧をはらむ危険性があることは既に述べたとおりである(第一章)。

こうした権力的不均衡は、『ヴェニスに死す』にも潜在していたものであり、年少男子は年長男性に利用される空虚な客体、すなわち「お誂え向きの活人形」と化す。そこにエロス的関心は存在しても、アガペーとしての愛情は存在せず、悠一の側に、俊輔と対等な人としての主体性や自由意思は認められていない。

ところが『禁色』は、年長者の視点のみを描いて自己完結するのではなく、年少者の〈声〉と自己主張をテキストに侵入させる。それこそが、稚児物語とも『ヴェニスに死す』とも異なる、『禁色』の近代性であり、独創性である。俊輔が復讐目的を達成し、さらに、悠一が青年から中年へと加齢を経たあかつきには、悠一は飽きられた稚児のごとく〝使い捨て〟にされた可能性が高い。稚児物語も『ヴェニスに死す』も、そのような綻び(少年美の衰退や非日常性の喪失)を回避すべく、視られる少年、または視る男を死なせることで、年少者への視線自体を抹殺した。

ところが悠一は、俊輔の視線を「無礼」として最終的に拒絶し、遂に俊輔に対して「こっぴどい復讐をする」(308)と攻撃性まで示すようになる。俊輔も悠一への支配力の喪失を自覚し、その認識は自らの生の滅びへの意識とも重なってゆく。

結末における「パピナールの致死量の嚥下」による俊輔の自死は、彼の美意識や支配力に異議を唱える悠一の〈声〉をつきつけられ、エゴイスティックな妄想の終焉を悟った結果の自裁と解釈することができよう。二人が俊輔の死の前にチェスをし、「やあ、負けたか」(571)と俊輔がつぶやくのは、権力の失墜の自覚ととれる。負けてなお俊輔が、「喜悦が溢れ」た表情をみせるのは、悟りめいた諦念の表出であろう。自死によって、俊輔は己れの美意識の滅亡を示し、悠一の復讐心も俊輔の自我によって宙にうく。

俊輔の死は、表層的にはアッシェンバッハの死の模倣に見えるが、前述のような意味で、実はその強烈なパロディとなっている。悠一への自己本位な恋慕の欺瞞に気づいた彼は、自身に死という〝処罰〟を下したのであり、自分の美意識の限界にも同時に決着をつける。それは、〈声〉なき美少年の姿を目に焼きつけて、至福のうちに「望みにみちた巨大な」彼岸へ赴くアッシェンバッハとは対照的な末路である。美的幻想のうちに逝ったアッシェンバッハに比して、それを客観的に眺める視点を自覚的に獲得した俊輔は、耽美的男色に対する三島自身の優れた自己批判ともなっている。

稚児物語の稚児は夭折させられ、タッジオには〈声〉が与えられず、いずれにしても年少者は、年長者の支配的な視線に抗う術をもたなかったが、三島はこれら先行文学に触発されながらも、最終的には、視られる側の〈声〉と自己主張をテキストにもりこむことで、年齢階梯的な「男色」モデルが含む、年長者／年少者間の支配／被支配の構図を相対化した。『ヴェニスに死す』の耽美的文体の背後にある視線の暴力と年長者優位の権力構造を暴露することで、三島は先行文学を超える新たな〈男の絆〉の表象の次元を拓いたといえる。

女性蔑視と日常生活の否定

この新たな次元は、男色における年少者の権利獲得の意思を体現する悠一を通じて、先行文学が描いた〈男の絆〉の固定的権力関係も打破するリベラルな意義をもつ。

だが、俊輔に対しては被支配者の立場におかれていた悠一も、自分よりも年少の男子に対しては抑圧的にふるまっている。悠一に思いをよせ、「一緒に逃げてくれる?」(485)と駆け落ちをもちかける少年に、「この少年も、夢みているのは女のような安穏だ」と悠一は「落胆」し拒絶する。現実の同性愛の当事者は「永続的パートナーシップ」を志向する傾向がアンケート結果からうかがえ（クィア・スタディーズ編集委員会編 1997: 105）、異性間の結婚と同等の法的、社会的権利を求める運動も存在するが、悠一は男どうしのエロス的関係の到達点に、結婚や日常生活の共有をおいていない。俊輔に対しては「現実の存在になりたいんです」と主張しておきながら、悠一も実のところ、〈男の絆〉にあまり「現実」を期待しておらず、非日常性に価値をみいだしているのである。だからこそ、女性との結婚生活と同性愛的な欲望を矛盾なく両立できる。

日常的なパートナーシップを、悠一が「女のような安穏」と表現していることも注目される。アガペー的な愛情に満たされた日常生活が〈女性性〉の領域にあるとすれば、非日常的で破滅的で、それゆえに芸術的、美的価値に満ちた恋慕こそが、〈男の絆〉のアイデンティティである――男色的関係に非日常的意義をみいだす点においては、俊輔と悠一は価値観を共有している。

「人間は丸太ン棒とだって、冷蔵庫とだって結婚できますよ。結婚というやつは人間の発明ですからね」「結婚生活というものをもっと些細な好加減なものとお考えなさい。好加減なものだからこそ、安心して神聖と呼べるんですな」(39)と、女性との結婚は人為的契約であり、生活のための制度的方便にすぎないが、〈男の絆〉にはそれとは異質な、高度な芸術性や濃密な精神的、社会的紐帯が含まれる、と俊輔は考える。こうした、制度的婚姻と〈男の絆〉との対立的価値の主張は、芸術や社会活動の領域で女性は無能であるという女性差別と一体化しているものであり、同性間の法的な結婚や永続的パートナーシップを求める当事者の一部の要望とも異質な価値観である。

女性と制度的婚姻関係を結びつつ、婚姻の外部で男とエロス的、情緒的絆を結ぶ実践は、日常的な愛情の維持を志向する近現代の「同性愛」とは異質な「男色」的特色であり、三島が『禁色』に中世、近世の男色文学を援用しているのも、俊輔や悠一のホモ・エロチシズムが「男性同性愛」というよりも「男色」に近い内実をもつからである。しかし、近代の表象としての三島のテキストのなかには、「男色」と「同性愛」という用語が定義のないまま混在しているので、両者の質的な相違がみえにくく、それは、「男色」と「同性愛」の歴史的理解の曖昧さ、不正確さとも連動している。次章で近世の「男色」の特色を明らかにした上で、本書では結語においてあらためて、これらの概念規定や歴史的な変化を整理したい。

女性排除の物語——男の男による男のためのコンテンツとしての少年愛表象

『禁色』が描くホモ・エロチシズムは、「同性愛」というよりも実質的には「男色」的であると述べたが、江戸以前の男色が社会的に認められたふるまいであったのに対し、三島が属する近代社会においては、男どうしのエロス的関係は一転、「変態」として社会的不寛容にさらされていた。「さかさまの世界の醜さはどうでしょう！　ああいう変態どもがどう思ってやっていようと、正しいのは私のほうだ…あの恐ろしいと同時にすこぶる滑稽な「変態性欲」という言葉がすべてをあからさまに解明する」[5](476-77)と、息子の性的指向を知った悠一の母親は激しい嫌悪感を抱く。男色が日本社会において「変態」となる経緯については第七章で述べるが、主人公たちの価値観に真向から対立する主張が女性の〈声〉として表現されている事実は、テキストが女性というジェンダーを主人公たちが抱く中心的価値観に対立する側にわりあてていることを示し、女性ジェンダーに対する男性ジェンダーの優位という『禁色』全体の世界観を補強する。

『禁色』ほど露骨ではないが、『ヴェニスに死す』においても、女性蔑視、女性排除の姿勢は潜在的にみうけられる。タッジオには三人の女きょうだいがいるが、その身なりは「みにくい感じを起こさせるほどに、厳格で貞潔」であり、「容姿のもつどんな好ましさをも、おさえつけ、さまたげていた。ぴったりと頭にへばりついた髪は、顔を尼僧めかしく空虚な無表情なものに見せていた」(50, 42)と、彼女たちの描写は悪意をはらむかのように否定的である。無味乾燥な、無表情な存在として描かれる女性たちは、タッジオの美貌のいわば〝引き立て役〟である。

ヴィスコンティによる映像表現も、原作の女性描写を踏襲し、タッジオが最初に登場するショットでは、雑談に興じる中年女性たちや、無表情な少女たちの姿をとらえた後、タッジオの全身のショットから顔のクロース・アップへと移る。少年の超俗的な美貌と、周囲の女性たちの世俗的なふるまいや、少女たちの地味な姿との対比が意図的に際立たせられている。浜辺でアッシェンバッハがタッジオに見とれる場面でも、女性たちは観光客めあてのアクセサリーに気をとられたり、おしゃべりにうつつをぬかしたりと、やはり低俗な印象で描かれ、タッジオの〈聖なる少年〉としての超越性を効果的に演出する。

アッシェンバッハの妻は、原作ではすでに亡く、娘は結婚して家を出たという設定で、女性登場人物は物理的にも注意深く排除されている。ヴィスコンティの映画は原作を若干変更し、娘が幼くして亡くなり、妻とともに小さな棺を涙ながらに見送るフラッシュバックが挿入されている。この改変は、映画の主人公のモデルとなった作曲家マーラーの娘の夭折も示唆するが、女性登場人物の文字どおりの抹殺をも暗示する。映画のアッシェンバッハは真っ先にホテルの部屋に妻の写真を飾り接吻するので、女性への愛情を表面上有しているかに見えるが、妻が〈声〉なき写真にすぎず、旅にも同行していないことは、〈男性同盟〉に女性が介入する余地がないことを物語る。

日本中世の男色物語と同様、『ヴェニスに死す』においても女性は脇役においやられており、しかも美少年を引き立てる〝小道具〟であるかのように利用されている。ゾンバルトは、ドイツ近代の〈男性同盟〉の特徴のひとつとして、女性排除をあげているが(Sombart 1996: 146)、『ヴェニスに死す』の女性表象にも、文学、映画ともに、潜在的、顕在的な女性拒否の姿勢がうかがえる。

夫婦愛や家族愛といった、女性が介入する余地のある人間関係は物語の中核から排除され、男だけで完結する世界が浮上するが、マンは男性どうしのホモ・エロチシズムを「芸術や自由」と同一視する一方で、結婚を人生の「義務」と認識し、両者を対比的にとらえており(海野 2008: 425)、女性との結婚を世俗的義務ととらえ、男どうしの恋を芸術的で崇高な営為とみなす価値観は、『禁色』

にもそのまま踏襲されている。

もし同性間のエロス的、情緒的絆が異性間の結婚よりも崇高であり芸術的であるというなら、女性同性愛についても同じ論法が成立するはずであるが、そうした発想は〈男の絆〉の表象においては皆無である。つまり、同性愛を芸術的とみなす思想は、男性だけのホモ・エロチシズムを賛美する方便であり、女性同性愛は同性愛という概念からも、実質排除されている。つまり、同性愛を芸術的境地とする美意識は、男の男による男ジェンダーの優位性の確認にしかなっていないのだが、男性論者たちはこのことについて驚くほど無自覚である。

近代の「変態」という囲い込みがかえって、〝俺たちは普通の人間とは違う選ばれた少数者である、だからこそ芸術的高みに到達できる〟という強い自負心とナルシシズムを醸成し、社会の主流的価値観への挑戦者、タブーの侵犯者という誇りや自己満足が、特に表象の次元において強く打ち出される。男どうしの恋の価値を非日常性にみいだすとすれば、つきつめれば究極の非日常である死にゆきつかざるをえないのであり、アッシェンバッハの死も俊輔の死も、その意味では同値である。

稚児物語の稚児の夭折にも同質の要素をみいだすことが可能であり（第一章）、男どうしの恋の結末として死を理想化すれば、死こそが〈男性性〉の極致であるとの発想まで招来しかねない。いや、実際、日本近世の武家社会においては、男色による〈男の絆〉が死の肯定と不可分に結びついており、死を恐れぬことは〈戦士性〉に不可欠な条件として、武士のアイデンティティともなっていた。

次章では、『禁色』で援用される近世の男色言説の特色を明らかにすることで、〈男の絆〉の思想の近代以前の歴史的背景と、近代への連続性／不連続性を明らかにしてゆきたい。

第四章

江戸の男色の美学

武士道と歌舞伎の色恋

◀▲井原西鶴『男色大鑑』
(貞享4年)より

こころと恋に責められ、五十四歳までにたはぶれし女三千七百四十二人、少人のもてあそび七百二十五人、手日記にしる。（103）

「色道ふたつ」の時代

井原西鶴『好色一代男』（天和二〈一六八二〉年）の冒頭部分、主人公・世之介は、五十四歳までに女性三七四二人、少年七二五人と関係したと記されている。世之介の好色ぶりを数字で証明しているわけだが、数の多さもさることながら、女性と共に「少人」つまり少年が並んでいることが注目される。「好色一代男」というと、近代的な感覚では女性との関係を連想しがちであるが、世之介は女性のみならず、少年とも多数関係をもっていた。

世之介が本格的に女性との関係を始めたのは巻一「尋ねてきく程ちぎり　伏見撞木町の事」に記される十一歳の時点であり、同じく巻一「袖の時雨は懸るが幸ひ　はや念者ぐるひの事」では、十歳で年上の男性（念者）とつきあったことになっている。ここから単純計算すると、女性とは年平均約八十七人、月平均七人関係し、年平均約十六人、毎月一、二人ほどの少年とつきあっていたことになる。約五対一で割合としては女性が多いのだが、女性との交際と男性との交際は、ほぼ同時期に始まっており、しかも肉体関係を結んだのは男性相手のほうが早かった。

浮世の事を外（ほか）になして、色道ふたつに寝（ね）ても覚（さ）めても夢介（ゆめすけ）と替名（かへな）よばれて、……（101）

と、世之介の父、通称夢介も、「色道ふたつ」すなわち男色と女色に寝ても覚めても耽溺していたとされる。五年後の『男色大鑑』(貞享四〈一六八七〉年)で西鶴は、「色はふたつの物あらそひ」として男色、女色を比較し、「なんぞ好色一代男とて、多くの金銀諸々の女につひやしぬ。ただ遊興は男色ぞかし」(320)と、前作を相対化するかのように男色風俗に特化した作品を発表している。「色道」といえば男色と女色の二種類があるのが江戸の常識であり、この二つの道双方に通じてはじめて、「好色」の道を極めた男、と自他共に認めることができた。

江戸期の日本における男色の隆盛については、歴史的実態を近世史研究が明らかにし(氏家 1995, 1998)心性史の面からは美的、倫理的価値の強調が大きな特色である(佐伯順 1992)。寺院と貴族社会を中心に展開していた男色風俗が、近世には歌舞伎と武家社会を背景に発展し、大衆化、商品化する。[1][2] 本章では、江戸期の言説における「男色」観を検討することにより、中世、近世から近代へとつながる〈男の絆〉の質的な共通性と、江戸期における特質および変化を明らかにしたい。

さきに例示した『好色一代男』の世之介の男色経験には、「もと生れつきうるはしく、若道のたしなみ、…その面影情らしく、よきとほむる人のあらば只は通らじと、常々こゝろをみがきつれども」(110)と、少年側の美貌の重視という、中世の稚児男色の感性の継承がうかがえる。

一方、「若道」という表現は、「道」という近世の新たな価値観を示している。近世には「芸道人口の激増」により、茶道、花道といった「道」としての芸道が発進するが(西山 1984: 155)、人間のエロス的関係性もまた、「芸道」とも融合しつつ、「色道」として、洗練されてゆく。「女色／男色」は、「女道／男道」とも表現され、「男道」は、男色の年少者をさす「若衆」の「道」＝「若道」とも言われ、男どうしのホモ・エロチシズムは、近世に「道」の概念に組みこまれる。「常々こゝろをみがきつれども」とあるように、「道」としての男色は、単にエロス的な欲望や恋心を満たす手段ではなく、「こころ」をみがくこと、すなわち人間関係の礼儀や心得をわきまえる精神性を重視した。

では男色の「道」は、いかなる精神性を重視し、女色（女道）とどのような点で差異化されたのだろうか。当時の男色論の内実を検討することにより、江戸の男色観の特色を明らかにしよう。

男色・女色の優劣論——男色の美的優位

『好色一代男』で「少人」との関係を記す筆致に、何の羞恥心もためらいもみられないように、当時の男色は近代的な「性倒錯」や「変態」という認識はなされておらず、単なる「好色」の一形態とみなされていた。西鶴が女色に焦点をあてた自作を相対化しつつ、全八巻、各巻五章、総計四十章におよぶ『男色大鑑』を著した事実は、近世における男色の隆盛を伝え、「若衆歌舞伎は、主として男色の対象として、鑑賞される芸能であった」（武井 2000: 9）と、芸能とも密接に関連し、「ふたつどりには、その女美人にして心立てよくて、その若衆なるほどいや風にして鼻そげにても、ひとつ口にて女道・衆道を申す事のもつたいなし」（『男色大鑑』）と、衆道は女道よりも価値があるとの主張もなされた。

『男色大鑑』はまず全二十三項目にわたって女色と男色を対比し、「一切衆道のありがたき事」（317）を説くが、「歯黒付くる女の口もとと、若衆の髭ぬく手もとと」（318）、「遊女を請け出すと、野郎に家買うてやると」（319）等、感覚的な対比がなされているのみで、男色の価値の根拠は曖昧である。[3] だが近世日本においては、女色と男色の比較論が一定のジャンルとして成立し、両者の優劣の根拠を明示しながらの論争が登場した。[4]

なかでも寛永年間の成立とされる『田夫物語』は、「男女両色の優劣を諍ふ物語なり。両色優劣論の最初歟」（岩田 1973a: 44）と、優劣論の草わけと位置づけられ、〈男色派〉の男たちと〈女色派〉の男たち（以下、本書では便宜上、男色肯定の男たちを〈男色派〉、女色肯定の男たちを〈女色派〉とする。この概念は近代的な性的指向のアイデンティティとは異質である。八一、九二頁参照）が、川堤で出会って議論する。「女道のいやしく若道の華奢なる道を問答し」（126）という発言で論争の口火がきられ、「華奢」な男色に比べて女色は「卑し」いという、男色の価値的優位が、まず冒頭から主張される。〈男色派〉を「華奢者」（お洒落な都会人）、〈女色派〉を「田夫者」（野暮な田舎者）とする名称の対比にも、前者の美的価値が強調される。

では、男色の女色に対する価値的な優位は、いずこに求められるのであろうか。

> 若道の華奢なるといふいはれは、高家大名高位高官の出家たち、もつぱら好きたまひて、まことに楊柳の風にたをやかなる姿したる若衆たちに、綾羅錦繍を身にまとはせ、金銀にて造りのべし刀脇差をささせ、ここの花見、かしこの月見、十種香などに、いざなひ通りたまふ。…道すがら詩歌など口ずさみたまふことを見るに、華奢ならずや。女のいやしきと言ふは、さやうなる物見、手をひき歩かるべきや。（127）

開口一番〈男色派〉たちは、男色が大名や高僧など、社会的地位の高い人々の高尚な趣味であると述べ、花見や月見等に美少年を伴うことが、風雅な趣味の極致であると主張する。「女のいやしき」と露骨な女性蔑視を伴い、上流社会の男性は〝卑しい女性〟など相手にしないという、男性優位のジェンダー意識が男色趣味に結びついている。

ここで上流階級とされる武家と僧侶の世界は男性中心のホモ・ソーシャルな社会集団であり、男色趣味は〈男の絆〉に基づく社会組織と分かちがたく結びついていることがわかる。近代以降の「男性同性愛」は、「教養(傍点ママ)があったら、あんな真似ができる筈はない!」(『禁色』477)と、低俗、猥雑なイメージで表象されがちだが、日本近世の男色は逆に、権力的立場にある男たちの〝高尚な趣味〟として、一種のエリート意識と結びついていた。衛の霊公、漢の高祖ら中国の皇帝や、在原業平ら著名人も「美少人」が好きであった(『男色大鑑』315-16)との記述もあり、〝文明先進国〟に範を仰ぐ発想からも、男色は高級な趣味嗜好という認識をうかがうことができる。

社会の主流的価値との融合を説かれる、近世の男色観と、社会の中心から周縁化される近代の男性同性愛観はきわめて対照的であり、男性を支配者の中心にいただく政治社会体制が、恋や娯楽までも〈男の絆〉で完結すべきという心性を生み出し、男色への社会的寛容を涵養したのである。

仏教的文脈における男色の肯定――〝女子供〟の排除

男性ジェンダーの優位という心性が生み出した江戸の男色肯定の思想は、中世以来の仏教的女性観とも融合し、補強される。「されば仏は、女をきらひて五戒の一つにも戒め、または、女に執着をなす者は後世かならず剣の技にて身を裂くとかや」(『田夫物語』131)と、〈男色派〉は仏教の「五戒」を根拠に、女性との交わり、ひいては女性という存在自体の否定を唱え、そこから男色肯定を導き出す。人間の性的欲望を煩悩や罪として否定する発想は、他の宗教にもみられるが、人間の欲望が罪であるなら、それは男性にも女性にも等しくあてはまるはずであり、女性を排除しただけで煩悩を免れるという理屈は成り立たない。同じ論法をあてはめれば、女性にとっては男性(ヘテロの場合)こそが罪の源ということになるが、煩悩の根源とされるのは、キリスト教世界におけるアダムにとってのイブさながらに、〝男性にとっての女性〟であり、女性の立場は無視されている。そのような論理の破綻には全く無頓着に、男性主体のセクシュアリティ観は〝宗教的お墨付き〟を得て、男色肯定に盛んに利用されてゆく。

「されば一角仙人は女を以つて仙術を失ひ、我朝久米の仙人も女の物洗ふ脛を見て通力を失ひたまふとかや。かくのごとくなる悪人を何として好くや」(131)と、女性の性的魅力に〝惑わされた〟ために神通力を失ったとされる仙人たちの伝承をあげ、〈男色派〉は女性を「悪人」視することで、女色を否定する。「惣じて、女の心ざしをたとへていはば、花は咲きながら藤づるのねじれたるがごとし。…ここをもつておもひわくれば、女を捨て男にかたむくべし」(『男色大鑑』320)ともあるように、女性という存在をセクシュアリティの面のみならず、男性の能力全般を低下させ、脅かす存在として拡大解釈することで、〈男色派〉は女性排除を正当化し、男だけの閉じられたエロス的世界を構築しようとする。欲望が煩悩なのであれば、男性間の性的な交渉も同じく否定されるべきところだが、女性との交渉だけを否定してよしとする論理矛盾についても、全く考慮されていない。

〈女色派〉はこれに抗して、「女の国を破り家を失ふことも、女道のあまりにおもしろきによつてなり。たとへば、金銀を多く持つて害にあふがごとし」(136)と、女性に〝溺れて〟男性が破滅するのは、女性が悪人だからではなく、耽溺する男性の側の問題であるとの正論を主張する。近世の男色言説のなかで、近代のフェミニズム的発言がひき出されているのは注目に値するが、それは〈男色派〉の強い女性蔑視を逆照射する。

聖域の女人禁制と男色

〝女性＝悪人〟という差別的女性観は、日本の中世仏教で台頭し（田中貴 1992、西口 2006）、高野山、比叡山といった仏教の聖域における女人禁制という、現実上の宗教実践としても発現していた。この歴史的現実は中世の稚児物語の社会的背景ともなっていたが、近世に至ると、仏教的文脈における女性排除の思想は、男色肯定の根拠として肥大してゆく。

「そのゆゑに我朝の祖師たちもきらひたまひて、多くの山々、寺寺へも戒めたまへるなり。男子をきらひたまふところを聞かず」と、〈男色派〉の男たちは、仏教寺院は女人禁制であるが、男性は拒否していないので、男色も肯定されると主張する。仏教寺院で男色が盛んであったことは事実であり（第一章）、ここでの〈男色派〉の主張には確かに歴史的根拠がある。仏教的文脈にもとづく男色肯定論はさらに、「抑此道といつハ。漢土・日本にてはじまりたるにあらず。忝も天竺にて、釈迦牟尼仏、煩悩の道をきらひ。妻子の執念妄想を絶たまひてより、若衆の道ハはしまれり」（『色物語』〈寛文年間〉、12）と、男色の始祖を仏教の開祖である釈迦その人に求める発想にまで極論化している。『色物語』も男色女色の優劣論のひとつであり、仮名草子であれ浮世草子であれ〝まじめな学説〟ではなく誇張表現による滑稽味が主眼であり、書き手も読み手も、男色の開祖が釈迦と本気で信じているわけではなく、あくまでも俗説とみるべきであろう。

　だが、「この道（衆道、引用者注）のあさからぬ所を、あまねく弘法大師のひろめたまはぬは」（『男色大鑑』320）と、高野山をひらいた弘法大師が日本における男色の開祖であるという俗説も江戸期には一般化しており[5]、「此ゆへに。仏道・衆道の二つハ。一つかけても、一つハたゝず。車の両輪のことくにて。貴僧高僧もろともに。女を捨て、衆道をすき。執着をのそく故にこそ。悟をひらくたすけとなる」（『色物語』180）と、男色と仏教は「車の両輪」のごとく互いに不即不離の関係であるとの見解までみられる。たとえ娯楽的俗説といえども、宗教的文脈に依拠した男色肯定は、日本の男色をめぐる心性史の重要な特徴であり、「容顔世にたぐひなき后をもうちすて」（同前）と、女性排除の模範を釈迦に求めている点でも、仏教的文脈に基づく女性嫌悪から男色肯定へという連想は強い。「子は三界の首枷とこそうけたまはれ」と、『田夫物語』の〈男色派〉も、仏教の言説を援用しつつ、妻子への執着は煩悩の一因であるため、女性関係を避けるべきと主張する。男性聖職者にとって、妻子は自分を〝現世のしがらみ〟につなぎとめるマイナス要因であるという発想は、釈迦その人が妻子を残して出家した事実とあいまって、女性嫌悪の正当化に利用されてしまう。

　妻子を煩悩の源とみなす論調も、一方的な男性視点であるが、仏教的文脈における男色肯定論は、女性と子供をひとしなみに排除しようとする。「子を生みそこなひて死したる者は、血の海とやらんに沈むといへり」（『田夫物語』131）と、妻子の否定は出産する女性ジェンダー全体の否定へとゆきつく。出産しない性どうしの男色関係は、それゆえに血の〝穢れ〟から逃れ、現世を超えた悟りの境地へと（男性が）ゆきつく有効な手段とみなされるのである。

三島由紀夫『禁色』が、悠一の妻・康子の出産を極めて写実的かつ揶揄的な調子で描くのも、前記のような、出産と女性をひとまとめに蔑視する女性観に源を求めることができよう。仏教の直接的引用はないが、俊輔が共感した稚児物語の背景には当時の仏教界があり、〈男の絆〉を女性との結婚・出産よりも価値的優位に置く構図も、近世の男色言説と同じ発想である。

実は、〈女色派〉は〈男色派〉と対立しているようでいて、仏教と男色との関係については意見が一致していた。

> 出家の好くものをその方たちのかちおとし好かば、その出家たちは、なにといたさんや。出家に事を欠かせたまはば、五逆罪なるべし。その方たちも頭をけづり、袈裟・衣を身にまとひ、魚鳥を断ちたまはば、なにと言ひて非道と言ふべき。（130）

〈女色派〉の人々も、出家であれば男色は「非道ではない」が、一般市民が僧侶の習慣を邪魔することは「罪」である、と主張する。僧侶たちの男色趣味は、役者買い（『男色大鑑』巻五・一「泪の種は紙見世」）や『桜姫東文章』（文化一四〈一八一七〉年初演）の僧・清玄と稚児・白菊丸の心中（白菊丸のみ水死）にも描かれる社会的了解であったから、〈女色派〉としては、当時の仏教界における男色嗜好を逆手にとって、〈男色派〉を批判したわけである。

「男の男において邪行を行ぜし者、ここに堕ちて苦を受く」（『往生要集』）と、源信は男色も批判し、妻帯を認める親鸞の立場もあり、仏教思想にも多様性があるにもかかわらず、僧侶たちの男色と風俗に対する社会的寛容が、仏教が男色を奨励したという俗説を近世の男色言説にもたらしたといえよう。

「天照る神代のはじめ、浮橋の河原に住める尻引きといへる鳥のをしへて、衆道にもとづき、日の千麿の尊を愛したまへり」(『男色大鑑』315)と、男色の起源を日本の草創神話に求める例もあり、滑稽味を狙った言説とはいえ、神話的な権威づけが男色の正当化に利用される場合もある。『日本書紀』の記す「造化三神」は「独神」であり、性別をもたない観念性、絶対性と解釈されるので(大野 1970)、西鶴はこれを男色に都合よく解釈しているわけだが、日本の宗教的文脈が男色に対する大きな抑圧として歴史的に働きにくかった事実は注目すべきであり、「天神四代よりして陰陽みだりに交はりて、男女(なんにょ)の神いでき給ひ」(『男色大鑑』序)と、神のジェンダー分化を自明ではなく歴史的産物とする見解は、神々の性別を前提とする固定観念(田中編 1998)を相対化する問題提起をみせている。

〝無常の美〟としての少年美

男色の〝聖なる価値〟は少年美の礼賛にも由来する。

「世界一切の男美人なり。女に美人稀なり」と安部の晴明が伝えし。仔細は、女の面は白粉に埋むのに、唇に紅花歯を染めなし、額を作り眉の置墨、自然の形にはあらず。ひとつは衣装好みに男を誑かす事ぞかし。(『男色大鑑』326)

とされるように、男色言説において「美人」といえば男性、特に未成年の男子=若衆であった。女性美は化粧や服装という作為によって〝捏造〟されるが、少年美は飾り気がないとの主張は、古代ギリシアの同性愛と異性愛の支持者の論争にも等しく認められる(Boswell 1980: 126)。「女は仮なるもの、若衆の美艶は、この道にいたらずしてわきまへがたし。さりとてはうたてき女の風俗」(『男色大鑑』454)と、女性美の浅薄性に対し少年美は奥が深いとの主張も、古代ギリシアの少年観に通底し、ギリシア文化に共鳴した『ヴェニスに死す』にもみられる美意識であった。

では、少年美はなぜ女性美より価値が高いとされるのか。「たとへば、花も紅葉もしばしにて、散りやすきゆゑにこそ人も愛すれ。女はさやうにはならず。肌は桃李の梨のごとくになり、頭には霜を頂き、顔には四海の波をたたへ」(『田夫物語』235-37)と、少年美は「散りやすさ」に価値が認められ、春の桜、秋の紅葉に重ねられる。「若道の盛り、脇塞げば雨ふり、角入るれば風立ち、元服すれば落花よりは強顔し」(『男色大鑑』332)と、若衆の美は成人前の少年期特有のものであり、元服すればあっけなく失われるとみなされていたので、盛りが短いからこそ美の質も高いとされた。刹那的であるがゆえに究極の少年美――この価値観は、ひそかにタッジオの夭折を望んだアッシェンバッハの美意識にも重なり、逆に女性の容姿は、成人後も〝長持ち〟するゆえに、かえって美の完成度が低く、〝散りやすさ〟という美意識も体現できないとされる。

十代のごく限られた期間に一瞬きらめく少年美を、「美」の極致とみなす価値観は、『秋夜長物語』や『葉隠』を援用しつつ、「美少年とは、永劫転化の只中における素粒子的一閃」(稲垣 1973: 202)であり、「「少年」に匹敵する少女は居ない」(同前 143)と断言する稲垣足穂の少年論や、「千枝ちゃんは藤木ほどに綺麗じゃない」(福永武彦『草の花』78、第八章で詳述)と、兄妹の兄をより美しいとする近代日本の少年観にも継承される美意識である。

男色売春の実態——性を商品化される少年たち

こうした少年美の礼賛が観念的世界で完結すれば問題ないかもしれないが、現実の人間関係にこの美意識が及んだ場合、年長男性による少年の刹那的玩弄を正当化する危険をはらむ。『田夫物語』の〈女色派〉たちは、この点を鋭く喝破していた。

その方の若衆は、今、当座に事の欠けるままに、ねんごろにし、ほどなくつきさしたまふなり。（『田夫物語』139）

若衆相手の男色は一時のなぐさみにすぎず、飽きれば簡単に相手を捨てると、〈女色派〉たちは厳しく批判する。男色がはらむエゴイズムをつく〈女色派〉たちの意見は、社会的、性的弱者としての少年の実態を暴露して重い。「散りやすさ」に刹那的な価値をみいだされる少年たちは、散ってしまえば価値を失うことになり、それは、少年を一時の歓楽のために〝使い捨て〟にする年長者たちの交際スタイルを是認してしまい、少年の視点に立てば人権侵害につながりかねない。

江戸の男色の、少年に対する抑圧的な側面は、貧しい少年相手の買春の実態からも浮上する。

その方の好ける若衆狂ひは、愚かなり。われらが目には、わらんべ狂ひ、わつぱ狂ひとこそ存じ候へ。…首すぢ・額には垢をため、爪をもとらず、…瘡のにほひにかたうち交はり、まことにえも言はれぬにほひするわらんべどもをとらへ、むしろの上に木枕をならべ、たがひに心の奥を語り、『死なばもろとも』など言ひて、ひた好きに好くこと、目もあてられず。また若衆も貪欲者かなとぞ思はるれ。扇、手ぬぐひや、鼻紙のたちを取らせんとてたらすに愛で、眉をひそめ、口をゆがめて、痛き目をこらゆるありさま、あはれなる次第なり。（128–29）

きらびやかな衣装や太刀で身を飾る大名の小姓とは異なり、貧しい少年たちがわずかな報酬とひきかえに行う性交渉――〝男色は上流階級の趣味〟という〈男色派〉の〝きれいごと〟の陰に、社会的、経済的弱者としての少年が年長者の買春の対象となる実態を、[6]〈女色派〉は暴露する。

少年側の身体的「痛み」が明言されていることは、性的な受身の側が肉体を商品化される際の心身の苦痛を生々しく伝えている。売る側も打算的な「貪欲者」であるとの厳しい観察もあるが、身体の商品化の過酷さの証言として重要である。

> 品はかはれど、なほ勤め子のかなしきは限りもなし。きのふは田舎侍(ゐなかさぶらひ)のかたむくろなる人に、その気に入相(いりあひ)ごろより夜ふくるまで無理酒(むりざけ)にいたみ、今日(けふ)はまた七八人の伊勢講仲間(なかま)として買はれ、床入りはひそかに鬮(くじ)どりしらるるなど、…爪(つめ)のながき手を打ち懸けられ、楊枝(やうじ)つかはぬ口をちかく寄せられ、木綿(もめん)のひとへなる肌着(はだぎ)身にさはりておそろしきに…
>
> (『男色大鑑』巻七・一「蛍も夜は勤めの尻」536)

江戸期には男色の買売春が商業的に発展し(神田由 2013)、男色の売春をする「勤め子」の「かなしき」実情も書き留められている。嫌な客にもサービスせねばならない苦痛は、遊女と同じとの西鶴の指摘どおりであり、少年の身体は籤で相手を決められるモノ扱いである。「さりとてはよくも勤めの身なり。…数の定まりてそれ〴〵に役ある指を、よう〳〵切る事ぞとあはれさましぬ」(『男色大鑑』巻八・四「小山の関守」590)と、客への思いを示すため指を切って渡す遊女の習慣が、男色の売春にも存在していた。遊女も少年も、体を文字通り〝切り売り〟する必要に迫られたのであり、死体の指の利用という代替手段もあったが、悲惨な実態に変わりはない。

こうして〝身を削って〟客に奉仕しても、「これみなわが身の徳にはならず、親方のためばかりにして、一しほうたてかりき」(536-37)と、収入の大部分が本人ではなく雇主に渡ってしまう点も、遊女と変わりない。経済的弱者として金銭的に搾取され、性的弱者として肉体を酷使される少年と遊女の共通性は、当時の女色／男色の質的共通性を示す。近代以降の「異性愛」と「同性愛」は対立項とみなされがちであるが、近世の女色と男色は、男／女性、男／少年間の関係の実態において、後者が基本的に性的受身であり、かつ後者の性的商品化という類似性が存在し、実態がかくも共通しているからこそ「色道ふたつ」として並置され得た。近代的なヘテロ／ゲイの対置とは異なり、女色／男色はその内実の同質性により、等しく「好色」の範疇に組み込まれていたといえる。

遊女と若衆の類似性——芸能と性の商品化

女色／男色の優劣論が、「野傾論」(「野郎」と「傾城」＝遊女との比較論)と称されるのも、若衆と遊女の同質性に由来し、両者ともに接客業、サービス業としての類似の資質を要求される。

この児人は、美道二葉の時より松島や小島の蜑のぬれにやさしく、情ふかく、一座けだかく、酒すぐれて呑みこなし、文などこれにつづきてまねする子もなし。…五月雨のしめやかなる夜は初音焼きかけ、ほととぎす今にもと待つ人様の気に入り、秋は月をも宵から見捨てずして、書物に心をうつし、ひとつ〳〵能き事を見習ひ、万につけていやしからず。殊にはその身生れ付きてならべ枕に打ちとけてより、人の命をとる程の事ありて、稀に逢ひぬる客も忘れがたくて、跡引きて明暮恋にせめられ、借銭の堀へはまりし人かぎりしられず。

> （『男色大鑑』539-40）

道頓堀に名をはせた人気女方・松嶋半弥[7]は、和歌や香道に通じ、書物を好み、筆跡も見事であったという。教養が深いうえに、酒宴での客あしらいも巧みという高度なコミュニケーション能力も備え、サービス業への高い適性を発揮する人気若衆は、「琴は三曲も暗からず、三味線の手よくまはれども、ひかぬふりしておほどかにもてなし、古歌の二三千首もそらに覚え、清女・紫婦の文句を味ひ、仮名遣ひに心を付け、墨付きうるはしく見するなど…色道の礎なればたしなむべき第一なり」（『好色敗毒散』元禄十六〈一七〇三〉年）と、音曲や文芸に親しむ「よき女郎」の姿そのものである。

　人気者に溺れて借金に苦しむ客が生まれるのも、女色／男色で変わりなく、客を楽しませる「色道」の巧者として、若衆にも遊女にも等しく、教養や芸能、接客術という多岐にわたる能力が求められた。江戸の「色道」は単なる性的欲望処理の手段ではなく、芸能や文芸も含めて総合的な官能的快楽を追求する「道」であったため、江戸の男色と女色は、この意味でも同じ「色」の範疇の中にあり、歌舞伎役者相手の男色は、遊廓と並ぶ「二大悪所」のひとつとして、客に非日常的娯楽を提供したのである。

> 　されどもこの勤めのせつなき事を忘れけるは、万人男女ともに気をうつし、現なき風情に姿の自慢、宿に帰れば、「太夫様〳〵」と、あまた人のそだてつるに、身くだくる事をもしらざりき。これを思ふに薄明の身に替はらず、品こそ違へ遊女に同じ。
> （『男色大鑑』537）

と、スターとして注目されることに対するナルシシズムも、女色／男色に共通すると指摘される。表舞台の華やかさと労働実態の過酷さの落差においても、人気歌舞伎役者と高級遊女の生活は同値である。

商品化の進展が大衆化をもたらし、サービス側の資質の低下をもたらす点まで、商業的男色と女色は同じ歴史的展開をたどっている。[8] 遊女の場合、宝暦頃に高度な芸を備えた太夫は消滅するが、男色においても時代がくだるにつれ、「むかしは情もふかかりしに、いつぞの程より分里の女のごとくなりぬ」と打算的若衆が増えたとされ、「衆道の分も知らずしてふんどしとき掛かる」(『男色大鑑』536)と、客の側も「道」としての衆道の作法を理解せず、単なる欲望処理の対象として若衆を求めるようになる。安永期の男色の艶笑小咄にも、床入り前の所作事を省略したがる男の心情が描かれ(渡辺 2013: 145)ており、「芸道」をともなった「色道」が衰退し、女色／男色を問わず、商業主義的接客が主流化してゆく。

西鶴が述べるような容姿への自己陶酔が、当事者意識の主流であったかどうかは、過酷な労働実態にてらせば疑問の余地もあるが、性の商品化の議論は、女／男という枠組みのみならず、少年／男という関係性も歴史的視野に入れて論じるべきであることは確かである。

少年と女性のジェンダーの同質性——若衆の〈女性性〉

商品化の対象となる遊女と少年は、セックスとしての女性／男性の相違がありつつも、社会的、経済的脆弱性においてジェンダーとしての〈女性性〉を共有している。男色の相手となる少年、特に歌舞伎役者たちは、「さながら風情(ふぜい)は、絵に残せしむかし名をしる美女めきて」(京都の人気女方・吉田伊織と藤村半太夫、『男色大鑑』533)、「黄なる肌着(はだぎ)に青茶・椛茶(かばちゃ)の縞揃(しまぞろ)へ、ぱつとしたるかたぎ、さながら女のごとし」(大坂の人気女方・袖岡今政之助、538)と、容姿も〈女性性〉をめでられており、京都で人気の若女方・藤田皆之丞は、「願はくは女方の藤田皆之丞を生きながら女にせまほし」(569)と、いっそのこと女そのものであってくれたら、というファンの声さえ多くきかれたという。「うつくしきがうへに女のごとく紅の脚布する事、恋をふくみてしをらし」(593)と、役者たちもそんな客の期待に応えるように下着まで女性をまね、「なほ姿に気をつくし、…祇園町さる方に簾を掛けさせ、まことの都女の風俗をみて、よき事もあらばそれをと思ひしに」(上村吉弥、519)と、都の女性の風俗を目標とした。努力の成果というべきか、歌舞伎の女方と美人画の女性は、髪型と衣装以外ではほとんど区別がつかない(佐伯順 2008)。

女方役者が女性に似るのは当然といえば当然であるが、武家の美少年も、「女子にして見まく欲しき。相貌いと美しく」(曲亭馬琴『近世説美少年録』文政十一〈一八二八〉年、37)と美女になぞらえられ、若衆は前髪と振袖という女性に類似する外見によって特徴づけられていた。前髪は未成年の記号であり、若衆歌舞伎禁止(承応元〈一六五二〉年)後の野郎歌舞伎では、前髪を剃ることが義務づけられ、紫帽子で額を隠すことで前髪の代替とした。前髪は若衆の重要なアイデンティティであり、女性は月代を剃らないので、女性との外見的近似性をもたらすとともに、成人男性と少年とを区別する記号でもあった。

これほどまでに容姿、ジェンダーとしての〈女性性〉を有しながらも、あえてセックスとしては男性である若衆が求められたのはなぜであろうか。女方をいっそ女性にすればよいというファンの存在は、欲望の対象は〝女でも男でもよい〟と考える成人男性の存在を示す一方、「これをわる物ずきといふ。同じくは稀なる若衆に女のまねびさへうたてかりといふ。この道をすけるからはそれ程になくてはならず」(『男色大鑑』569)と、若衆と女性の同一視は男色として邪「道」との主張も存在した。

では、若衆と女性は、いかなる点において差異化されたのであろうか。

出家の契機としての男色——無常観の近世的継承

『田夫物語』の〈男色派〉たちは、若衆の美の本質は「散りやすさ」にあると述べていたが、『男色大鑑』が記す歌舞伎役者たちの男色の逸話は、まさにそうした美意識の体現となっている。巻五・四「江戸から尋ねて俄坊主」[9]では、江戸の名女方・玉村主膳が「日を重ねて姿の花もをしまれ、月は二十日あまりの空と詠めし年の頃」(486)と、容色のかげりが周囲に取りざたされた時期、突然行方をくらましてしまう。やはり、女方の玉井浅之丞(寛文・延宝期の江戸の玉川主膳座の若女方)は、主膳と「互にかはるまじきとの約束」(487)をした仲であったが、主膳の突如の失踪に驚いて行方を尋ね廻り、ついに河内国安福寺で出家の身となった主膳を探し当てる。だが浅之丞に還俗を促されても、主膳は頑として拒絶し、その固い発心に感じ入った浅之丞もまた出家する。

主膳の出家の動機は、テキストには明確に記されていないが、ちょうど観客に容姿の衰えを取沙汰された時期の失踪と出家は、主膳が自身の容色のはかなさを悟ったことをうかがわせる。中世の稚児物語において、少年の命のはかなさが無常への悟りを促したように、近世の女方は、自らの容色の衰えにスターとしての人気、ひいてはこの世の盛りのはかなさを悟って、出家の道を選んだと推察できる。

同じ役者で「美児人(びせうじん)」(490)の誉れ高かった山本勘太郎[10]が、「竜田の紅葉(もみぢ)見にまかりて、色ばかり好めるかへさに」(同前)と、紅葉見物の帰りがけにたまたま主膳と浅之丞の出家姿を目にし、「ここにたよりて哀れに殊勝に思ひそめて、まことに夢の夢と、これも発心(ほっしん)の身となりぬ」(同前)と、さらに出家したという結末からも、この推察を裏づけることができる。名所・龍田川の散る紅葉は、全盛を誇った人気役者たちの出家姿と重なり、「花も紅葉もしばしにて、散りやすきゆゑにこそ人も愛すれ」(『田夫物語』)とされる若衆の美のはかなさを、勘太郎に痛感させたのであろう。「色ばかり好」んでいた勘太郎は、華やかな好色の世界の歓楽と、役者たちの容色の盛りが、所詮はむなしいものとしみじみ悟ったのである。

はるばる江戸から訪ねてきた浅之丞を、「我出家して、世にあるとも定めぬ身なれば」(『男色大鑑』487)と追い返そうとした主膳は、「人の命をとる程の女方、よろづの拍子事、またの世にも出来まじき名人、ことに若道のたしなみふかく」(486)と、芸にも男色にも通じた評判の女方であり、浅之丞もまた、「すぐれてうるはしく情もふかく、諸人の恋草」(487)との人気役者であった。そんな名女方どうしの交際が出家に終る筋書きは、すぐれた稚児との交際を契機に主人公が遁世の道を選ぶ『秋夜長物語』に通じあう。

『秋夜長物語』では稚児が死ぬが、主膳が〝死んだも同然〟と自ら述べる出家の道を選ぶのは、浜辺で息絶えるアッシェンバッハの姿にも重ねることができよう。もしかすると主膳は、恋人であった浅之丞の美が失われるのも、同時に恐れていたのかもしれない。だがこの逸話ではいわば〝後追い出家〟ともいうべき形で浅之丞も出家する。「浮世者にて浮世の事をすて、今にこの山をはなれず、勤めしまして住みける」(490)と、ともに「浮世」を捨て山中に入った二人の姿は、西山に庵を結んで隠遁生活に入った『秋夜長物語』の瞻西上人さながらであり、「浮世」(現世)の歓楽を極めた役者たちが、その果てに超俗的生活に導かれる心理を伝えている。[11]

『ヴェニスに死す』のような一方通行的関係ではなく、恋の当事者が二人とも出家し、しかも同棲しているので、現世を超えた世界での恋の完成、出家という形をとった変則的心中とも解釈できる。そもそも二人は歌舞伎の座元と役者として親しくなったのであり、現代風にいえば職場恋愛という性格を帯びている。男ばかりのホモ・ソーシャルな役者集団における〈男の絆〉が、恋にまで高まったのが二人の仲であり、出家はその恋を最終的かつ永遠に叶えた、強固な〈男の絆〉の実現ともいえよう。

『男色大鑑』巻五・三「思ひの焼付は火打石売り」でも、恋人の一人が世捨て人となった。「尾州にかくれもなき風流男」(483)であった通称「尾張の三木」は、人気女方・玉川千之丞と「深く申しかはして」いたが、突如消息を絶つ。悲しんだ千之丞は相手の行方を捜しまわり、ついに五条河原で火打石売りをする本人を発見するが、「この世捨て人、これを更にうれしくは思はず、「よしなき人の尋ねきて、我が楽しみのさまたげなり」とうたてく、ここをもまた去りて、何国へか行き給へり」(485)と、三木は千之丞の思慕に感謝するどころか、さらに身を隠してしまう。

人気女方との交際に突然幕をひいた三木の心理は詳述されていないが、若衆相手の享楽的な恋に、ふとむなしさを感じたのではないか。火打石売りという末路が示す一瞬の光も、この世の栄華のはかなさを象徴するかのようだ。「彼〔檜俊輔、引用者注〕が、いたるところに見出すのは厭離の心である。西鶴の男色物の恋人たちは、出家か心中にしかその帰結を見出さない」(『禁色』409)と評されるとおり、主膳の出家にも三木の遁世にも、超俗的世界への希求をみることができる。

だが、一方で捨てられた少年の側に立てば、主膳の出家も三木の蒸発も、身勝手なエゴ以外の何物でもない。主膳は浅之丞にとっては座元であり、千之丞にとっての三木は贔屓の客であった。いずれにせよ、優位的立場の人物が相手を捨てたという権力関係にあり、主膳と三木は剃髪または月代のある〈男性性〉の記号、少年たちは振袖に長髪という〈女性性〉の記号を身に帯びている。

この世の美や享楽のはかなさを悟り、人気遊女が出家する伝承も存在するので(佐伯順 1987)、「色」の世界に生きていた遊女と若衆の出家にも無常観という共通点があるが、超俗的境地の希求を言い訳に、少年側の意思や主体性が一方的に踏みにじられるとすれば、それは『ヴェニスに死す』のアッシェンバッハのまなざしにも通じる年少者の抑圧や人権無視へとつながる。

ただし、主膳と浅之丞の場合は共に出家することにより、隠遁という特異な形ではあるが、永遠のパートナーシップを結んだ。これは同業者ゆえの強い相互理解の産物と考えることができるが、三木と千之丞の場合は、客＝買う側／役者＝買われる側、という力関係が存在したため、後者の思慕は一方的に無視されたまま終わったといえる。関係の刹那性が当事者間の合意によらず美化されるとすれば、美意識という名を借りた差別的関係の正当化であり、近世の男色にも、年長者側から年少者側への抑圧的側面が含まれていることを見逃してはならない。

とはいえ、日本近世の男色も全面的に刹那的関係ではなく、「今年主水は六十三、半右衛門は六十六まで、昔に替はらぬ心づかひ、二人ともに一生女の顔をも見ず、この年まで世を過せしは、これ恋道、児人を好ける鑑ならん」(『男色大鑑』454)と、永続的パートナーシップも存在したとされる。特定のパートナーと永続的日常生活を営んだカップルを男色の「鑑」とみなす判断は、「近代恋愛」の〝オンリーユー・フォーエヴァー〟(一対一かつ永遠)の規範(佐伯順 1998)に近いが、このカップルを例外的とみなす筆致から、これが当時の男色の主流的交際スタイルではなかったことも同時に理解できる。

『男色大鑑』の英訳者・ポール・シャロウは、日本近世の男色を「少人好き」(connoisseurs of boys)と「女嫌い」(woman-haters)の二種類に分類し、前者を近代でいうバイ・セクシュアル、後者をホモ・セクシュアルに近いものと説明している(Schalow 1990: 4)。確かに、一生女性と交際せずにすごしたカップルの例は、性的指向が全面的に男性に向かう、近代的な男性同性愛に近いセクシュアリティを示しており、「少人好き」は若衆相手の一過性の関係であり、性的指向は全面的に男性に向かわず、『好色一代男』の世之介のように、女性関係と並行して実践される。

では、江戸の「好色」において、男色と女色が一人の人間において矛盾なく共存したのはなぜか。以下、その理由を女色／男色の優劣論を手がかりに検討する。

生活維持としての「女色」と耽美的恋としての「男色」

「親の合はすれば、…是非に及ばず、添はでかなはぬなり。…若衆は、わが思ふ人に心をかけ、たがひに合点をしてゐれば、別に迷惑なることもなし」(『田夫物語』135)と、『田夫物語』の〈男色派〉

は、女性との結婚が親の意思決定により半ば強制的に行われるのに対し、男色は当事者の自由意思による恋であると主張する。江戸期の結婚に当事者の自由選択という近代的概念や習慣は確かに希薄であり（森下 1992）、結婚の主目的は家系の維持と子孫の確保であったので、男色こそが自由な恋であるとの〈男色派〉の主張は、当時の結婚風俗にてらせば確かに一理ある。

だが〈女色派〉たちは逆に、「女ともろともに親に孝をつくし、女と仲のよきを親たちともに喜び…これ道にあらずや。その方の非道の証拠には、親合点（がってん）して若衆を嫁に呼びたることも聞かず」(133)と、家の繁栄と親孝行こそが人生の最大目標であり、それにつながらない男色は「非道」であると反論する。一過性や超俗性にこそ価値をみいだす耽美的な〈男色派〉の人生観と、世俗的日常生活の維持を人としての責務とみなす〈女色派〉の対立は、ここに至って単なる嗜好の違いを越え、人生の最大目標や任務をどこにみいだすかという、人間のアイデンティティの問いへと拡大している。恋の刹那的快楽や美的価値を追求するのか、永続的で平穏な日常生活を重視するのか——男色と女色の対立は、人生観全体の対立となり、もはや議論は平行線とならざるをえない。

超俗的かつ耽美的な〈男色派〉の価値観において、妻子は当事者を現世につなぎとめる〝障害〟でしかなかったが、〈女色派〉の観点からは、「女や子をおきてわが一跡（せき）の金銀を預け、また財宝の家蔵の鍵などを若衆に預けたまふや。またわが妻子をおいて若衆に家を継がせたることも聞かず…われ死して後のことまでも、ねんごろに分別しておくことも、男、女の志の深きによるものなり」(139)と、家の管理のためには女性との結婚が必須であり、若衆に家計管理を任せたり死後を託したりすることもない以上、男色よりも女色のほうが正当であると説くのである。

生活者としての人間性を重視する〈女色派〉の人生観は、究極の美的価値を超俗的次元に追求する〈男色派〉の価値観とは対極にあり、最終的には、「釈迦も孔子も、三世の諸仏も、その方(はう)やわれらも、みなこのところより出生し侍(はんべ)らずや」「子孫相継(あひつ)ぎてこそ、家をも保ちたまひしなり」(132)と、出産が無ければ家も国も消滅するという〈女色派〉の主張に、〈男色派〉が答えに窮して論争は終る。物語の題名も『田夫物語』であり、〈女色派〉の論争勝利を予告する。

しかし〈女色派〉の勝利は決して、女性との交際や女性の存在の尊重を意味しない。これまでの引用から明らかなように、女色の正当性の根拠は、家系の維持や生活上のケア役割という、男性の日常生活にとっての女性の〝利用価値〟に求められており、対等な人間、あるいは恋に価する相手として女性を評価しているわけではない。「神功皇后…木曽の巴・義経の静、いづれかみづから戦場に出でてその功これなきや」(137)と、歴史上の著名人たちの名を挙げ、女性にも社会的能力があると認めるかにみえながら、結論としての女色の正当性は、出産能力へと回収されるのである。

〈女色派〉の主張のなかに論点のすり替えがあることにも注意が必要である。女色の結論的価値とされる結婚や出産とは逆に、近世の「色道」は遊廓を舞台とした遊女との恋を中心に発展したのであり、同じ女性関係でも、妻との結婚生活と、結婚に直結しない遊女との好色は、異質な関係であった。ところが『田夫物語』の〈女色派〉は、この両者を自覚的あるいは無自覚的に混在させ、〈男色派〉との対立にあたり、恋の快楽を説く際には遊女との好色を、生活次元での意義を主張するには結婚を対置させ、巧妙な使い分けを行っている。

そもそも「好色」という範疇のなかに女性主体は想定されていないのだから、こうした論点のすりかえは、女性不在の論争が引き起こす必然ともいえる。女色＝男対女、男色＝男対男と、いずれにしても男性主体しか想定しておらず、「遊び」としての遊女と男の「女色」は、身請により結婚生活と接続しないかぎり、非日常的若衆との恋とほぼ同質となる[12]。

逆に、妻との日常生活と若衆相手の男色は、後者を一過性の遊びとわりきれば矛盾なく両立するのであり、だからこそ両者を同時に楽しむ当事者も存在し得た。したがって、近世の女色／男色の優劣論は、ヘテロかゲイかという近代的二項対立を基盤とした論争ではなく、男性当事者のみを想定した同じ「好色」の範疇のなかでの、ホモ・ソーシャルな〝仲間内〟の議論であり、蕎麦好きとうどん好き、ネコ好きとイヌ好きとの対話にも似て、実はどちらが全面的に否定、肯定されるというものではない。

一過性の審美的恋を重視するか、永続的日常生活を重視するかという人生観の相違はあれ、近世の「好色」のセクシュアリティは流動的であり、固定的なヘテロ／ゲイという近代的当事者意識は希薄だったのである。

武士の男色――果し合いと流血への志向

ただ、超俗志向とはいっても、武家の男色と歌舞伎若衆の男色には、重要な質的相違があった。歌舞伎若衆の男色は、芸能人かつ接客業という職業柄、不特定多数の客を相手とし、「たけき武士のつきあひ、鬼のやうなる男だてをやはらげ、百姓にあへば土気をおとさせ、神主には厚鬢をおろさせ」（『男色大鑑』482）と、多くの男性を虜にすることが名誉とされ、『好色一代男』の世之介の少年遍歴にもみるように、歌舞伎若衆や町人の男色には、『源氏物語』の光源氏の色好みにも通じる、恋多きことを肯定する価値観があった。

ところが武家の男色は、これとは正反対のモラルを志向した。

若年の時、衆道にて多分一生の恥に成事有。心得なくては危き也。云聞する人が無きもの也。大意を申べし。「貞女両夫にまみへず」と心得べし。情は一生一人のもの也。さなければ、野郎・かげまに同く、へらはる女にひとし。是は武士の恥也。…互に命を捨る後見なれば、能々性根を見届也。…武道をはげむべし。爰にて武士道と成也。[13]

（『葉隠』263-64）

武家の男色は「野郎・かげま」とは一線を画し、「一生一人」に「情」をささげるものと『葉隠』（享保元〈一七一六〉年、口述時期は宝永七〈一七一〇〉年から享保元年とされる。小池 1993: 14-15）は説く。この一節は、「衆道」が「武士道」の心得の一環とされるほど武家の一般的慣習であったことを示すとともに、男色指南の書としての『葉隠』の側面を明らかにする。口述者・山本常朝が説く武家の男色の規範は、「一対一」かつ「永遠」という倫理観において、「近代恋愛」の〝オンリーユー・フォーエヴァー〟の道徳律と実質的に同じである。

この規範は武士にあっては、「くねる者あらば「障ある」と云て手強く振切べし。「障は」とあらば、「夫は命の内に申べしや」と云て、むたいに申さば、腹立、尚無理ならば切捨べし」（『葉隠』264）と、命をかけて遵守すべき倫理規範であった。『葉隠』は成立当時、佐賀藩内でも秘本扱いであり、『葉隠』をもって近世武士全体の男色の規範や実態の代表とみなすのは早計である。だが、江戸期の武家の男色の逸話を読めば、確かに『葉隠』的な規範に基づく行動を随所にみいだすことができるのである。

『男色大鑑』には武家の男色関係による殺傷事例が描かれており、歴史的現実としても男色はしばしば「喧嘩や殺傷事件の原因」(氏家 1995: 136)となっていた。巻一・四「玉章は鱸に通はす」は、出雲国松江藩の家中、増田甚之介と森脇権九郎、巻三・四「薬はきかぬ房枕」は、江戸の某家中に仕える伊丹右京と母川采女、いずれも同じ家中の武士どうしの恋を描き、三角関係の解消のために刃傷沙汰が起こるという筋書きである。

同じ家中のカップルが描かれるのは、当時の武士の男色が、男のホモ・ソーシャルな職場における〝職場恋愛〟としての性格をもっていたことを意味する。歌舞伎においても役者どうしの〝職場恋愛〟が存在したが、いずれも男性中心のホモ・ソーシャルな職場であったため、公的な職業関係と、恋という私的、情緒的絆がおのずと融合する例があったといえる。

『男色大鑑』の前述の例では、横恋慕する半沢伊兵衛(巻一・四)も細野主膳(巻三・四)も、同じ家中の武士であり、母川采女の場合、最初は家中の別の武士・志賀左馬之助と交際していたとされ、武家の男色実態は必ずしも「一生一人」ではなく、複数関係を含んでいた。三角関係の処理も、左馬之助は身を引いたので刃傷沙汰には至っていない。だが『葉隠』の男色指南では、しつこく言い寄る者は殺せと述べているので、果し合いによる三角関係の解消は、武士としては〝教科書どおり〟の解決手段とも解釈できる。増田甚之介に横恋慕した半沢伊兵衛も、「一命捨てて」(『男色大鑑』333)求愛したとされ、〝武士の恋は命がけ〟という『葉隠』の弁と呼応している。

もっとも、森脇権九郎は当初、「世には命といふ物ありてこそ、互に楽しみもあれ。その心のやする返り事分別して見給へ」(334)と、伊兵衛をなだめる返事をせよと甚之介に述べ、近代的な人命尊重の観点からは、しごくまっとうな提案をしている。だが甚之介はこの提案に憤慨し、「まづ伊兵衛を武運にまかせ首尾よくしまひ、かへる太刀にて安穏には置くまじき物を」と、伊兵衛のみならず権九郎までも「討つて捨てん」(334)と思い詰める。甚之介の激しい怒りは、「深く契約の上は、たとへば殿様の御意にもしたがひ申すべきや」(334)と、「一生一人」という武士の男色のモラルを忠実に守ろうとの覚悟に由来する。他の男の機嫌をとれという恋人の提案は、武士の男色のモラルと甚之介の覚悟にてらせば許し難いものだったのである。

恋のもつれが、殺す／殺されるという極論に結びついてしまうのは、そもそも武士の職掌が戦闘という〈戦士性〉をアイデンティティとしており、果し合いは「武運」をためす絶好の機会だったからである。いったんは和解案を提示した権九郎も、結局果し合いには参加したが、甚之介には恋人の平和的提案が「腰抜け」にみえたのであった。

> 打返などは、中合て埒の明ものにてなし。一人行て切殺さるゝ迄と覚悟有べし。口にて「打返し〳〵」と云つのるは、紛者有也。智恵の有者は、口ばかりにて後日の聞えを取事有り。曲者と云は、沙汰なしに潜に脱出て死者也。
>
> （『葉隠』470）

と、トラブルは話し合いではなく一人ひそかに果し合いに向かって解決すべしと述べる『葉隠』の武士の理想像は、恋人にも黙って一人で決闘に向かった甚之介の姿そのものである。喧嘩は無理に仲裁するのではなく「様子により打ち果させ然るべき事」と断言し、「とかく我が身にもせよ、人の上にもせよ、武士の仕事は、聞てもいさぎよき様にするもの也」(457)とも『葉隠』は説いており、殺傷を回避するよりも「打ち果」すほうが武士の「潔さ」の体現であるとされる。『葉隠』の口述は『男色大鑑』の成立よりも時代は後になるが、常朝は同時代の武士の実態ではなく過去の武士の行動を回顧的に述べているので[14]、果し合いによる三角関係の解決は、少なくとも理念としての武士のアイデンティティとは結びついていたと考えることができる。

死の直前の少年美

武家の男色物語における果し合いや死は、かくして武士ならではの「潔さ」の証明として思いきり美化される。「甚之介装束は、浮世の着をさめとてはなやかに、…上は浅黄紫の腰替りに五色の糸桜を縫はせ、…大振袖のうらにこき入れし紅葉ほのかに、鼠色の八重帯、肥前の忠吉二尺三寸、同作一尺八寸の指添へ」(『男色大鑑』338)と、果し合いに臨む甚之介は、桜や紅葉模様の大振袖で華やかに着飾っており、死を覚悟した緊張感が、その鮮烈な美しさをいやます。

> この時とうちむかふ、その様えもいはれず。雪ねたましき薄衣を引違へ、きよげに着なし、錦の袴すそ高に、常より薫物をかをらせ、太刀引きそばめ、しのびやかに立ちむかふにも、これは隠れなき匂ひに、寝覚め驚く人もありけれども、とがめずして通し侍る。（416）

同じく三角関係の解決のため、果し合いに向かう伊丹右京の姿も、着物の着こなしから薫りにいたるまで、繊細に気を配ったものであった。死装束と覚悟した武士の〝晴れ姿〟は、若衆の美をいやます。

男色による武士の喧嘩や果し合いは物語的誇張ではなく、現実にも男色が原因の殺傷事件が頻出したため、「十七世紀以降、幕府や諸藩」は「家臣団の間の衆道…を厳しく罰する」方針を打ち出した(氏家 1995: 124)。権九郎と甚之介も本来は処罰されるべきところであったが、「親甚兵衛忠孝の者、甚之介儀も兼ねて御奉公よく勤め、ことさらこの度の様子、若年には神妙なるはたらき」と、甚之介の親や本人の日頃の奉公ぶり、果し合いでの武勇が認められて、特別にお咎めなしとなった。だが、伊丹右京と母川采女の場合は、「いかなる宿意にてもあれかし、上をないがしろにするいはれなし」(417)と、右京は切腹をおおせつかり、采女も右京の後を追って死ぬ。家中の秩序維持という観点からは、私的な果し合いは反体制的行為であり、称賛よりも処罰の対象となる。武家の男色実践は、武士としての〈戦士性〉のアイデンティティと密接に結びついていながらも、同時に、家中の支配秩序を乱す危険をはらむ矛盾を抱えこんだ行為であった。

とはいえ、切腹もまた武士の「潔さ」を示す機会であり、際だって美しく描写される。[15]「容顔なまめかしき若衆」(419)が切腹するとの噂を耳にして集まった見物人のなかに、右京はさわやかな浅黄色の裃姿で「またなくはなやか」に登場する。新しい駕籠に乗り、大勢の人々を従え、「白うきよらかなる唐綾の織物に、あだなる露草の縫尽し、浅黄上下織目ただしく、うららかにそこらを見渡し給ふに」と、露草をびっしりと刺繍した白い着物に身を包み、悠々とあたりを見渡す様子は、死を前にしても動じない右京の精神的強靭さを印象づける。切腹という行為には儀式的流血というスペクタクル性が存在するが、「喧嘩での切腹は、犯罪に対する処罰ではなく、武士の礼を尽くしたもの」(山本 2003: 73)でもあり、文学的な美化も武士の「潔さ」を体現するゆえであろう。

「この世に長生をたもつ美人、鬢糸をまぬかれず。容色新たなる本意達して、自ら剣の上にふす事、これ成仏」と、右京は、若く美しいまま死ぬことこそ本望、とも述べている。日本中世の稚児物語や、『ヴェニスに死す』の少年表象にも通じる〈夭折の美少年〉表象は、桜花とも一体化する。「咲きおくれたるにやあるらん、山桜の残りすくなきを詠めて」(419)と右京の切腹場面は散る桜のイメージに彩られ、挿絵にも桜の枝が描きこまれている(第四章扉)。「春は花秋は月にとたはぶれて詠めし事も夢のまたゆめ」と、辞世にも「花」にことよせた世の無常が詠みこまれ、切腹前に詠じた漢詩にも「縦旧年花梢残待後春是人心」と、桜花が詠みこまれ(419)、十代半ばという年齢もあいまって、まさに〝散りやすきゆえの至上の美〟としての少年美が際立つ。果し合いに赴く甚之介の着物にも糸桜の模様があり、桜と少年、特に散る桜と〈夭折の美少年〉のイメージの融合は、近世文学においても〝開花〟し続けている。

少年美へのナルシシズム——主体的自己実現としての夭折

稚児物語の稚児や『ヴェニスに死す』のタッジオが、年長者の視点からの夭折願望を記されていたのに対し、武家の男色では、若衆が主体的に死を選び、しかも自己の美を積極的に周囲に印象づけている。

見物人の前に現れた切腹前の右京は、〝露の命〟を示唆するかのような露草模様の着物に身を包み〝視られる自分〟を強く意識したかのような自己演出をうかがわせる。果し合いに向かう甚之介もまた、桜と紅葉の刺繡をほどこした華やかな振袖を身に着け、自己演出に余念がない。死を覚悟したコスチューム・プレイともいうべき彼らの装いは、少年美への強烈なナルシシズムの産物でもあろうし、精一杯装うことで自らを鼓舞し、死の恐怖に耐えたとも考えられる。

「傘持つてもぬるる身」(『男色大鑑』巻二・二)の主人公・長坂小輪の逸話は、こうした若衆の死際の自己陶酔が際立った例といえる。父を亡くし、母と貧しい暮らしをしていた「十二三なる美少人」(365)の小輪は、明石の殿にかかえられて「夜の友」(367)となった。だが、主君以外の男性と恋仲になったため、見せしめに皆の面前でお手打ちとなる。主君が浮気されたとあっては権威が著しく傷つくため、殿自ら小輪の左手、右手と順に切り落とし、嬲り殺しにするのだが、小輪はいささかも動じることなく、「このうしろつき、また世にも出来まじき若衆、人々見をさめに」(371)と、自分の美貌を目にやきつけてくれと言い残して死んでゆく。

十三歳の小輪の死を恐れぬ強靭な精神は、武士としてのプライドにもよるが、「わざとならぬ顔ばせ、遠山に見初むる月のごとし。髪は声なき宿鳥にひとしく、芙蓉の瞼じり、鶯舌の声音」(366-67)と描写される、美貌への強いナルシシズムにも裏打ちされたものであった。武家の若衆たちは、武士としての誇りと主体的意思にもとづいて積極的に死に向かい、同時に美貌に自己陶酔し、その美しさを死によって極限にまで高めんとするかのようである。

少年たちの強烈な自負心は、一歩間違えば傲慢にもなりかねないが、「武勇と少人は、我は日本一と大高慢にてなければならず」(『葉隠』282)と、『葉隠』はまさに、「大高慢」であってこそあっぱれ武士の「少人」であると説いている。右京や小輪ら十代の少年たちは、〝我こそは日本一〟という高い誇りに満たされて、納得して死に赴いたのであろう。「風体の執行は、不断鏡を見て直したるがよし」(『葉隠』247)、「写し紅粉を懐中したるがよし。自然の時に、酔覚か寝起などは、顔の色悪しき事あり。斯様の時、紅粉を引たるがよきなり」(291)と、『葉隠』は武士たるもの容姿にも気を配るべしとも述べており、若衆たちの装いへのこだわりにも納得がゆく。「活た面は正念なり」(240)と、死を覚悟した場面でこそ武士の表情は輝くとされており、若衆たちの死際の自己演出は、内実ともに武士としてのアイデンティティを追求した結果といえる。

「人は『死』によって彼のお洒落を全うする」(稲垣 1973: 202)、「(男の美は、引用者注)最高の行動を通してのみ客観化され得るが、それはおそらく死の瞬間」(三島由紀夫「太陽と鉄」99)と、同様の美意識は近代の少年観、男性論にも受け継がれてゆく。

男色の究極表現としての死——主従関係という〈アライアンスの装置〉

武家の男色においての死が美化されるのは、死が〈戦士〉としての誇りであると同時に、「命を捨つるが衆道の至極なり」(『葉隠』264)と、男色の究極の恋の表現ともみなされていたからである。武家の若衆たちが満足気に死んでゆくのは、「唯思ひ死に極むるが至極なり」(103)とされる極限の恋を実現した達成感に満たされていたからでもあろう。

「嬲りころする袖の雪」(『男色大鑑』巻三・二)では、伊賀の若衆・山脇笹之介が、恋人の伴葉右衛門が別の若衆と親しげにしたことに嫉妬し、葉右衛門を雪中に裸で放置して凍死させてしまう。葉右衛門が死ぬと笹之介も即座に後を追って切腹し、いわば〝後追い心中〟のような結末となっている。女と男の心中物語は浄瑠璃や歌舞伎にも描かれるが、男どうしの恋物語にもまた、死による永遠の恋というモチーフが存在した。ただし、男女の心中が社会的逸脱であるのに対し、武家の男色物語においては、死が武士の恋の究極の表現として肯定的要素を帯びていたのである。

恋と死の融合は、武家においては主君への忠誠心の源泉ともなった。「陣中に出でて敵を防ぎ、御最期の御伴を申す人、多くは御物たちなり」（『田夫物語』136）と、主君の寵童（御物）たちは、いざ戦乱の際にはすすんで主君に命を捧げ、忠誠心を兼ねた恋心の誠を示した。「君臣の間と恋の心と一致なる事、宗祇註に見当り申し候」（『葉隠』289-90）とあるように、武家の主従関係は主君への強い情緒的絆によって支えられていた。

前述のように、武家の男色は男性集団における〝職場恋愛〟という性格を有していたため、家臣の主君への恋は、忠実な部下としての働きを発揮する強い動機づけになり得る。武家の男色はその意味で、ホモ・ソーシャルな男性組織を支える〈男の絆〉の重要な要素であり、男性集団の〈アライアンスの装置〉としての絶大な政治性を発揮した。私的な欲望や恋心の発露という次元をこえ、公的関係を維持する社会的機能を、武家の男色は果たしていたのである。

> 業にて御用立つは下段なり。分別もなく、無芸無勇にて、何の御用にも立たず、田舎のはてにて一生朽ち果る者が、我は殿の一人被官なり、御懇にあらふも、御情なくあらふも、御存じなさるまひと、それには曽て構はず、常住御恩の忝き事を骨髄に徹し、涙を流して大切に存じ奉るまでなり。……恋の心入のやうなる事なり。情なくつらきほど、思ひを増すなり。適にも逢時は、命も捨つる心になる、忍恋などにて候。よき手本なれ。
> （『葉隠』289）

主君が家臣に対等な恋心を抱く可能性は、身分秩序の前提からしてあり得ないため、家臣の恋は片思いが基本型となるが、片思いこそ恋心を増すとの『葉隠』の一節は、奉公の心的動機づけを高める〈アライアンスの装置〉としての男色の重要性を端的に示している。

たとえ主君から一顧だにされなくとも、何の御用に立たなくとも、ただひたすら主君を思う気持ちこそが重要である——理屈や実利を度外視した相手への思い入れは、確かに「恋の心入れ」に似たものであり、典型的具体例として『葉隠』は、「大島外記追腹の事」(466)をあげる。鍋島勝茂逝去の報を聞いた大島外記は、「我等は追腹仕り候」と仕度をはじめ、周囲の人々が皆、「下々の相似合はざる儀無用の由」を伝え「差し留め」たにもかかわらず、殉死を決行したという。外記の死は、主君の防衛や戦勝への寄与といった実用的効果は全く無く、主君が望んだものでもない。それでも外記は追腹を選んだ。

『葉隠』の口述当時、追腹は既に禁止されており、周囲にも反対された外記の死は、まさに死のための死というべきものであった。近代的な生命尊重主義からみれば全く無意味であるが、「追腹御停止になりてより、殿の御味方する御家来なきなり」(251)と、『葉隠』は追腹を暗に肯定している。恋という理屈ぬきの相手への思慕こそが忠誠心の根源であるという発想と、究極の愛情表現は死であるという武家の男色観が結びつき、死をいとわぬ家臣団に支えられた主君の支配体制が確固たるものとなる。

「武士道といふは、死ぬ事と見付けたり」(220)との、後世最も著名となった『葉隠』の一節は、〈アライアンスの装置〉としての男色と忠誠心の融合を理解してこそ、初めて正確に読み解ける。常朝自身はあくまでも「追腹禁止令という法令を遵守」する「奉公人」として、実際の死ではなく「死の覚悟」をもっての「奉公」を説いたのだと指摘され(小池 1993: 27)、戦士ではなく奉公人としての武士の任務が近世中期に優位となったため、「死ぬ事」を武士道の極致とする理解はあくまでも近代の所産とされる（笠谷2007）。理念上、表象上は理想化された男色による武士の死は、実態としては衰退していたといえるが、男色的思慕に支えられた忠誠心は、「恋して、恋して、恋して、恋狂いに恋し奉ればよいのだ。どのような一方的な恋も、その至純、その熱度にいつわりがなければ、必ず陛下は御奉納あらせられる」（三島由紀夫『英霊の声』一九六六年）と、近代戦時体制における天皇と軍人の関係へと読みかえられる。

山本常朝が同時代の武士の行動実態ではなく理念的心性を述べたように、近代日本の兵士たち全員が天皇への「恋」に突き動かされて死に赴いたとはいえず、『英霊の声』はすでに戦争終結後に描かれた、三島由紀夫個人のノスタルジックな軍人イメージにすぎない。だが、『男色大鑑』と『葉隠』に通底する男色的精神性は、両者に直接影響をうけた三島のテキストのみならず、近代日本の表象に少なからぬ広がりを有していることを、第五章以降で明らかにしたい。

忠誠心と男色の矛盾――男色の反権力的要素

武家の男色が忠誠心と融合したのは、「情は一生一人」という倫理規範が、「二君に仕えず」という君臣のモラルと一致したからである。だがそうであれば、恋の対象は主君に限定され、もし恋心が主君以外の対象に向かえば深刻な矛盾を引き起こす。

「命を捨るが衆道の至極也。さなければ恥に成也。然れば主に奉る命なし。それ故、好きてすかぬものかと覚へ候」（264）と、『葉隠』はこのジレンマをさすがに悟っていた。男色が主君と家臣の間に限られたものであれば、忠誠心という〈男の絆〉の強化にきわめて有効に機能するが、主君以外の男性に恋をした場合、主君に奉るべき「命」を別人に捧げる必要が生じる。つまり家臣どうしの恋は、「一生一人」という男色の倫理規範と「二君に仕えず」という家臣としての道徳律の板ばさみとなり、明らかな矛盾に陥る。だからこそ『葉隠』は、武家の男色を「好きてすかぬもの」と苦渋にみちて表現するしかなかった。

では、実際にこの矛盾に陥った武士はどうしたのか。前述の長坂小輪と明石の大名の逸話(九九頁参照)は、そのジレンマの象徴ともいうべき事例である。小輪は、困窮生活から救ってくれた主君に感謝しつつも、「御威勢にしたがふ事、衆道の誠にはあらず。やつがれもおそらくは心を琢き、誰人にても執心を懸けなば、身に替へて念比して、浮世のおもひでに、念者を持つてかはゆがりて見たし」(367)と、権力者の一方的寵愛を受ける立場を潔しとしてはいなかった。「男色」モデルの恋は基本的に、僧侶/稚児、年齢階梯的上下関係を基盤とし、主君/寵童の関係も身分の上下関係が年齢の上下と違和感なく適合する。

だが、「衆道の誠」とは権力への服従ではなく主体的恋であるとする小輪の男色観は、身分制を前提とした「男色」モデルではなく、人権や平等という概念が普及して以降の当事者の自由意思を重視する「近代恋愛」に近い。また、小輪が念者を「かわいがりたい」とも述べているので、一方的受身ではなく若衆側からの能動的な恋のベクトルが示されている。年少者側からの対等な関係性の主張という意味で、小輪の発言は日本の男色史上、重要な位置をしめる。

しかもこの発言は主君その人の面前でなされたものであり、男色の恋の身分秩序に対する対抗的側面を明示している。江戸期には女と男の恋が「不義」としてタブー視されたが(氏家 2007)、男と男の恋も、身分秩序や家格を越える反権力的情熱を秘めるものとして、弾圧される要素を秘めていた。主君は小輪の心意気にさらに惚れ直したとされているが、実際に小輪が別の男性と恋仲になるに至っては、処罰を免れなかった。男色が「社会的に容認されていた江戸時代」において、家臣間の衆道が処罰の対象となったのは、「個としての武士と武士」の関係が「タテ割り」社会においての「組織からの逸脱」(氏家 1995: 124, 141)であったからと指摘されるとおり、主君/家臣のヒエラルキーを逸脱する自由な男色が、〈アライアンスの装置〉として機能し得ないことを支配者は見抜いていた。

支配/被支配の関係にある主君と家臣の恋においては、小姓たちは主君の〝所有物〟的な位置づけであった。当然のように、主君は複数の寵童を抱えるが、寵童から主君へは〝貞操=忠誠〟が要求され、一対複数という不平等な関係が前提とされる。さながら妻が夫への貞操を義務づけられるのに対し、夫の蓄妾、遊廓通いは慣習化するジェンダーの不均衡に似て、若衆はこの意味でも女性ジェンダーに近い。だが「深く契約の上は、たとへば殿様の御意にもしたがひ申すべきや」(本書九五頁参照)と、当時の男色の当事者の意識にも、身分秩序に左右されない対等な交際を志向する例はあった。

主君以外の恋人を選択する自由を認めれば、主君の威光は失墜し、家中のヒエラルキーが根本から瓦解する。ゆえに主君としては、小輪を家臣の面前で厳しく処罰するしかなかった。逆に小輪の側に立てば、「命を捨るが衆道の至極」(『葉隠』264)という武家の男色の理想的実践となり、後悔は微塵もないからこそ、正々堂々と死を受け入れたのであろう。

君臣関係と一致した場合には、体制的な〈男の絆〉をこれ以上ないほど強化する一方、個人の自由意思の発露としては、逆に秩序破壊、反権力という側面をはらむ――武家社会にとっての男色は、まさに「好きだが好きでない」矛盾に満ちたものであり、結果として幕藩体制は秩序維持のために男色の規制に乗り出したといえる。

女性排除と女性蔑視――〈男性性〉のアイデンティティと武家の男色

だが、支配体制の維持に貢献するにしても、反権力的脅威となるにしても、武家の男色は男のホモ・ソーシャルな社会内で機能しており、当事者の自由意思の尊重、対等性の希求という近代恋愛に近い倫理規範が適用されるのも、女性を排除した〈男性同盟〉の枠内であった。

永遠の恋の「契約」は、男性相手なら遵守されるべきであるが、相手が女性なら、その限りでない――『田夫物語』の〈女色派〉の発言にも明らかであったように、女性との結婚は、主として跡継ぎの確保や日常生活の実務的維持という、いわば現実的必要性に迫られてなされたものであり、夫婦の「情」という概念は存在したものの、近代的な「愛」に相当する絆は必ずしも期待されていなかった。逆に男どうしの恋は、歌舞伎や武士といった男性のホモ・ソーシャルな職業集団を背景として、環境的に発生する〈親密性〉（いわば同業者間の仲間意識や意思疎通）を基盤とし、公的にも私的にも、心的にも身体的にも強固な絆を構築する。

女性との結婚と、男性どうしの恋に期待する要素が異質である以上、女が男の恋のライバルとなる可能性も存在しない。実務的必要と情緒的満足という異質な領域として、近世の女色／男色は公然と両立し得たのであり、遊女と男の恋は、情緒的絆としては男色に近いが、多くの場合は結婚に結びつかない交際であり、さらに女性の側の経済的、社会的弱者性により、男性ジェンダーの優越感の脅威にはなり得ないからこそ、男社会に許容される。

近世の「色道ふたつ」の範疇が、いずれにしても女性の軽視や排除を前提とした男性のホモ・ソーシャルな社会基準により構成されていることは以上から明らかであり、特に武家の男色の場合、

さて又男の勇気ぬけ申し候証拠には、しばり首にても切りたる者すくなく、まして介錯などといへば、断りの云勝を利口者、魂の入りたる者などと云時代になりたり。股ぬきなどと云ふ事、四、五十年以前は男役と覚えて、疵なき股は人中に出されぬ様に候故、独候にもぬきたり。皆男仕事、血ぐさき事なり。それを、今時は、たわけの様に云なし、口のさきの上手にて物をすまし、少は骨々とある事はよけて通り候。（『葉隠』231）

と、〈戦士性〉という価値を基準に、〈男性性〉の〈女性性〉に対する優位が強く主張される。〈男性性〉の根源とは何ぞやといえば、「血ぐさき事」であると、『葉隠』は明快に定義づける。「股ぬき」とは、自分の股を自分で傷つける鍛錬であり、「『葉隠』における戦国色」は、「「血臭き」原色世界」との指摘もあるとおり（小池 1993: 47）、流血に関わる〈戦士性〉こそが「男」の証であると『葉隠』は認識していた。逆に同時代には、知的官僚性が武士の能力として評価されていたのであり（笠谷 2007）、「さては世が末になり、男の気おとろへ、女同前になりし事と存候…今時の男を見るに、いかにも女脈にてあるべしと思わるゝが多く、あれは男なりと見ゆるはまれなり」（『葉隠』231）と、常

朝は〈戦士性〉の衰退を〈男性性〉の後退と同一視して嘆いてみせる。「武士道は死狂ひ也。…本気にては大業はならず。気違に成て死狂ひする迄也。…死ふか死まひかと思ふ時は死だがよし」（『葉隠』251-52）という〝武士道＝死〟という考え方は、江戸後期の武士道思想の主流ではなかったが（武士道思想の変遷について、詳しくは第六章参照）、たとえ同時代には非現実的理念と化していたとしても、流血を〈男性性〉＝〈戦士性〉とみなして理想化する思想は、日本の男性史上、明治近代国家の心性のなかに不死鳥のごとく復活する。

次章以降でその表象的、歴史的状況を明らかにし、「男色」的精神が江戸以前の〝過去の遺物〟ではないことを論じよう。

第五章

漱石の「士族」意識と〈男の絆〉

『坊っちゃん』のホモ・ソーシャル

ミケランジェロ▶
『サン・ピエトロのピエタ』
(1499年)

◀『イナシオ・デ・アゼヴェードとその同志』(17世紀)

股ぬきなどと云ふ事四、五十年以前は男役と覚えて、疵なき股は人中に出されぬ様に候故、独候にもぬきたり。皆男仕事、血ぐさき事なり。

『坊っちゃん』の「士族」意識と『葉隠』

夏目漱石『坊っちゃん』(明治三十九〈一九〇六〉年)の冒頭近く、主人公がナイフで自分の指を切ったという回想を読んでただちに想起されるのは、前章末尾(一〇七頁)にも引用したこの『葉隠』の一節である。「股ぬき」とは自分で自分の股を傷つける武士の鍛錬であり、〈男性性〉のアイデンティティとも強く結びついていたが、

そんなら君の指を切つて見ろと注文したから、何だ指位此通りだと右の手の親指の甲をはすに切り込んだ。幸ナイフが小さいのと、親指の骨が堅かつたので、今だに親指は手に付いて居る。然し創痕は死ぬ迄消えぬ。(249)

と、自らナイフで切った指の傷跡を、あたかも〝名誉の負傷〟であるかのように自慢げに語る明治の青年の自負心は、疵のない股は人前にさらすことができなかったという『葉隠』の武士の理想像さながらである。自傷行為に使われた道具が鋏や鋸ではなく、刀との形状的類似性をみせるナイフであることも、主人公の行為が武士の習慣の残影であることを示唆する。

これは決して、荒唐無稽な比較ではない。主人公・「おれ」のプライドは、武士の末裔という強烈な自意識に支えられているからである。「是でも元は旗本だ。旗本の元は清和源氏で、多田の満

仲の後裔だ。こんな土百姓とは生れからして違ふんだ」(289)と、「おれ」はことあるごとに、武士の末裔という強い身分的優越意識を表明する。「四民平等」の明治社会に、一見時代錯誤的な自意識であるが、明治期には近世の身分社会の心性は根強く残存しており、坪内逍遥ら明治の作家たちの作品には、主人公の「士族」意識がしばしば描かれる(佐伯順 1998)。『坊っちゃん』の主人公も例外ではなく、『葉隠』の直接的影響はテキストに明示されていないが、実質的に武士的な価値観を内在化していたことが、『葉隠』の記す理想的〈男性性〉との共鳴を生み出したといえよう。

『葉隠』は「股ぬき」を奨励したのち、「皆男仕事血ぐさき事なり」と、血なまぐささを〈男性性〉の証と宣言していたが、この発想も、「おれ」が夜中に地元の寄宿生たちの奇襲にあって負傷した際、「血が出るんだらう。血なんか出たければ勝手に出るがいゝ」と、流血を潔しとするかのような場面を連想させる。

「おれ」のこれらの行動が、〈男性性〉へのプライドと結びついている点も見逃せない。奇襲騒ぎの翌日、「眠さうに瞼をはらして居る」寄宿生たちに対して、「一晩寝ないで、そんな面をして男と云はれるか」と憤慨し、「憚りながら男だ」と、「おれ」は常日頃から、「男」というジェンダーに強い誇りを抱いている。

〈男性性〉への自負心と、自傷や戦闘における流血との融合——『葉隠』が説く武士的〈男性性〉の基準は、武士の末裔を自負する明治の青年主人公にも共有されており、この発想が作中、最も象徴的に表われているのが、主人公と山嵐が高知の刀踊りを見物する場面である。

三十人の抜き身がぴか〳〵と光るのだが、是は又頗る迅速な御手際で、拝見して居ても冷々する。隣りも後ろも一尺五寸以内に生きた人間が居て、其人間が又切れる抜き身を自分と同じ様に振り舞はすのだから、…隣りのものが一秒でも早過ぎるか、遅過ぎれば、自分の鼻は落ちるかも知れない。隣りの頭はそがれるかも知れない。（378）

真剣を振り回して踊る男たちは、流血の危険ととなりあわせの緊張感のなかにいる。だが、身体の危険を微塵も恐れずに踊り続ける男たちを、「おれと山嵐」は「感心のあまり…余念なく見物して居る」（379）。仲よく肩を並べて、刀踊りに見とれる二人――『坊っちゃん』には士族的「男らしさ」とともに、「山嵐と坊っちゃんの男同士の盟約」が描かれている（小森 1994: 71, 73）と論じられるとおり、「おれ」と山嵐は〝武士の魂〟ともいわれる刀を通じて、士族的〈男性性〉と〈男の絆〉を同時に確認している。

実際、近世の武士の男色物語には、刀を駆使した果し合いが物語の見せ場として描かれ（第四章）、〈戦士性〉と流血の融合を示すとともに、男色関係にある念者と若衆の〈男の絆〉の確認手段ともなっていた。だが、武士が刀を奪われた明治近代（廃刀令は明治九〈一八七六〉年）には、刀と流血の記憶はノスタルジックに回顧され、地域の余興のなかに、娯楽的スペクタクルとして生き残るのみである。『坊っちゃん』冒頭部の自傷行為も、刀ではなくナイフ、股ではなく指という形で、武士の「股ぬき」が文字通り縮小再生産されており、〝刀を持てない武士〟としての「おれ」の行為が、近代にはもはや「股ぬき」のパロディにしかなり得ていない点がせつない。「坊っちゃん」の空回りする士族意識は、〈戦士性〉という特権を喪失した近代の士族全体の命運を象徴するかのようである。

実際に刀でちゃんばらを繰り広げることができない明治の「おれ」が、その欲求不満を解消するかのごとく愛してやまないのが、喧嘩である。「おれは喧嘩は好きな方」「君はすぐ喧嘩を吹き懸ける男」と、「おれ」は自他ともに認める喧嘩っ早い「男」。「喧嘩の本場で修行を積んだ兄さん」「僕は計略は下手だが、喧嘩とくると是で中々すばしこいぜ」と、主人公は、喧嘩には並々ならぬ自信を持っている。

逆に、「学問は生来どれもこれも好きでない。ことに語学とか文学とか云ふものは真平御免だ」(258)と、「おれ」は頭を使って知的思考をめぐらすことを大の苦手としており、「到底知恵比べで勝てる奴ではない。どうしても腕力でなくつちや駄目だ。…個人でも、とどの詰りは腕力だ」(387)と、知性よりも腕力で他人と勝負しようとする。

知力よりも暴力に訴える問題解決の奨励——これも見事に、『葉隠』の価値観に通じる。「学問者は才智弁口にて、本体の臆病、欲心などを仕かくすものなり」と『葉隠』は述べており、「議論のい、人が善人とはきまらない。遣り込められる方が悪人とは限らない」とする「おれ」の人間観に通じ合う。

「おれ」の喧嘩好きも、「喧嘩打返しをせぬ故恥になりたり」と、売られた喧嘩は買うべしと説き、「知恵分別を除け、強み過ぐる程がよし」と説く『葉隠』の教えを忠実に守るかのようである。「勘定者はすくたるるものなり。仔細は、勘定は損得の考するものなれば、常に損得の心絶えざるなり。死は損、生は得なれば、死ぬる事をすかぬ故、すくたるるものなり」と、『葉隠』は損得勘定をも死を回避する原因として強く戒めており、これは「商売をしたつて面倒くさくつて旨く出来るものじやなし」と、商業的手腕も無いと開き直る「おれ」の自意識に通じる。近世後半の武士の実態としては、〈戦士性〉よりも知的〈官僚性〉が求められたが（第四章）、『葉隠』が同時代の武士の実態から乖離した〈戦士性〉へのノスタルジーを表明しているように、士族意識に溢れた「おれ」もまた、明治期には失われた武士の特権としての〈戦士性〉を、刀踊りの背後に幻視する。

『葉隠』が佐賀県外に周知されるのは、明治三十九年の小学校教員による自費出版であり（小池1999）、日清戦争ごろから盛んに読まれるようになったが、武士のアイデンティティとプライドの源であった〈戦士性〉は、明治近代以降、「富国強兵」と「国民皆兵」の国是とともに、すべての国民（男子）に開かれることとなり（詳しくは第六章）、まさに『葉隠』が全国に周知されんとする時期に発表された『坊っちゃん』は、〈戦士性〉＝〈男性性〉の理念を、〝刀を奪われた武士〟の心的よりどころである「士族」意識とともに拡散する。

しかし、近代にとりこまれた明治以降の『坊っちゃん』の読者が、武士道の内実の歴史的変遷を理解した上で『坊っちゃん』を読み解く文学リテラシーを備えているとは言い難く、明治日本において台頭した『葉隠』的なる武士道の理念は、「おれ」と読者の間であたかも日本〝古来〟の武士の〝伝統〟であるかのように共有される。また、〈男性性〉と〈戦士性〉を同一視するジェンダー観は、古代ギリシアやアフリカのモジョミジ社会、近代ドイツの軍事組織と、時代、地域、文化をこえて広汎に観察される心性でもあるため（第一章）、「おれ」が抱く〈男らしさ〉＝「腕力」という図式は近代日本の読者にも共感されやすく、作品の好意的受容の大きな要因になったと考えられる。

「親譲りの無鉄砲で子供の時から損ばかりしている」——『坊っちゃん』の誇らかな書き出しは、男性史の観点からは、明治以降に主流化した〈戦士性〉＝〈士族性〉という近代的な武士道観（これを本書では〈近代武士道〉という用語で表現するが、詳しくは第六章参照)を凝縮した、主人公の高らかな〈男性性〉宣言である。「無鉄砲」の具体例として、小学校時代に学校の二階から飛び降りて腰を抜かした逸話が第一にあげられているが、「なぜそんな無闇をした」と言われて、「別段深い理由でもない」とあっさり答える主人公は、「知恵分別」を度外視し、非合理的な死への勇気を称揚する『葉隠』を聖典化した近代の武士道観を忠実に模している。明治社会は「国民皆兵」のスローガンのもと、〈戦士性〉を全国民男子にとっての平等な模範として掲げたため、「おれ」の「士族」意識は逆説的に、旧士族ならぬ多くの読者に受け入れられたといえる。

〈戦士性〉や「腕力」といえばきこえはいいが、畢竟「おれ」が肯定しているのは暴力、しかも、合理的思考を意図的に排除した理不尽な暴力である。「無鉄砲」という愛嬌ある言い回しや「損ばかりしている」というおちゃめな人物造型に、読者はまんまと〝騙される〟(この種の漱石の文学的手腕は見事というしかない)が、〝知恵はまわらないけど男っぽい俺〟に対するナルシシズムとプライドは、「士族」としての選民意識と「土百姓」に対する強烈な優越感に支えられたものであり、それに共感し続ける近代読者の無自覚的差別意識こそが、今こそ問いなおされねばならない。

〈女性性〉の蔑視

作中で否定的評価を与えられる人物に、ことごとく「男らしくない」という価値判断が与えられることも、主人公の差別意識を理解する上で極めて重要である。「おれ」の〝敵役〟ともいうべき赤シャツは、「気味の悪るいように優しい声を出す男である。まるで男だか女だか分りゃしない。

男なら男らしい声を出すもんだ」(46)、「あんな弱虫は男ぢやないよ。全く御殿女中の生れ変りか何かだぜ。ことによると、彼奴のおやぢは湯島のかげまかも知れない」(374)と、執拗に〈男性性〉の欠如した人物として描かれる。「湯島のかげま」は「男らしくないもん」とも言い換えられ、「女の様な声」「女の様な親切もの」「どこ迄女らしいんだか奥行がわからない」と、赤シャツの人物像は徹底的に、〈男らしさ〉の否定と〈女性性〉の付与によって明確に特徴づけられている。

主人公の兄についても、「やに色が白くつて、芝居の真似をして女形になるのが好き」(251)、「元来女の様な性分で、ずるいから、仲がよくなかつた」(252)とやはり、〈女性性〉が付与されており、否定的な人物評価はジェンダーとしての〈女性性〉と強く結びついている。「実業家になるとか云つて頻りに英語を勉強」する兄は、「損得勘定」と「学問」を嫌悪する「おれ」の価値観の対極にあり、合理性や学問的知性を批判する『葉隠』的〈男性性〉の対立項でもある。

非暴力性＝〈女性性〉、暴力性＝〈男性性〉という『坊っちゃん』におけるジェンダー配置は、終幕、「おれ」と山嵐が赤シャツに「天誅」を下す場面で頂点に達する。赤シャツは「理非を弁じないで腕力に訴へるのは無法だ」と抗弁するが、「人間は好き嫌で働くものだ。論法で働くものじやない」と考える「おれ」がもとより聞き入れるはずもなく、赤シャツは二人の理不尽な攻撃に屈する。

「おれ」の理屈ぬきの暴力の正当化は、「武士道に於て分別できれば、はや後るるなり」という、『葉隠』の「分別」否定を髣髴させ、「腕力」よりも「理非」を重んじる赤シャツの価値観が、『葉隠』的〈男性性〉を誇る「おれ」と相いれないのは当然である。赤シャツへの嫌悪自体が、唾棄すべき〈女性性〉への感覚的拒絶に由来するのであるから、「おれ」と赤シャツの敵対は、「おれ」の内面における必然的帰結なのである。

非合理な暴力——無根拠な「天誅」

実際、テキストをいかに丁寧に読んでも、いや丁寧に分析すればするほど、赤シャツへの暴力＝「天誅」の根拠は薄いと言わざるをえない。テキストが明示的に語る「天誅」の理由は、「教頭の職をもつてるものが」「芸者と一所に宿屋へとまり込んだ」という不道徳性であり、「おれ」と山嵐は、探偵まがいのいじらしい苦労の末に現場をおさえ、赤シャツを殴りつける。

しかし、そういう「おれ」は、性的不品行を理由に「赤シャツ」を処罰できるほど清廉潔白な人物なのであろうか。実のところ、「おれ」も遊廓に入ってはみたいが周囲の手前やめにしたと述べており、実行に移したか否かの違いだけで、女性の身体を金銭で買うことに対する倫理的罪悪感が乏しい点においては、「おれ」も赤シャツも同様である。主人公と山嵐の喧嘩事件の背後で、赤シャツが奸計をめぐらしたという疑いも「天誅」の理由のひとつだが、確証はどこにもありはしない。「おれ」が「正義」をふりかざす合理的根拠はいかにも希薄である。

では読者はなぜ、赤シャツのネガティブな人物像と、作品のクライマックスたる「おれ」の「天誅」に共感してしまうのか。『坊っちゃん』のプロットの重要な構成要素として、マドンナの結婚問題があり、赤シャツを「奸物」（「奸」は女偏）視する根拠として、この逸話は潜在的に、しかし極めて効果的に作用している。なぜなら、赤シャツが婚約者のうらなり君からマドンナを〝奪った〟という周囲の評判が、赤シャツの否定的人物評価につながっているのは確実だからである。だが、これとても明確な根拠はなく、「おれ」が下宿の女性の噂話から推定して勝手に下した一方的判断にすぎないのだ。マドンナの縁談については、テキスト内には間接的情報しか存在せず、彼女の縁談が事実としてどうあったかは、読者にも永遠に不明である。なによりも、マドンナ自身が自分の縁談についてどう思っていたかが作中に全く記されておらず、当事者であるマドンナの視点から、この縁談の実態が語られることは皆無なのである。

女性の〈声〉の不在と、「崇拝」という女性差別

『坊っちゃん』のテキストにおけるマドンナの主体的意思表示の不在、つまりマドンナ自身の〈声〉の不在は、作品の女性観を理解する核心である。「マドンナ」という通称は、聖母マリアに由来する、一見肯定的な聖なる女性イメージであり、主人公が初めて停車場でマドンナに遭遇した場面では、「色の白い、ハイカラ頭の、背の高い美人」「全く美人に相違ない」とくり返し「美人」と表現され、読者がヒロインとして美的に受容できるよう誘導される。映像化にあたっても、原作表現に忠実に、いわゆる〝美人女優〟を配した視覚化がなされている[1]。

ところが、美しい視覚イメージとは裏腹に、彼女の原作における台詞は不在であり、「美人」という評価も、文字通り「おれ」の視点によるものにすぎない。しかも主人公はその際、「マドンナじゃないかと思った」ものの、「遠いから何を云ってるのか分らない」(335)。つまりマドンナの〈声〉は全く「おれ」には伝わらず、「おれ」の視点からマドンナを評価する読者にも、マドンナ自身の〈声〉は全く聞こえないのである。

作品全体を通じ、一貫して「おれ」とマドンナの間に直接的コミュニケーションはなく、その結果、「おれ」、ひいては読者にとって、マドンナの〈声〉は抹殺されている。彼女の性格や人生観、あるいは結婚観についての当事者としての女性の〈声〉は、永遠に封印されているのである。

対照的に、「おれ」が間接的に得るマドンナについての情報は実に豊富である。しかも、それらの情報は、ほぼすべて否定的なものに偏っている。下宿の女性は、マドンナが婚約者を〝捨てて〟赤シャツと交際していると「おれ」に伝え、「おれ」はその情報を無批判に信じ込み、「こんな結構な男（うらなり君、引用者注）を捨てゝ赤シャツに靡くなんて、マドンナも余っ程気の知れないおきやんだ」と憤慨する。だが、「おれ」自身は彼女の意見を直接聞いたこともないのであるから、単なる憶測でマドンナの善悪を判断しているにすぎない。

「みんなが悪るく云ひますのよ。一反古賀さん（うらなり君、引用者注）へ嫁に行くてゝ承知をしときながら、今更学士さんが御出だけれ、其方に替へよてゝ、それぢや今日様へ済むまいがなもし、あなた」（328）と、マドンナは下宿の女性から容赦なく批判され、赤シャツに「手馴付け」られたと周囲にも悪評著しいという。「全く済まないね」と、「おれ」もその噂に無根拠に同調し、マドンナは「不慥」な人物と断罪されるが、周囲の噂もマドンナの意思とは無関係に広まっているものである。噂をする地域住民、噂を外来者に喧伝する下宿の女性、噂に無批判に同調する「おれ」、全員がマドンナの〈声〉を無視して彼女の行動に善悪の判断を下す。マドンナが美化されるのは容姿のみであり、性格についてはもっぱら、間接的かつ否定的にしか語られない。

しかし、マドンナの視点に立ってみた場合、これは極めて不本意な仕打ちではなかろうか。自身の意思を自らの〈声〉で表明する機会を奪われ、ただ批判的な噂の客体という位置に閉じ込められる女性。実は、明治期の結婚をめぐる歴史的、社会的背景にてらせば、周囲の悪評のほうこそが、彼女の自由意思を無視した偏見である可能性が高い。明治期の日本の結婚は、「脅迫結婚」「自由結婚」という用語で表現され（佐伯順 1998）、「自由結婚」は当事者間の自由意思にもとづく情緒的絆を重視する点で、いわゆる恋愛結婚に近いが、当時は実態としての「自由結婚」は主流ではなかったため、自分の意思を無視された「脅迫結婚」が明治期の女性にとっていかに苦痛であったかは、婚約者の死を喜ぶ女性主人公を描いた女性作家の作品例『五大堂』（田沢稲舟、明治二十九〈一八九六〉年）からもうかがい知ることができる。

つまり当時の結婚習俗を鑑みれば、マドンナと古賀の婚約がマドンナ自身の意思の反映であった可能性は低く、好きでもない婚約者との縁談が、相手方の経済的逼迫によって延期になったとしたら、マドンナとしては、かえって喜ばしかったかもしれないのだ。そんな矢先に、スマートで弁の立つ「文学士」が目の前に登場したとしたら……。赤シャツの人物像は、「おれ」の視点から徹底的にネガティブに描かれているが、一緒にいてあまり楽しくなさそうな「うらなり君」よりも、「片仮名」を使って西洋の絵画や文学を語る話題豊富な赤シャツのほうが、女性としてははるかに好ましい交際相手かもしれない。

もちろん、マドンナ自身の〈声〉がテキストに明示されていない以上、この解釈も推測にすぎない。だが、夕闇の川べりでマドンナと赤シャツが二人連れで散歩する姿が「おれ」によって目撃されており、赤シャツがマドンナを「手馴付け」たとの噂が生じたのも、二人が交際に近い状態にあったからと推察される。すなわち、マドンナと赤シャツの親しさは客観的事実と思われるが、それは噂のように、男が女性を誘惑したのではなく、マドンナも合意の上での交際の可能性がある。

しかし、たとえ当事者間の合意の上での交際であっても、明治期には未婚の男女の交際に対する社会的不寛容が強かったため、特に地域社会の人々にとって、二人の交際が否定的に噂されたのは、当時の歴史的文脈にてらせば自然と言わざるをえない。マドンナが「かの不貞無節なる御転婆を事実の上に於て漸死せしめん事を希望します」となじられ、冗談とはいえ「死」という重い〝処罰〟を要望されるのは、当時の日本社会の男女交際への不寛容の産物である。(2)

すでに明治十年代から、一部開明的メディアで「自由恋愛」の必要性が主張されていた歴史的経過(佐伯順 1998)にてらしても、明治三十年代に『坊っちゃん』が提示する結婚観や女性をめぐる社会道徳は、いかにも旧弊と言わざるをえない。マドンナの行為は「自由恋愛」の果敢な実践であったかもしれないのに、当時の主流的倫理道徳観にてらせば「不貞無節」と断罪されてしまうのである。恋愛や結婚という、自身のセクシュアリティについて自己決定権を行使しようとする女性は、明治期においては批判的な偏見にさらされる。だが、マドンナへの一方的非難の理不尽さは、作家の軽妙な筆致によって巧みに隠蔽され、マドンナという西洋風の渾名によって、作品全体があたかも新しい女性像や価値観を描いているかのように錯覚させられてしまう。

マドンナをめぐる、うらなり君と赤シャツのトライアングルは、先行する『浮雲』(二葉亭四迷、明治二十―二十二〈一八八七―八九〉年)が描く、お勢、文三、本田の三角関係と類似しており、実直で不器用ゆえに経済的生存能力に欠ける男性と、弁が立ち如才なく社会的立場を獲得してゆく男性とのはざまに立つ女性像として、また「脅迫結婚」と「自由結婚」のはざまに生きる明治女性として、お勢とマドンナの苦境は共通している。だが『浮雲』がまがりなりにも、「男女交際」の自由を主張するヒロイン・お勢の〈声〉をテキストに組みこんでいたのに対し、『坊っちゃん』のマドンナは主体的〈声〉を封印され、彼女の〈声〉を代弁しようとする人物さえも、作中には誰もいない。

〈声〉を剝奪されたマドンナ——〈男の絆〉の核としてのアセクシュアルな女性表象

ヒロインとして美化されつつも、〈声〉のないマドンナ——『坊っちゃん』が描くマドンナは、その名の由来である聖母マリアと、まさしく同じジェンダー的抑圧を抱えている。キリスト教世界における聖母マリアは、「処女」としてセクシュアリティを剝奪され、男性の管理下に置かれた存在であり(Daly 1975)、聖母信仰の特質として、「徹底して身体的なもの、生理的なものから遠ざけられる傾向」(関 1993: 245)も指摘されている。「聖処女」は崇拝対象でありながらも、人間の女性としての生身のセクシュアリティを無化された存在であり、『坊っちゃん』のマドンナもまた、〝本家〟である聖母マリアと同様に、性の自己決定権を否定され、自由な男女交際も批判され、セクシュアリティを管理されている。マドンナ自身はその管理を越え、赤シャツとの交際で主体性を発揮しようと抗うものの、テキスト内では彼女の自己主張は不完全燃焼のまま、終幕の赤シャツへの「天誅」により、二人の交際も間接的に処罰される。交際相手と目される男性への処罰は、当時の社会の性的コントロールを越えようとしたマドンナへの実質的処罰でもある。実際、マドンナは周囲から「漸死」を希望されていたのであるから。

赤シャツへの直接的処罰と、マドンナへの間接的処罰としての「天誅」の源に、明治社会における男女交際への不寛容がある傍証として、明治期の〈男性性〉の規範もあげることができる。明治期の書生社会においては、「女色」が「軟派」、「男色」が「硬派」とみなされ、「硬派たるが書生の本色」（森鷗外『ヰタ・セクスアリス』）であり、「女に惚れるのは男児の恥辱」（二葉亭四迷『浮雲』）とも記されている。こうした明治の〈男性性〉の心性にてらせば、女性との交際は「男児」に似合わぬ恥ずべき行為であり、相手に婚約者がいるいないにかかわらず断罪されるべき行為なのである。逆にいえば女性との交際は、「男らしくない」と揶揄される赤シャツの面目躍如ともいうべき行動である。素人の女性相手に自由恋愛を実践しようとする〝新しい男〟とみれば、開明的人物とも評価されるべき赤シャツであるが、『坊っちゃん』の主流的価値観は男女交際を否定する側にある。

「おれ」の赤シャツへの敵意には、近代的男女交際を実践しようとする〝新しい男〟に対する、旧弊な男色的心性からのコンプレックスとひがみも含まれていた可能性があるが、「おれ」にも「おれ」を描く作者にもその自覚はなく、読者もテキストを読み進めば進むほど、「おれ」の無自覚な正義感にとりこまれてゆく。

明治期の書生たちは、「軟派」も「硬派」ぶるために「硬派」のファッションである小倉袴を身に着けており（『ヰタ・セクスアリス』）、「小倉の袴をつけて又出掛けた」（『坊っちゃん』89）と、「おれ」が小倉袴を愛用している事実は、「おれ」が無意識のうちに「硬派」的心性を内在化している証にほかならない。

明治男性言説における異性愛嫌悪とホモ・ソーシャル

男女交際の否定と、「硬派」への「おれ」の無意識の共感は、前述の〈女性性〉の否定に同調している。「渾名の付いている女にゃ昔から碌なものは居ませんからね」「鬼神のお松じゃの、妲妃のお百じゃのてて怖い女が居りましたなもし」と、下宿の女性と「おれ」のマドンナ批判はいつのまにか、女性ジェンダー全体への不信感にすり替えられてゆくが、伝承上の「悪女」(とみなされた女性たち)をひきあいに出し、〈女性性〉全体を蔑視する発想は『田夫物語』の〈男色派〉の論法に通じ、『葉隠』の否定的女性観の実質的継承ともなっている。『葉隠』は、「娘の子は育立ぬがよし。名字に疵を付、親に恥をかかする事あり。嫡女などは各別、その外は捨て申すべしとなり」(302-03)と、武家に女性は不要とまで主張し、個人差や多様性を無視した〈男性性〉〈女性性〉のステレオタイプな認識、前者の賛美と対をなす後者の蔑視は、『田夫物語』の〈男色派〉と〈女色派〉と実質的に同じジェンダー観の対立軸を構成する。この対立は、非合理と「おれ」が自認するとおりの理屈ぬきの平行線であるが、「士族」意識をアイデンティティとする「おれ」の視点にてらせば自明の価値観であり、赤シャツへの「天誅」による〈男性性〉の〈女性性〉に対する勝利をもって、『坊っちゃん』は大団円となる。

「天誅」が「おれ」一人ではなく、山嵐との共同作業として達成される点も重要である。〝女々しい〟ヘテロの愛に傾こうとする赤シャツに対し、山嵐と〈男の絆〉を結ぶ「おれ」は、規範的で「硬派」な〈男性性〉を体現する人物である。〝男らしい男〟は女など**と**交際せず、男友達と親しくすべきなのであって、赤シャツへの処罰は、山嵐との〈男の絆〉を、暴力を通じて確認する絶好の機会と化している。

男二人と女一人の三角関係は、「同性愛に陥ることなく男性関係の親密さを維持する体制」（飯田1998: 196）とも論じられるが、『坊っちゃん』では〈女性性〉を帯びた赤シャツと、女性であるマドンナが、男二人の共通の〝敵〟となることで、男どうしの連帯感を強化する装置とされている。『こころ』（大正三〈一九一四〉年）のような恋愛上の三角関係ではないが、『坊っちゃん』における女性と〈女性性〉は、〈男の絆〉の強化という意味で『こころ』の静と同じ機能を果たしている。

赤シャツへの攻撃は、非合理な暴力を〈男性性〉のアイデンティティとする『葉隠』的武士らしさの確認手段ともなっており、流血や暴力を奨励する〈男性性〉への自己愛に満ちた耽溺は、女性という「他者」を不可分にまきこみ、女性あるいは〈女性性〉の抑圧によって自己確立をめざす。

〈男の絆〉を保証する聖母――〝空虚な中心〟としての稚児／マドンナ

円運動には中心が必要であり、男性のホモ・ソーシャルな集団は生身の女性を蔑視、排除しつつ、自らの存在確認のため、幻想として美化した〈女性性〉を表層的カリスマとして担ぎ続ける。『坊っちゃん』のマドンナは、〈男性同盟〉の〈声〉なき中核であり、性的主体性を奪われたマドンナを軸にして回転する〈男の絆〉という構造は、日本中世の男性集団と幼童天皇の関係とパラレルである。『坊っちゃん』とは、〈声〉を奪われたアセクシュアルなマドンナという〝空虚な中心〟をめぐる男たちの対立と融和のドラマであり、この構造において、マドンナ自身が何を考え何を望んでいるかは無視され、男たちの関心はひたすら、自分たちがどうしたいのか、何を望んでいるかに集中している。すなわち、〝空虚な中心〟としての「聖母」をめぐる男性結社の成員相互の自己充足的、自己満足的な葛藤と融合運動こそが、『坊っちゃん』のドラマの真実であり、男たちは喧嘩によって、闘争や流血という〈男性性〉の価値を確認、共有しあうのである。

聖母その人を描く宗教画は、アセクシュアルな聖母像をいただく〈男性同盟〉という、『坊っちゃん』の構図を鮮やかに視覚化する。イエズス会の信仰心を表現する絵画では、聖母マリアをイコンとして集結する男性聖職者たちが描かれているが（第五章扉）、宗教集団の場合、ホモ・ソーシャルな結束は奉仕活動や社会貢献という正の方向に向けられるかぎり批判にはあたらない。しかし、同じ結束力が負の方向に働いた場合、無軌道な暴力や攻撃性を容認する危険性をはらむ。

『坊っちゃん』におけるもう一人の重要な女性登場人物・清の属性をマドンナと比較すれば、『坊っちゃん』の描く女性表象と聖母マリア信仰の心性的共通性はより明確になる。〈声〉なきマドンナとは対照的に、下宿の女性と清には、過剰なほどの〈声〉が与えられている。彼女らはきわめて饒舌に、会話や手紙で自己表現し、盛んに「おれ」とコミュニケーションをとる。

ヒロインと目されるマドンナではなく、清と下宿の女性に豊富な〈声〉が与えられているのはなぜなのか――それは二人ともが、女性に期待される〈ケア〉というジェンダー役割を果たしているからである。清は主人公の幼少期から、母親のように「おれ」を慈しみ、主人公が松山に赴任しても、手紙を通じてつねに「おれ」を精神的に支援し続ける。一方、下宿の女性は身近な生活面で「おれ」を支え、いずれにしても、男性主人公に対して〈ケア役割〉を担う存在である。二人がマドンナとは正反対に、十分すぎるほどの〈声〉をテキスト内で与えられているのは、そろって〈ケア役割〉を引き受け、男性が期待する女性のジェンダー役割を忠実に実践しているからである。

　彼女らが二人ともに、高年齢者に設定されていることも重要である。「清は皺苦茶だらけの婆さん」であり、下宿の女性も「御婆さん」である。若い「美人」であるマドンナと二人の対比は著しいが、高齢女性であれば、久米の仙人の逸話のように性的魅惑によって男性を〝惑わす〟恐れはなく、安全な存在と判断されるがゆえに、テキスト内で〈声〉を所有することが許される。高齢女性のセクシュアリティの否定自体、男性視点の偏見とみなすこともできるが、生々しいセクシュアリティを発しにくいと判断される女性を、男性社会への脅威とみなさずに、〝居場所〟を与える構図は、アセクシュアルなマドンナをカリスマとしていただく〈男性同盟〉と同じ心性の産物である。男性聖職者が「聖処女」を安心してカリスマとしていただくように、清もまた、あからさまなセクシュアリティを発していない。「清」という名そのものが、性的な〝穢れ〟のなさを暗示し、聖母マリアがキリストの母としての「母性」を付与されているように、「おれ」にとっての清もまた、息子を守り慈しむような「母性」的愛情を注ぐ存在である。

　視覚的にも、聖母マリア像には清のジェンダー役割と通底するものがある。十字架上で亡くなったイエスを抱きかかえて悲嘆にくれる「ピエタ」のモチーフ（第五章扉）には、最愛の息子を死後も見守り続ける「母性」としての〈女性性〉が表出しており、主人公をいつまでも「坊っちゃん」と呼び、サポートし続ける清と性格を共有する。清は「おれ」にとってのもう一人のマドンナ、いや清こそが実質的なマドンナなのである。

　清には露骨なセクシュアリティの表出はないが、「後生だから清が死んだら、坊っちゃんの御寺へ埋めて下さい」との発言には、相手を恋人さながらに慕う清の「おれ」への強い情緒的絆が表明されている。実はキリスト教の信仰世界においても、聖母マリアはキリストの母かつ妻という解釈があり、その理由として、マリア崇拝に大地母神信仰が含まれているとの指摘がある（Warner 1985、石井 1988）。清についても「地の底の〝妣なるもの〟」（江藤 1979: 156）との解釈があり、男性を育みケアする地母神的幻想の象徴とすれば、マリアも清も〝妻かつ母〟という〈聖なる女性〉表象の類型の体現者と解釈することが可能である。

　しかも、一方的に〝視られる〟存在であり、噂される客体としての『坊っちゃん』のマドンナ〈表面的ヒロイン〉とは異なり、清は主体的に「おれ」に対して〈声〉を発し、しかもそのコミュニケーションは一方向的ではなく双方向的である。頻繁に「おれ」に手紙を送る清は、返事が短いと、もっと長い返事をよこせと遠距離恋愛の恋人さながらに要望し、「おれ」もそんな清の思いにこたえ、「金があつて、清をつれて、こんな綺麗な所へ遊びに来たら嘸愉快だらう」と、恋人とデートするかのような夢想を清に抱く。二人の関係は双方向的かつ強い情緒的絆を伴っており、もはやプラトニック・ラブに近い〈親密性〉を呈している。

　実際、「おれ」は清の感情を「全く愛に溺れて居たに違ない」と、明確に「愛」と表現し、「もう田舎へは行かない、東京で清とうちを持つんだ」と、終幕では同棲宣言をするに至る。清との永続的同居を誓う「おれ」は、彼女を実質的なパートナーとして遇しており、「若い女も嫌ではないが、年寄を見ると何だかなつかしい心持ちがする」(67)という発言からも、清に対する「おれ」の誠実な情緒的一体感を察することができる。「なつかしい」とはすなわち、近代語の「愛」に近い、配偶者への愛着の表現となるからである。[3]

清はかくて作品の結末において、〝妻かつ母〟という聖母マリア幻想とまさに同質の位置を獲得する。恋人に母親的な理想像を重ねる女性表象は、泉鏡花、谷崎潤一郎ら、他の日本近代の男性作家のイマジネーションにも存在するが、『坊っちゃん』の清像はそれを女性の側の積極的〈声〉とともに描いている。

清の「おれ」への「愛」は、〈ケア役割〉を引き受ける意味では〝男性社会への献身〟という要素を含むが、一方で主体的〈声〉を発し、かつ異性との双方向的コミュニケーションと「愛」の生活を獲得する女性表象としては、新たな一面をも有する、『坊っちゃん』の真のヒロイン表象である。

近代日本の主流的エトスとしての〈男の絆〉

清には主体的〈声〉があると述べたが、「おれ」との性的な交渉がテキストに含まれない点では、「聖処女」幻想と同じセクシュアリティの抑圧を内在化しており、それと対になる男性の性行動として、『坊っちゃん』には女性の性の商品化が描かれる。漱石作品には「自らの性欲の充足のために、金で女を買うことに、何ら倫理的抵抗感をもたない」(小森 1995a: 164)男性が描かれると指摘されるとおり、赤シャツはマドンナとの交際が噂される一方で芸者を買い、「おれ」も遊廓を目にして、「一寸入つて見たい」と考える。

『坊っちゃん』の女性表象には、もっぱら男性の欲望の対象となるセクシュアルな玄人女性と、逆に性的主体性を否定された素人のマドンナ、およびアセクシュアルな清という、セクシュアリテイを基準とした二極分解がみられ、女性像は崇拝(マドンナ)と蔑視(芸者)という両極のステレオタイプにおとしこまれる。マドンナの噂を最初に耳にしたとき、「赤シヤツの馴染の芸者の渾名か何かに違ない」(295)と誤解した「おれ」の反応は、個人的に接触する女性といえば芸者くらいしか思い浮かばない、当時の男性の貧弱な女性経験を露呈している。だが、明治期の高学歴男性知識人の多くは、実態として素人の女性から隔離された環境で勉学および社会生活を営んでおり、そうした環境から紡ぎだされる男性言説における女性表象が、女性の実態を無視したステレオタイプとして肥大してゆくのは必然といえば必然である。

明治期に提唱された「神聖なる恋愛」の理想は、プラトニック・ラブを条件としていたため(佐伯順 1998)、赤シャツの買春は、素人の女性と婚前に肉体関係を結ぶことに対する当時のタブーにもよると考えられるが、小杉天外『魔風恋風』(明治三十六〈一九〇三〉年)、小栗風葉『青春』(明治三十八年)が、いずれも女学生の恋を描き、発表当時は流行小説として一定の注目を集め、女性登場人物の〈声〉も少なからず含んでいるのに比して、今日、同時期の『坊っちゃん』のほうが名作として読み継がれているのは、『坊っちゃん』が描くマドンナ像と〈男の絆〉への近代日本の読者の根強い共感の証左といえる。

女性排除と日本的〈男性性〉の政治性――東京/士族/男の三位一体

アセクシュアルなヒロイン――清とマドンナ――は、男に直接的に奉仕するか、あるいは〈男の絆〉を支えるシンボリックな中核となるか、いずれにしても〈男性同盟〉を支える女性表象であり、この女性像は主人公の〈男性性〉への自負と「士族」意識とも不可分に結びついている。

Ｅ・Ｋ・セジウィックは、男たちはホモ・セクシュアルな欲望を隠蔽するために女性を交換しつつ、〈男の絆〉を強化するとし、ホモ・ソーシャルでヘテロ・セクシュアルな欲望が〈男の絆〉を支えると論じたが（Sedgwick 1985）、士族的〈男性性〉を規範とする『坊っちゃん』が描く〈男の絆〉は、セジウィックの議論とは異なり、歴史的には男色、つまりエロス的関係を含む〈男の絆〉に支えられていた。武家の〈男の絆〉と男色は不可欠に結びついており（第四章）、「おれ」が山嵐と築く〈男の絆〉には潜在的かつ無自覚的に男色的要素が秘められている。高知の刀踊りを仲よく肩を並べてみつめる二人がもし江戸時代に生きていたとしたら、〝自然と〟エロス的関係にまで至った可能性が高い。しかも明治前半にはまだ、「女色に溺る、よりハ龍陽に溺る、はうがまだえいわい」（坪内逍遥『当世書生気質』明治十八―十九〈一八八五―八六〉年）[4]と、男色を是とする気風が残っており、書生たちは男色のほうが女色よりも「互に智力を交換」でき「アムビシヨン（大志）を養成する」利点もあると述べていた（同前）。

だが、明治後半の作である『坊っちゃん』の二人は、男色的な実践からは離れ、ホモ・ソーシャルな絆は堅固であるにもかかわらず、江戸の男色が前提としていたエロス的要素は〝脱色〟されている。山嵐と「おれ」の間でエロス的絆が顕在化しないのは、明治近代において、「男色」が「男性同性愛」へと読み換えられ、「変態」視されてゆく過程（第七章を参照）において、男どうしのホモ・エロチシズムが、江戸時代とは対照的に周縁化されてゆくからである。

彼らが武士的男色の特徴である女性排除の心性を内在化しながらも、明示的な男色関係に入らないのは、セジウィックのいう「同性愛嫌悪」ゆえではなく、「男色」の実践が江戸期とは異なり、社会的刷りこみとなっていなかったからと考えるべきである。日本近代の〈男の絆〉が、明治前半には男色との質的連続性を有していたにもかかわらず、後半にはエロス的関係が脱落し、男色との不連続性が主流化してゆく過渡期的様相を、「おれ」と山嵐の〈親密性〉は示している。

『坊っちゃん』が描く〈男の絆〉の優位と〈女性性〉嫌悪はさらに、都市／地域という社会的ヒエラルキーと融合している。「田舎者は此呼吸が分からない…一時間あるくと見物する町もない様な狭い都に住んで、…憐れな奴等だ」(277)、「こんな田舎者に弱身を見せると」(271)、「大方江戸前の料理を食つた事がないんだらう」(362)、「こんな卑劣な根性は封建時代から、養成した此土地の習慣」(369)、「こんな田舎に居るのは堕落しに来て居る様なものだ」(370)と、「おれ」は「江戸っ子」という自負心から「田舎」を容赦なく軽蔑し、作品の主要舞台であるにもかかわらず、松山という地域は主人公の視点から一貫して差別されている。日向・延岡についても、「名前を聞いてさへ、開けた所とは思へない。猿と人とが半々に住んでる様な気がする」(345)と蔑視され、「箱根の向だから化物が寄り合つてるんだ」(338)と、清も地域への差別的感情を「おれ」に伝えていた。

「花の都の電車が通つてる」(345)東京に比べ、地域は主人公にとって「野蛮」な辺境にすぎず、「わざ〳〵東京から、こんな奴を教へに来た」(277)と、現地の生徒たちをあからさまに見下している。最終的には念願かなって「不浄な地」(399)である松山を離れ、東京に〝帰る〟ことが作品の〝ハッピー・エンディング〟となっているのだ。

男／女、士族／農民、都会／地域、というヒエラルキーは、主人公のなかで渾然一体となり、強いアイデンティティと優越感を形成している。ジェンダーとエスニシティに関する偏見はしばしば結託して、二重三重の差別意識を生み出すが、『坊っちゃん』の「おれ」はまさにその典型例である。セックスおよびジェンダーとしての〈男性性〉と「士族」意識に対する強烈な自負心が、都会優位の意識と連動し、女性／農民／田舎の蔑視を正当化する。

「士族」＝〈男性性〉の称揚は、そこから排除される性的、身分的「他者」としての女性と農業従事者をひとしなみに軽蔑する心性を生み出し、江戸幕府が置かれた武士の都であり、かつ近代国民国家の首都となった東京の中央集権的思想が、都市民の視点からの「他者」としての地域差別を助長する。「東京／士族／男」の〝三位一体〟の優位思想は明治以降、中央集権国家の現実的中核となった東京の社会的、文化的優位と融合することで、東京一極集中的な国家秩序の確立を背後から心性的に支えたのではないか。(5)

「おれ」が自称「清和源氏の末裔」であり、「旗本」の出自であると誇らしげに述べるのは、会津出身の山嵐と〈男性同盟〉を結ぶ展開とつじつまがあっているが、佐幕派のはずの主人公たちが赤シャツの〝処罰〟に際して「天誅党」を結成するのは矛盾している。実はこの矛盾も、近代日本の国家体制と『坊っちゃん』における〈男の絆〉の密接な関係を裏づける。勤王／佐幕という幕末期の武士内部での対立は、明治維新以降、天皇という存在が国家の象徴的中核として君臨するに至って解消される。この新たな中核は、日本の各地域に割拠していた自立的な藩の主君にかわって、地域を越えた「国家」統合の動機づけとなり、「国民皆兵」のスローガンのもと、富国強兵と中央集権という国民国家の心性を支えた。そこにどの程度、天皇自身の主体的意思が作用していたかどうかは明確ではない。中世社会が「空虚な中心」としての幼童天皇をいただく〈男性同盟〉であったとすれば、明治近代国家も、天皇というカリスマを中心にホモ・ソーシャルな絆を構築した壮大な〈男性同盟〉だったのではないか。

『坊っちゃん』の主人公が帰ったのは、もはや徳川家の江戸ではなく、天皇をいただく東京であった。主人公はそこで、「街鉄の技手」として国民国家を支える一市民となる。都市の〝名もなき歯車〟として国家に奉仕する男たちが担った明治近代。それはいつしか「空虚な中心」をいただく破滅的な戦争へと突き進み、壊滅的な打撃を被るまで、その歯車は止まらなかった。

東京への権力集中を原動力に、「富国強兵」に邁進する中央集権的な国民国家の心性を代弁してくれる『坊っちゃん』という作品ほど、近代日本の読者の琴線にふれる物語は無かったのであろう。しかも、『坊っちゃん』の心性は決して過去のものではない。「おれ」が露骨に表明する地方差別や農民蔑視が、戦後の東京一極集中の加速化と地方および農村の疲弊をもたらしたとみるのはうがち過ぎであろうか。『坊っちゃん』が今も〝名作〟として読み継がれている背後には、「おれ」が抱く、東京／士族／男性優位意識への読者の無批判な迎合があるのではないか。

明治維新期の「四民平等」のスローガンの下、国民の心性は、階級上昇としての男子の〝総サムライ化〟を志向し、地方／農業従事者／女性という、性的、身分的、地域的「他者」の抑圧と犠牲に加担した。そうした無自覚な差別意識が放置され続けるとすれば、大きな問題といわざるをえない。

女色／男色の優劣論の先駆とされる『田夫物語』（第四章）では、〈男色派〉は都会人、〈女色派〉は

「田夫」、つまりは田舎者とされた。『坊っちゃん』における〈男の絆〉の誇示および露骨な「田舎者」差別と、『田夫物語』の符合は、震撼に値する。

第六章

〈近代武士道〉と戦時体制

幸田露伴『ひげ男』と軍国少年

高畠華宵「主税の奮戦」▶
（『日本少年』昭和 3 年）

◀高畠華宵「落花剣光」
（『日本少年』昭和 3 年）

死に急ぐ少年武士

「誰培養はねど桜は糸と乱れたる世の春にも花の紐解きて、人の見ずとて綻ぶるいと美しき我が邦なれば…」(278)と、幸田露伴『ひげ男』は、桜の美しさに「我が邦」、つまり日本という国の美しさを重ねて幕を開ける。明治二十三年に『読売新聞』の連載小説として発表され始めたこの小説[1]は、織田信長、徳川家康の連合軍と武田勝頼が三河国設楽原で戦った、いわゆる長篠の戦い（天正三〈一五七五〉年）[2]に取材し、前半は武田勝頼と武田家の家臣団の葛藤、後半は家康方の少年武士・酒井小太郎宗春をめぐる人間模様を中心に描く。前半、後半をつなぐように、主人公として登場するのが、ひげ男こと武田家の家臣・笠井大六である。

『坊っちゃん』は明治という同時代を舞台にしつつ、「士族」意識にこだわる主人公を通じて〈近代武士道〉の心性を表現していたが、『ひげ男』は武家に直接題材をとり、武士の生きざま、死にざまとは何かを問いかける。〝散りやすさ〟という特徴ゆえに、桜花が夭折する少年表象を彩ってきたことは第一、四章で述べた。この小説でもまた、少年武士・小太郎が、若くして戦場に命を散らす。

小太郎は病弱であり、

> 小太郎膂力は婦女にも敵せず、弓矢取ることは案山子にだも及ばざる身とは云へ恥辱は知れば、のめ〳〵と君の恩を貪り、暖きものに包まれて薬煎る煙に咽びながら腐れて死なむこと思ひも

寄らず、同くは生きて何事の功無くとも死して一片の心をあらはしたし…病に死なんよりは戦に死に、自然に殺されんよりは自ら殺して、…一は自己が死後の名のため…（335-36）

と、腕力、体力とも十分ではないが、せめて「死後の名」を残したいと、やみくもに出陣を急ぐ。実戦力としてはほとんど役に立たない小太郎が、わざわざ出陣せずとも、「勝つ戦」（347）と、家康方はすでに予測していたが、病死は武士として「恥辱」と考える小太郎は、自身の病弱さに対する反動としても、戦場で武勇を示したいとの強い欲求をもっていた。

「一体汝は身の弱くて思ふに任せぬを日頃より深く慽み慚づる其余り、如是思ひ詰めたる思案もなせしならんが、自ら厳しうするばかりが武道の励みといふにもあらず」（340）と、小太郎の父の没後、保護者的な立場となっている酒井忠次は、小太郎のふるまいが病弱を意識しての一種の強がりであると察知していた。考えもなく死に急ぐのは本来の「武道」ではない、とする忠次の主張は、勝利という結果を第一目的とする初期の武士の生き様（佐伯真2004）、あるいは、戦闘能力よりも官僚的知性を重視した江戸後半の「士道」の理念（笠谷2007）と同質である。

だが、小太郎本人は断固として出陣を望み、ついに忠次のほうが根負けして、「可惜若者死急ぎする、私の初陣、…勝つ戦ぢや死なせいで…頼む」（347）と、信頼する富永孫太夫に小太郎を託す。「私に死なんこと忠次は是なりとも思ひ兼ぬる」（338）、「我が私に汝の死なんは、第一我君の御思召を無にする筋には当らずや」（339）と、戦功とは無関係な己れの名誉のための死は、武士として間違っているという忠次の姿勢は、一貫してゆるがない。実利性のない戦死は無意味であり、主君の命にも背くという考え方が、忠次の考える武士の理想像であり、「強て死なんとは曲なきことぞよ、短慮は功を成さずといひ、…左まで急ぐは僻事ならん」「生かば生くべきを死しての忠孝、生きんに生き辛きを生きての忠孝、いづれか真実の大丈夫たらんこと冀ふものの取るべき路ぞ」(同前)と、戦死のみが「真実」の武士のふるまいではない、と小太郎に懇々と説くのである。

だが小太郎は、主君の命や戦の勝敗とは無関係であることを重々承知していながら、あくまでも名誉の死にこだわり、戦場に散る。その姿は、「武士道は死狂ひ也。…気違に成て死狂ひする迄也。死ふか死まひかと思ふ時は死だがよし」(251-52)という『葉隠』の一節を髣髴させる。「何の御用にも立た」ない武士の死を肯定する『葉隠』の認識(本書一〇一頁参照)は、〈近代武士道〉が台頭する明治期の『ひげ男』の小太郎像に、実質的に継承されている。

生か死か——武士道の歴史的多様性

小太郎と忠次の、あらまほしき武士像をめぐる対立は、単に小説の登場人物二人の個人的見解の相違ではなく、武士道概念の歴史的展開の両極の立場として読むことができる。

いったい、「武士道」という用語自体、明治以降の造語であり、西洋中世の騎士道に比肩するものとして新渡戸稲造『武士道』(*Bushido, the soul of Japan; an exposition of Japanese thought*, 1900, 櫻井鷗村訳、一九〇八年)が創造したと指摘したのはチェンバレンであった。だが、実は用語としての「武士道」は、『甲陽軍鑑』(最古の板本は、明暦二〈一六五六〉年)に例があり、近世には既に存在した表現であった(笠谷2007)。つまり、「武士道」という用語を近代の造語とみなすのは正確ではない。

では、概念としての武士道、つまり〝武士の生きる道〟という考え方および用語が生まれたのはいつの時代なのか。中世に「武士道」という表現がみられないことは、武士道研究者の一致した見解とされ（笠谷 1988: 233）、『太平記』の時期までには、「弓矢の道」「弓馬の道」という表現は存在したが、「武士の道とはいかなるものか」と自覚的に追求する思索は含まれてはいなかったとされる（佐伯真 2004: 197）。だが南北朝期になると、源致雄の「命をばかろきになしてもののふの道よりおもき道あらめやは」（『風雅和歌集』巻十七、貞和二―五〈一三四六―四九〉年ごろ成立）にみるように、「武士らしい生き方」とは、命を軽んずること、という発想の萌芽が認められる（佐伯真 2004: 198）。

もっとも、中世の武士にとって、命は主君への忠誠のためではなく、戦功によって獲得した土地を守るために賭されるべきものであったが、戦国期には主君に対する忠誠が武士の第一義となり、さらに江戸期に入ると、「喧嘩―駆込―敵討」という戦闘の専門家ではなく、「持続的平和の社会に相即」した「徳義論的内容」を守る武士道＝「士道」が主流化した[3]（笠谷 2007: 268）。畢竟、現実の大規模な戦闘が存在しなくなった江戸期の「士道」は、「戦士としての性格は維持しつつも、…平時の行政的分野に進出し、…治者、役人としての性格をあわせ持つようになっていく」（同前 269）。

ひと口に「武士道」あるいは「士道」といっても、用語、内実ともにかような歴史的変容を遂げており、また、用語としての「武士道」は、幕末期には「書物レベルでは広く存在」していたが日常語としては衰退していた（同前 271）。「武士道」を明治近代の構築概念とするチェンバレンの説は、日常語としてのこの用語の衰退を背景にしていようが、「富国強兵」の国是に伴う〈戦士性〉に特化した〈近代武士道〉の理念の新たなる台頭（第五章）を背景に生じた見解ともみることができよう。

「日清戦争を前後する時期から尚武の精神が鼓吹」されたことにより、三神礼次『日本武士道』

（明治三十二〈一八九九〉年）、井上哲次郎『武士道』（明治三十四年）と、「武士道」を主題とする書物の刊行が相次ぎ（鈴木 2007: 390）、当初、地元の佐賀藩内でも秘本扱いされていた『葉隠』も、明治三十九年の小学校教員による自費出版を契機に、日清戦争ごろから盛んに読まれ始めた（小池 1999）。日清・日露戦争という時局を背景に、明治三十年代の日本社会には〝武士道ブーム〟ともいうべき現象がおこったとみることができ、歴史的に既存であったが衰退していた「武士道」という用語に、死を恐れぬ〈戦士性〉という戦時体制にふさわしい再定義を与えたのが、〈近代武士道〉であるとみることができる。官僚的能力を重視した近世後半の主流的「士道」とは異質な〈近代武士道〉は、「武士道」という用語の再生および、近世には周縁的テキストであった『葉隠』の聖典化により、あたかも江戸以前から継承される日本人の理想的行動哲学であるかのような地位を獲得してゆく。

〈戦士性〉か〈官僚性〉か――『ひげ男』が描く「武士道」の三つの型

『ひげ男』の発表は、前述の〝武士道ブーム〟よりも早い時期であるが、小太郎像は明らかに『葉隠』的武士観を提示しており、日清戦争（一八九四年八月―九五年四月）以降、戦時体制に向かう社会背景のもと、〈近代武士道〉の台頭を予告する武士像として位置づけることができる。

しかし、タイトル・ロールである「ひげ男」こと大六は逆に、死よりも生きて奉公する可能性を重視する立場をとる。長篠の戦いにおける武田軍敗戦という歴史的事実にのっとる『ひげ男』では、武田家の老将・内藤昌豊、馬場信春、山縣昌景らが、戦死を覚悟の上で戦に臨もうとする。だが大六は、「生きらるゝだけは生延びて御屋形のため世にあるべしと、思ひ翻し玉はる御方は、たゞの一人も御坐さゞるや」(317)と、主君のためにも生き延びるべきであると老将に異見する。しかし老将たちは、「我存のみにて死なんとならば和殿が意見にも就くべけれど、時なり事情なり機会なり天命なれば是非に及ばず、……死を甘んずる我等が料簡、推量あれや大六殿」と主君の命に粛々と従い、「死するよりほか忠節の致し方既無き身となりたる我等が心の中推量あれ」と、「忠節」の方法は出陣しかない、と悲痛な決心を述べる。

武士は生きてご奉公すべきか、死んで忠義をつくすべきか——大六と老将らのやりとりは、生か死か、という武士にとっての究極の問いをつきつける。そして、「武士道」という用語の初出とされる『甲陽軍鑑』こそは、武田家における武士のあり方を論じた書物にほかならないのだ。

武田家の命運を左右し、『ひげ男』の素材ともなった長篠の戦いをひかえた時期に、まさに成立したとされる『甲陽軍鑑』(4)は、「善悪の弁もなく、我利根を先へたて、専にまもり給ふ大将」は「父にも敵対し、或科もなき家老を切たがり、終には我身亡給へば、はたしては虚の真唯中也」(95-96)と、適切な意思決定ができない主君を痛烈に批判する。「此書置、長坂長閑老・跡部大炊助殿能々分別あるべし。両人御取成をもつて、信濃の茶売商人なンど繁昌いたさんと相見え候。…当家の侍衆、頓て作法乱申べしと相みえ候者也」(96)と、『甲陽軍鑑』は続けて、長坂長閑らの跋扈による武田家の崩壊を危惧している。敗戦を招来した勝頼の意思決定は、確かに結果責任としての妥当性を欠いており、「長阪釣閑」を「追従の鳴滸武士」(292)とする『ひげ男』の人物造型も、『甲陽軍鑑』の人物評と一致している。「武田二十四将」として名高い家臣団を形成していた内藤、馬場らは、勝頼の判断を誤りと察しつつも、武士たるもの主君の命に従うべきと判断して死んでゆく。こっている。

露伴は『ひげ男』を通じて巧みに、三つの異なる武士の思想を描き分けている。第一は、主君の命であればたとえ間違った意思決定であっても、死を厭わず出陣する武士(＝武田家の老将)、第二は、主君の命に背いても無駄死を避け、生きのびて実利的奉公を追求する武士(＝大六、酒井忠次)、最後に、何の役に立たずとも無条件に死を肯定する武士、つまり、死そのものを名誉と認識する武士(＝小太郎)である。『ひげ男』は前半で武田方における老将と大六、後半で徳川方における忠次と小太郎という、別々の武家の人間関係を描いており、それぞれ分離独立しても通用する完結性を備えているが、あらまほしき武士の奉公とは何かという問題意識において、前半と後半は密接に関連している。前後半を貫く同じ問題意識の結節点のような存在として、ひげ男・大六の存在はある。

武士の理想像をめぐるこの三つの型は、「武士道」思想の歴史的変遷を見事に反映したものになっている。すなわち、〈戦士性〉をとるか〈官僚性〉をとるかの変遷である。「武士道」概念の歴史は前述のように、この両極の間で時代の要請に応じて揺れ動いており、露伴はこの歴史上変化してきた武士にとっての〝生か死か〟の究極の選択を、『ひげ男』において武士自身の心の揺れ、立場の違いとして鮮やかに描き分けている。武田の老将たちと徳川方の小太郎の考えは、敵味方の相違はあれども、死を進んで受け入れる〈戦士性〉を重視する「武士道」精神を抱いている点で一致する。

『ひげ男』には「武士道」という用語自体は無いが、「武道にかけて快き思ひも為て来しものにはあらずや」、「吾輩はいづれも武士となりて今日まで過ごし、武道の至極の詮義にも各自得るところありしなれば」と、「武道」という表現を用いて、〝武士道とは何ぞや〟という問いかけを作品の主題として浮上させている。引用はいずれも武田家の家臣の台詞であり、彼らの〈声〉を通じて「武道」の理想の探求がなされる。「快く狂つて死んで呉れう」と、敗戦覚悟で出陣する老将の台詞は、まさに『葉隠』と同じ「死狂い」という発想をみせており、それは小太郎の戦死の決意にも通じ合う。

だが、その死が主君への忠義のためか、あるいは、自身の武士としての名誉のためかという次元において、両者は対照的である。武田の老将は、家臣の死はあくまでも主君への「忠節」のためと考え、小太郎は主君の意思とは無関係に、死を自己目的として美化している。家臣のあるべき道として、主君の意思決定に従うことを第一義とする点では、武田の老将および徳川方の酒井忠次は意見が一致している。

一方、小太郎とも、忠次および武田の老将らとも異なる意見を主張するのが大六である。命に従って戦場に死ぬよりも、生きて役に立つ可能性を探ってほしいと、老将らの出陣を懸命にとどめようとする大六の姿勢は、実利を重んじ、有能な〈官僚性〉を発揮しようとする江戸期の「士道」の理想に近い。『葉隠』の口述者・山本常朝も、現実には生きて奉公する可能性を重視したとの指摘もあり（小池1993）、「ひげ男」がタイトル・ロールであることから、作者・露伴も、大六の武士観を暗に肯定している可能性が高い。しかしながら『ひげ男』のテキストは、武士道をめぐる三つの思想の型のうち、いずれが正しいとも明言はしていない。どの死生観が武士の理想かという価値判断はあくまでも読者にゆだねられている。

では、当時の読者には、果たしてどの武士観が最も共感されたのであろうか——三つの武士道の型のうち、死を肯定する〈近代武士道〉にもっとも近いのは、武田の老臣および小太郎のそれである。主君の判断が間違っていても喜んで死んでくれる武田の老将たち、理屈ぬきに死んでくれる小太郎、いずれも、戦時下に便利な兵士になり得る人材として、権力者にとって極めて都合のよい人物像である。主人公・大六は最後まで生き延びるが、富国強兵を是とする体制側にとっては、老将や小太郎のほうが有効利用できる国民であったろう。

この作品は、明治三十五（一九〇二）年三月に東京明治座において舞台化（竹柴瓢蔵脚色）されており、三年後の十月には大阪朝日座でも上演（畠山古瓶脚色）されている。『ひげ男』は「作家の不思議なる力を是に於て感触することを得ずして畢りぬ」（八面楼主人「批評「ひげ男」」『国民之友』第三二九号、明治三十年一月）、「此篇は露伴の作中の最劣なるものなり」（田岡嶺雲「ひげ男」『青年文』第四巻第六号、明治三十年一月）と、当時から文学的評価は芳しくはなく、露伴の作品中、『五重塔』（明治二十五年）のように後世にわたって高評価を得ているものではない。だが、この作品が明治三十年代に入って、『五重塔』に先駆けて舞台化され、再演もなされたのは、戦時体制を背景とした明治の〝武士道ブーム〟をうけてのことではないかと推定できる。

理想的武士＝戦士とは何か、という作品の主題は、戦時体制下に生きる読者や観客に、切実な問いとなったに違いない。当初、『読売新聞』に連載された事実も、新聞メディアを意識したメッセージ性を感じさせ、日清・日露戦争、さらには第二次世界大戦へと進む時局に適応した〈近代武士道〉の心性の先駆として、『ひげ男』の武士像を読むことが可能であろう。

〝男らしさ〟への自負と〈女性性〉の排除

武士の理想像については信念の相違があるにせよ、『ひげ男』の武士たちは、「男」としての強いプライドを有している点で一致している。「互に知り合へる男児同士、肝胆相照す武士の交情は違はず皆一様の覚悟決めし此の団欒」と、死を覚悟した武田の老将たちは「男児同士」のうるわしい結束を発揮し、「和殿の如き快き男児を初めて知り得し今日」と、意見は対立しても「男児」としての共感があると、老将は大六に別れの言葉をかける。

「あはれ男児と生れし甲斐には…、成仏も肯はず死も厭はず、血の汗かきても打笑みて御奉公をば為しにはあらずや」(306)と、死を厭わぬ主君への奉公も「男児」の誇りと一体化しており、「誰も彼も奮つて出でし後には男児らしき男児も見えず、…男児として此戦に洩れ外れてはと先を争ひて出立つたれば」と、果敢な〈戦士性〉も〈男性性〉の証明として語られる。生きて奉公するにせよ、死んで潔さを示すにせよ、「男児」としてのアイデンティティの追求は、三つの型の武士たちに共有されている。

「大の男児が強てつくる笑顔も中々あはれなり」「真実の大丈夫たらん」「心確実なる大丈夫となりて天晴我が君の御為にも無二の良き士たるべきに」(340)と、「をとこ」(「男児」「大丈夫」)という表現はテキストの中で何度も繰り返され、「大人となるまで生し立てゝ」(340)と、一人前の人間＝マン(男)という人間観も提示しつつ、理想的人間像＝男というジェンダー観を印象づける。

逆に、「女ゝしき詮議は為ずもあれや」(295)、「女ゝしき涙見んも無益」(336)と、〈女性性〉はテキスト内で否定的形容となり、『甲陽軍鑑』でも、「臆病なる大将は、心愚痴にして女に似たる故、人をそねみ、とめる者を好」(97)、「女人に似たる男が、人を猜み人をいやしむと聞え候」(127)、「そしるもけなすも無案内なる者共、己れが贔屓の人をほむれば、よき事と存知、むさとほめ…是も女人の穿鑿なり」(129)と、やはり〈女性性〉は否定的人格と結びつけられている。「他国にても、弓矢のたしなみ専なる所に、武田家許にて、喧哢さすまじき為までに、男道を失ひ給はん事、勿躰なき義なり」(177)と、〈戦士性〉こそが「男道」であり、理想的な武士像であるとの認識も示され、「今時の衆「陣立などこれなく候て仕合せ」と申され候。無嗜みの申し分にて候」との『葉隠』の価値観にも通じる。

セックスとしての女性/男性の人格には個人差や多様性があるが、ジェンダーとしての〈女性性〉を一様に否定的人格と結びつけ、〈戦士性〉と〈男性性〉を同一視して賛美する人間観は、ずるさや卑怯さといったネガティヴな人格を「女のよう」と表現し、〈男性性〉と〈士族性〉に価値をおく『坊っちゃん』のジェンダー観とも同質である。〈男性性〉と〈女性性〉を対置し、後者を貶めることで前者の優位を正当化しようとする発想は、『甲陽軍鑑』や『葉隠』の「武道」論に遡り、「士族」意識を誇りとする明治人を主人公にした小説にも、武士を主人公とした近代小説にも、継承されているといえる。

武士道と「ひげ」

『ひげ男』という作品タイトルは、全篇の基調をなす〈男性性〉の賛美を端的に象徴している。「ひ

「ひげ」こそは、女性にはない男性の容貌の特徴だからである。「俯してつく〳〵と鬚髯漢が面を打護れば大六も」と、主人公はテキストの随所で「ひげ」とともに読者に印象づけられるが、「ひげ」は本小説の一主人公の綽名にとどまらず、「武士道」の変遷とも密接に結びついているのだ。

戦国期には、武士の「ひげ」は武勇の証として重視され、首を取られた際、女の首と間違われて捨てられないようにという実利的意味もあった（小池 1993）。だが、〈官僚性〉を有する奉公人としての武士が主流化してゆく江戸期には、逆に「ひげ」はないほうが好ましいとみなされるようになった（氏家 1995）。武士の社会的役割、および「武士道」の内実の変遷に応じて、「ひげ」の意味づけにも歴史的変化があり、〈戦士性〉重視の時代には、「ひげ」は生前も死後も武士の証であったが、〈官僚性〉重視の時代になると「ひげ」も衰退したということになる。

とすれば、生き残って奉公の道をさぐる大六には、「ひげ」がないほうがつじつまがあっているのだが、『ひげ男』全篇が〈男らしさ〉の賛美というメッセージを発していること、さらに、作品が発表された明治期における理想的〈男性性〉を提示する上でも、主人公には「ひげ」をつけることが必要だったと思われる。明治天皇の御真影や伊藤博文ら元勲の写真にみるように、「ひげ」は明治期に再び、権力や威光の記号となり、富国強兵の時代に、〈男性性〉と権力を同時に表象する視覚的記号として脚光をあびるようになる[5]（内田 2010）。大六は大名や家老級の出ではないが、明治の元勲たちも主として下級武士出身であった。実利的奉公とは何かを求めてやまぬ、大六の人生観と社会的使命感は、下級武士ながらも意欲に燃えて明治維新を成し遂げた男たち、維新後は富国強兵による国力増強に邁進した、近代の政治家や軍人たちの理想的〈男性性〉を、「ひげ」という象徴を通じて映し出しているのではあるまいか。

近代のファシズムは「戦争」という概念と結びついた〈男らしさ〉の革命であるとも論じられるが（伊藤 1993: 119）、日本が「富国強兵」のモデルとしたプロイセンの鉄血宰相ビスマルクも立派な髭をたくわえており、明治精神の象徴ともみなされる軍人・乃木希典（嘉永二〈一八四九〉―大正元〈一九一二〉年）にも髭はある。近代日本の政治家や軍人にとって、「ひげ」は後のファシズムをも予告する〈男性性〉の誇示であり、〈戦士性〉優位の〈近代武士道〉の台頭とも呼応する。

実利的な〈官僚性〉と、「ひげ」による〈戦士性〉のイメージをあわせもち、強い主体的意思をもって有為な奉公の道を探る大六の姿は、立身出世してお国に尽くす、明治近代国家が求めた〈男性性〉の象徴ではないのか――露伴の『ひげ男』は、戦国武士の表象を借りて、近代日本の理想的男性像のモデルを示すかにみえる。

「ひげ男」と美少年――男色的欲望の示唆

大六のひげはまた、少年武士・小太郎との視覚的対比を際立たせる。

湯に洗はれし白玉の露乾(ひ)ぬごとく気の励みに蒸されてしつとり香汗(あせ)を持つ面飽まで潔らに白く、引結びたる唇の花燃ゆるほど鮮紅に、眉打煙りて匂ひ深く、無念と睜(みは)る眼の中(うち)の光り優しく水照りして、あはれ手暴(てあら)く触らんも痛はしきほどの美少年なり、…（380）

紅い唇、白い肌と、多分に〈女性性〉を帯びた小太郎の「美少年」ぶりは、稚児物語の稚児や、江戸文芸が描く若衆像を継承しており、ひげ面の大六との鮮明な対比をなす。

「死に定めたるわれなれば生かして恥辱を取らせんとせで、とく〳〵心よき死を得させ玉へ、力及ばす組敷かれし今、死は唯一つの誉なり」(383)と、敵方の大六にむかって潔く討死を望む小太郎の姿は、外見的〈女性性〉と勇猛果敢な〈戦士性〉とが共存する少年表象として、近世の男色物語に描かれた武家の若衆像(第四章)と同類である。

露伴は随筆「井原西鶴を弔う文」(淡島寒月との合作、『小文学』明治二十二〈一八八九〉年十一月)、「井原西鶴」(『国民之友』明治二十三年五月)において、西鶴への傾倒を表明しており、これらには『男色大鑑』への言及は無いものの、武家の男色関係を含む『武道伝来記』(貞享四〈一六八七〉年)についての批評が含まれている。しかも『ひげ男』連載開始と同時期の発表であり、また尾崎紅葉校訂による『男色大鑑』(吉岡書店)が明治二十四年二月に刊行され、明治二十年代は井原西鶴が当時の作家たちの間でブームになった時期でもあり、『ひげ男』に西鶴の描く男色世界が影響を与えた可能性は否定できない[6]。『男色大鑑』出版は『ひげ男』の連載開始よりも遅いが、中断後の『ひげ男』完成に比べれば先になる。

小太郎の覚悟に敵方ながらいたく感動した大六は、「好う生立つて面に我が鬚髯生ふるまで月日の功を積んで呉れい」と命を助けようとするが、他の武士たちに応戦する最中、結局、小太郎までも斬ってしまう。〝美少年を泣く泣く斬る成人武士〟という設定は、『平家物語』の熊谷次郎直実と平敦盛の逸話を想起させ、実際、露伴は「熊谷直実」(『語苑』所収)と題したエッセイも残しており[7]、能『敦盛』等の芸能を通じても著名な逸話であるため、読者も少なからず、小太郎討死の場面に敦盛の姿を重ねたであろう。

美少年と「ひげ男」という組合せは、舞台化の際に対比効果が期待できるのみならず、近世の図像でも好まれ、まさに男色関係も示唆したという（氏家 1995）。吉田大蔵と平田三五郎という武士の男色を描いた『賤のおだまき』（自由党系小新聞に明治十七年掲載）が明治中期の書生に愛読されて当時の作家たちにも影響を与え、小太郎に対する大六の心理にも恋心が存在したとの指摘もあり（小森 1995b）、戦闘という非日常的な興奮状態で、大六が小太郎に〝一目ぼれ〟したと解釈しても不自然ではない。(8)

酒井忠次と小太郎の間にも、濃密な空気が漂っている。小太郎の父亡き後の保護者的立場にある忠次は、「我が弟とも日頃見做して一念無く最憐める宗春」（329）、「我が最愛の小太郎」「緊と小太郎を抱き寄せて」（337）と、その感情表現にはホモ・エロチシズムに近い親密なスキンシップが伴っている。〝少年美に魅せられる年長男性〟という、日本の男色表象の歴史的定型をふまえれば、大六や忠次が類まれな美貌の小太郎に惹かれるのも〝お約束〟として解釈可能であり、武士という立場上も、男色的欲望の存在はむしろ自然である。

髭は少年には生えないので、少年と成人男性との身体的、視覚的差異を明確化する。小太郎の美貌と大六の髭は、〈夭折の美少年〉という類型の悲劇性を高めるとともに、年長者から少年への男色的欲望をも示唆していよう。

桜と軍国少年——『ひげ男』改変と時局の要請

露伴は、ずばり「美少年」（『少年園』第三十二号、明治二十三〈一八九〇〉年二月。10: 234-35）と題した随筆も残しており、「齢は三五の月の面、澤々として皎く、唇は柘榴の花の色、炎々として丹(あか)きも」と、やはり〈女性性〉を帯びた美少年像を描いている。「我愛する美少年」の定義として、「猛烈勇敢」「屈節呑気」「清廉淡白」「誠実敦厚」「寛大優雅」と性格の五条件も挙げているので、容貌よりも内面重視の「美少年」像を提示しているが、大日本帝国憲法発布を前にした「「富国強兵」の国家体制への転換期」に「体制順応の教養雑誌の性格を帯びて発展」したとされる『少年園』（明治二十一―二十八年）誌上に、「美少年」とは何ぞやを説いた露伴は、当時の少年読者に対して、めざすべき理想の少年像を示そうとしたのであろう。露伴は『立志立功』（大正三〈一九一四〉年）等の少年読み物も残し、近代の少年の人格形成にメディアを通じて密接に関与している。露伴が理想とする「猛烈勇敢」な「美少年」像は、『ひげ男』の小太郎像にも通じ、「富国強兵」に貢献する人材たれというメッセージになり得たのではないか。

「猛烈勇敢」な「美少年」像は、後の昭和期の少年向けメディアも視覚的に展開してゆく。少年むけ雑誌メディア所載の少年画には、桜吹雪の中で戦う少年剣士など、戦う少年像がしばしば描かれ、「主税の奮戦」（『日本少年』昭和三年）のように近世の武家に取材した図像（第六章扉）は、果し合いに赴く江戸の若衆像を髣髴させる。画家・高畠華宵は浮世絵など近世の視覚表象に学んで自身の絵画世界を構築しており、[9] 容姿の〈女性性〉と勇猛果敢な〈戦士性〉を兼ね備えた理想の若衆像は、近代の華宵の少年画に受け継がれている。

支配階級である武士のアイデンティティであった〈戦士性〉は、廃刀令および徴兵令（明治六〈一八七三〉年）とともに、全「国民」（男子）にひらかれたものとなった。「花は桜木、人は武士」の台詞を含む近世の『仮名手本忠臣蔵』〈寛延元〈一七四八〉年初演〉を契機に、「泰平と豊穣の花」であった桜は武士の死を飾る花となり〈小川 2007: 105〉、さらに明治の「国民兵の擬似士族化の過程」において、「軍国の花」に化したと指摘されるとおり〈同前 273〉、武士という特定の階級の死を美化した桜花は、明治の「国民皆兵」のポリシーに伴い、軍国少年を鼓舞する花として少年雑誌をも飾るに至る。

軍歌『同期の桜』[10]に代表されるように、桜花というシンボルは近代の戦時下の兵士たちの心性を支えたが、「士族」意識と強く結びついていた〈男性性〉は国民国家全体のアイデンティティへと拡大し、『ひげ男』冒頭部分にも、「十万の我が兵は千里の外に雄威を輝かし大功を立て、も、皇国の中には塵すら動かず」と、「美しき我が那」たる「皇国」の桜花イメージとの融合〈一三八頁引用〉として表現される。

「君のため、父のため、撃ちてし已まむと仕玉ふといふ此の得難く又会ひ難き時に臨みて戦に洩れ、人がましくも無く」と、『ひげ男』には戦時体制のスローガンとなった「撃ちてし已まむ」もまさに含まれており[11]、〈戦士性〉と「国家」意識の融合が、桜の表象へと結晶したことをうかがわせる。桜花が法定の国花ではないにもかかわらず、日本の文化、歴史の象徴であるかのように語られるのは、明治の近代化過程において構築された、国民国家／国民皆兵／富国強兵の三位一体が、〈戦士性〉を偏重する〈近代武士道〉の台頭をもたらし、それに伴い武士の死を飾った花が「国民」の花としての汎用性を備えるに至ったからといえるだろう。

桜の実態が近世以前のヤマザクラや八重桜から、明治以降、新種のソメイヨシノへと変化したのも、武士の花から「国家」の花への象徴的変容と符合する。

主君批判の否定と戦時利用

『ひげ男』が描く武士たちは、知的〈官僚性〉を重視する江戸期の武士ではなく戦国武士であるため、戦時下の〈戦士性〉の強調には好都合であった。だが、『甲陽軍鑑』にてらしても、『ひげ男』が描く武士像には〈近代武士道〉特有のバイアスがかかっている。『甲陽軍鑑』は家臣のみならず主君に対しても、賢愚の境目を厳しく説いているからである。武家の支配体制は必ずしも主君の命が絶対ではなく、「主君押込」（笠谷 1988）のような主君批判の可能性も存在していた。家臣側の一方向的な奉公のあり方を問うのではなく、主君の資質をも厳しく問う『甲陽軍鑑』は、よりよい統治という大所高所に立つ政治的手腕を問う視点を備えている。

ところが『ひげ男』では、統治者としての最善の意思決定を主君に問う『甲陽軍鑑』の問題意識は後退し、ひたすら家臣の生き様に物語の焦点が移されている。支配階級にふさわしい資質と責任を君臣ともに求める『甲陽軍鑑』の武士の思想は、『ひげ男』において、部下だけが守るべき上意下達的な道徳律へと変容している。そもそも勝頼という存在が作中には可視化されていないため、主君への異議申し立ての余地がない。勝頼の意思決定が正しいのかどうか――それを問う〈声〉はかき消され、大六の行方不明という結末のごとく雲散霧消してゆく。

これぞまさしく、近代の「国民国家」において、体制に奉仕する臣民に求められた倫理にほかならない。明治の帝国主義体制は、天皇への忠誠という動機づけを戦時体制の兵士たちに求め、それは『葉隠』の聖典化に伴う〈近代武士道〉の主流化をもたらした。近代的国民国家樹立のために、中央集権的な国家体制を確立しようとした明治政府は、藩主にかわる「日本」の中枢として近代天皇を据え、権力者の意思に無条件に従う「国民」を要請かつ養成する。

戦場に死ぬ武田の老将たちは、〝上司の命〟に背かぬ従順な〈官僚性〉を有しつつ、死を恐れぬ〈戦士性〉をも備える〈近代武士道〉の見事な理想像であり、やみくもに死に急ぐ小太郎は、主君の命を考慮しない点では『男色大鑑』の長坂小輪の反体制性にも通じる自己主張を宿しつつ[12]、死を肯定することで、やはり戦時利用される軍国少年の理想像となり得る。いずれにしても、戦時体制の権力者にとっては有為な「国民」であり、支配者に都合よく利用される危険性をはらむ。

作者・露伴としては、タイトル・ロールである「ひげ男」こと大六の理性的判断を重視し、死に急ぐ小太郎をカリカチュア的に描いた可能性もあるが、桜のイメージとともに明治近代のあらまほしき男性像として主流化してゆくのは、戦場に死す老将であり小太郎であった。

〈男の絆〉の近代的変容——男色的要素の後退

〈近代武士道〉と近世以前の武家の行動規範には、恋心の欠落という重要な相違点もある。『葉隠』は「君臣の間」と恋心の一致を説いたが（第四章一〇一頁）、近代兵士の天皇への忠誠心は男どうしのエロス的関係とは切り離され、ひたすら戦場で死ぬことのみが、独立して称揚されてゆく。『葉隠』のメッセージから男色関係を捨象し、死をいとわぬ忠誠心のみを抽出することで、〈近代武士道〉は天皇への忠誠を死をもって体現することを誇りとする臣民＝戦時体制下の兵士を養成した。武士道を「死ぬこと」と定義する『葉隠』の思想は、近世後期には「戦場からは遠く離れ」（佐伯真

2004: 216)たノスタルジーであったが、明治以降の欧米列強との対峙において、戦場が再び現実のものとなったとき、ノスタルジーを越えた社会的機能を果たしてしまったといえよう。

『ひげ男』も、武家の〈男の絆〉を主題としながら、エロス的な関係は明示しない。「男色」が「男性同性愛」として「変態」視されてゆく社会動向(第七章)をうけて、男色的〈男の絆〉は、現実を離れた文学的イマジネーションのなかに居場所をみいだしたといえよう。

性的要素をぬいた〈男の絆〉と戦時体制との結託は、『ひげ男』の成立事情からも裏づけることができる。『ひげ男』初稿には、序文の桜花による国家賛美も、武田家の家臣団の葛藤も描かれず、長篠の戦いを題材にしている以外には、初稿と完成稿ではほぼ別の作品ともいうべき大幅な改変がほどこされている。病弱な少年武士の出陣をとどめようとする場面は両者に共通するが、初稿では年長の武士ではなく少年の姉[13]が弟を説得しようとする。姉が弟の戦場行きに難色を示す設定は、日露戦争時に発表された与謝野晶子「君死にたまふことなかれ」(明治三十七〈一九〇四〉年)を連想させるが、『ひげ男』連載を始めた露伴が、「こは改めではあるべからず」と一旦中断してしまったのは、日清戦争へ向かう時局に直面し、より時代に要請される人物像を描き直す必要性に迫られたからではないか[14]。

日清戦争勝利後に完結した『ひげ男』は、あるべき「武士道」とは何かについての武士同士の議論を前景化することにより、より時局にふさわしいものへと改変された。日清・日露戦争を経て第二次大戦へと突入してゆく戦時下の日本人、特に「皇国」の民としての「国民」の心性に適応する構想を、『ひげ男』完成稿は整えたのである。

女性の主張の後退と、戦時にあたっての武士の行動規範の主題化という『ひげ男』の改変は、〈近代武士道〉の問題点をはからずも炙り出す結果となった。支配者の賢愚を問うことなく、臣下の絶対的忠義を規範化する〈近代武士道〉の主流化は、明治以降の権力者、つまりは一部政治家と軍部の暴走を許すことになったのではないか。「富国強兵」に必須の〈戦士性〉を中核として再定義された〈近代武士道〉は、武家の〈男の絆〉が本来含んでいた恋という動機づけを捨象したうえで、支配者への絶対服従を美化する、軍国主義を下支えする行動規範として活性化してしまう(15)。

全「国民」の〝擬似士族化〟ともいえる戦時体制下、〈男性性〉優位と〈女性性〉蔑視というジェンダー観と、エロス的関係を排除したホモ・ソーシャルな集団の賛美のみが、『葉隠』のエッセンスとして〈近代武士道〉のなかにとりこまれた。男色の要素を捨象することで、『葉隠』は「同性愛」を「変態」視する近代日本社会で受容可能となり、ホモ・セクシュアルを忌避したホモ・ソーシャルな欲望というセジウィックの図式は、ここにおいて日本社会にも適用可能となる。

〈近代武士道〉から脱落した「男色」に例外的に注目した作家こそ三島由紀夫であり、「恋して、恋して、恋して、恋狂いに恋し奉ればよいのだ」(『英霊の声』、本書一〇三頁)と、天皇への忠誠の背後に忘れられた男色的な恋心を幻視しようとした。だがその忠誠心は、「われらとあの神と死とは一体になるであろう。…自ら神風となること、自ら神秘となることとは、そういうことだ」(52)と、天皇という対象をつきぬけて、死ぬことで神と一体化し、自分自身が神となる境地へとゆきついている。こうなるともはや「他者」への恋ではなく、死自体を目的化した自己陶酔的、自己完結的な境地となり、天皇その人の意思は度外視されている。いわば、臣下から(夢想的)主君への一方向的な思い入れであり、周囲の制止も聞かずに追腹を切った『葉隠』の大島外記、さらには、主君の命によらず戦場で討ち死にした『ひげ男』の小太郎の心境に同値となる。

恋が理屈抜きの権力者への思慕＝忠誠心として表現されるとき、男色は男のホモ・ソーシャルな社会を支える〈アライアンスの装置〉の一部となり、すぐれた公的機能と政治性を発揮する。しかし、恋心のはらむ無軌道性、身分秩序をこえる情熱の発露は、江戸期においてすでに体制側から警戒されていた（第四章）。ところが〈近代武士道〉は、〈男の絆〉から恋心を捨象することによってかえって、恋のはらむ反体制的、反権力的な無秩序性を〝修正〟し、国のために命を投げ出す忠実な「臣民」の養成に寄与した。エロスを排除したホモ・ソーシャルな〈男の絆〉を強調する〈近代武士道〉はかくて、「富国強兵」イデオロギーのすぐれた一部となったのである。

戦勝への寄与が絶望的でありながらも、天皇への「恋」のために特攻として散っていった『英霊の声』の兵士たちの姿は、戦勝とは無関係にひたすら死を望む小太郎像に通底する。つまり、『ひげ男』のメッセージは作者の意図にかかわらず、後代の社会的文脈においては、特攻隊を支える観念的支柱としても機能し得る。実利を度外視してでも自己陶酔的に死を望む少年武士の行動は、〈近代武士道〉のゆきついた姿であり、戦争末期における若者の理不尽な死を正当化してしまいかねない。

死を自己目的化し、自ら神となる次元までも志向するとなると、もはや主君の意思はどうでもよい。忠誠の対象として想定される主君＝天皇は、自己満足的死の動機づけとしての〝空虚な中心〟――中世の幼童天皇をめぐる〈男の絆〉、ひいては少年神をいただくドイツ近代の〈男性同盟〉と同じ心性が、ここには働いていないか——。近代天皇という「ゼロ記号」をめぐる〈男性同盟〉としての権力者たちの暴力性が招いた破局（カタストロフィ）[16]……。

『ひげ男』を通じて主君勝頼の〈声〉は聞こえず、まさに作中の〝空虚な中心〟として家臣たちに君臨している。近代の軍国少年のイコンともなり得る「美少年」を描いた『ひげ男』は、戦前の日本社会の命運を左右した〈男性同盟〉の心性を読み解く上で、恐ろしいほどに重要なテキストである。

第七章

「同性愛」の時代の男色実践

南方熊楠「浄の男道」論にみる近代の男色のゆくえ

南方熊楠（右）と羽山蕃次郎
（明治19年）

年長男性から美少年への思慕

「男色」が文学的、図像的表象の領域で、エロス的な関係を消去した〈男の絆〉として焦点化されてゆく経緯を、前章までに検証した。では、男色的気風も残る明治期において、当事者はどのような意識で男性との恋を経験したのであろうか。本章では、男色関係の資料を多く蒐集し、男色研究者としての側面をもつとともに、実践者でもあった南方熊楠（一八六七―一九四一）の男色観を検証することで、近代の男色の当事者意識の一例と、「男色」が「同性愛」へと移行する時期における〈男の絆〉の変容を考えたい。

「この家の五子、取り分け長男と次男は属魂の美人なり」[1](22)と、同郷の羽山家の五人兄弟のうち、熊楠は特に、長男・繁太郎（一八六六―一八八八）と次男・蕃次郎（一八七一―一八九六）に最も魅了されたと書き残す。「美人」が女性ではなく男性をさしている点に、少年美を重視する「男色」的感性の残存が顕著にみられる。

慶応三（一八六七）年、和歌山城下に生まれた南方熊楠は、明治十九（一八八六）年末に日本を出て、明治三十三（一九〇〇）年まで十年以上の歳月を、アメリカおよびイギリスで学んだ。帰国後、和歌山に戻った熊楠だが、その若き日に忘れ得ぬ親交を結んだのが、同郷の羽山家の兄弟であった。「外国にあった日も熊野におった夜も、かの死に失せたる二人のことを片時忘れず、自分の亡父母とこの二人の姿が昼も夜も身を離れず見える」(25)と、熊楠はこの二人について、両親さながらの濃密な親近感をもって追慕している。羽山兄弟との交流が肉体関係を含んでいたことは、渡米前に熊楠自身が「羽山と同衾して寝ぬ」と日記に明言しており、熊楠が複数の男性と肉体関係をもっていたことは、熊楠研究者の一致した見解である（武内 1995: 261、原田 2001）。

年長男子が年少の美男子に魅了され、肉体的な親密さにまで至る――この行為は、女色、男色がならびたっていた「好色」の時代には、社会的に認知された男性の性行動であり、なんら病的あるいは異常な行動とはみなされていなかった（第四章）。繁太郎は熊楠よりも一歳上、蕃次郎は四歳下であるが、彼らの容姿に魅せられる熊楠の恋慕は、美しい稚児や若衆に魅せられる年長者／念者という「男色」の歴史的定型をなぞっている。

「「美童」を神とし祀ることは実際ありしなり」（205）、「神仏が美童と現じて僧俗と交情を結ぶ話」は「まだまだ捜さば多くあるべし」（227）と、熊楠は歴史上の「美童」崇拝に強い共感を示しているので、自己の性的実践を過去の男色と結びつけようとする意識が明白にうかがえる。

熊楠が羽山兄弟と心身ともに親密な関係を結んだのは、渡米前の明治十九年であり、ちょうど同時期の『当世書生気質』（明治十八―十九年）に、「女色に溺るゝよりハ龍陽に溺るゝはうがまだえいわい」とあるように（第五章一三一頁）、男色の気風が書生社会に残存していた時代であったから、熊楠の羽山兄弟への思慕は、当時の男子としては珍しいものではない。岩田準一と熊楠が男色をめぐる往復書簡を交わし始めたのは昭和六年のことであり、時期はより後になるものの、熊楠は自身の男色実践が、過去の歴史的事実に根差したものであると自己確認していたといえる。

日本中世の稚児物語では、美貌の稚児が自己犠牲的な死によって、年長の恋人を悟りの境地に導くが(第一章)、熊楠一世一代の晴れ舞台であった昭和天皇へのご進講(昭和四年)の際、羽山兄弟があの世から守ってくれたと熊楠が信じたことも、中世稚児物語の心性の継承をみせる。しかも、ご進講時に羽山兄弟はすでに亡く、熊楠が彼らを〈聖なる美少年〉として幻視する条件は見事に整っていた。

交際時の羽山兄弟の年齢は、弟が、男色の価値観から美少年の最盛期とされる十代半ばである一方、兄は二十歳で「少年」というよりも青年である。が、熊楠は彼らを二人ともに「美人」として理想化することにより、過去の「美童」崇拝と自らの男色的嗜好を接続し、彼らを現実の人間というよりも〈聖なる少年神〉のような存在としてとらえていた。

羽山兄弟の〝神格化〟の背景には、美少年を〈聖なるもの〉とみなす歴史的心性が働いているが、年長者の視点からの少年美の崇拝が、年少者の人権侵害につながる危険性をはらむことはすでに述べた(第三章)。事実熊楠は、やはり渡米前に同衾した平岩内蔵太郎を、現実に反して夭折したかのように夢想しており(2)、〈夭折する美少年〉像への強いこだわりをみせていた。

羽山兄弟があいついで夭折している事実は、偶然とはいえ、男色が理想化する少年表象との符合をみせており、もし二人が長寿を保っていたとすれば、熊楠の恋慕の情が薄らいでいた可能性も否定できないが、夭折したからこそ彼らの「美人」としてのカリスマ性は保たれ、熊楠は彼らを〈永遠の美少年〉として夢想し続けることができた。歴史上、男色の相手となった少年たちすべてが、絶世の美少年であったとは考えにくいので、「美童」の崇拝には、多分に年長者からの幻想的視線が含まれていると推定できるが、熊楠も羽山兄弟を〈聖なる美少年〉として称揚することで、自身の男色実践を宗教的営為へと高め、正当化しようと試みたのだろう。

熊楠の少年観は、『ヴェニスに死す』のアッシェンバッハがタッジオに抱いた夭折の夢想とも通底し、少年の加齢を否定するエゴイズムをはらむ。熊楠の男色経験が「能動側からのものになってしまって」おり、「美少年を追いかけることが、「男らしさ」のひとつの表現でもあった時代での限界」との指摘(伊野 1996: 157)は、男色的欲望における年長者の自己中心性を鋭くついている。

「男色」の念者としての熊楠――〝一対多〟の正当化

熊楠の男色の相手は複数にわたっており、年長者一人に対する複数の年少者という、年長者優位の構造もみせている。大名は複数の小姓を抱えることで、少年らを女性になぞらえればハーレムのような関係性を形成していたが、それは自己の権力と権威の証明でもあり、熊楠も同じく、年長者として美少年を愛玩する「男色」モデルの実践者であった。

「本邦にも古く浄愛を述べし物語もあり。徳川氏のころにも大坂で討死せし小笠原秀政は、小姓を愛するに貌をもってせず、もっぱら心を見たるゆえに、討死の節旧く愛されたる小姓たちの侍はことごとく戦死し(死に場にあわざりしものは後より追腹切りしという)たりという」(6)と、熊楠は徳川秀忠と丹羽長重、上杉景勝と直江兼続の例もあげながら、家臣から主君への「どこまでも変わるまじき契約」、「最後まで」の「忠」としての男色を「浄愛」として賛美している。「追腹」を肯定的に評価し、恋心を忠誠心の動機として重視する点は、『葉隠』と同じ価値観を示しており、「若道心得のこと。それ衆道は女色に異なりて意気地ばかりの念頃なるゆえ、…男色に徒らの密夫のということなし」(80)と、男色にはいわゆる〝浮気〟がなく、かつ「女色」には無い「意気地」があるとの主張も、一対一の主従の契りを模範とする武家的な男色のモラルを念頭においてのことであろう。

だが、武家の男色にも三角関係や心変わりを原因とした刃傷沙汰の実態があり(第四章)、熊楠も、複数の年少者を相手にしていたのだから、一対一を旨とする武家の男色の理想像を自ら裏切っている。にもかかわらず、「意気地」という精神性において女色と男色を差異化し、後者を賞揚する発想は、近世の女色/男色の優劣論と同質の男性ジェンダー優位の思想であり、熊楠が「若道」「衆道」と、数多い男色の異称(岩田 1973a)のなかでも、ことさらに「道」という表現を打ちだしているのは、人としてのあるべき「道」と「若道」「衆道」を結びつけんとする主義主張の反映であろう。

「西鶴時代には、徒らも密夫もありしことは、『大鑑』その他に見えたり」と、男色関係が必ずしも「一生一人」ではないことを認めつつも、「西鶴もずいぶん出たらめをいうた人で」(91)と、西鶴の男色物を否定的に評価するのは、歌舞伎役者や町人の「好色」の世界における男色が、武家的な「道」としての男色を理想化する熊楠の男色観に反していたからであろう。熊楠の蔵書に含まれる『男色大鑑』には、ところどころに内容要約の書き込みがあり、『男色大鑑』を丹念に読んだ形跡を認めることができるのだが、[3] いかに多くの恋を楽しむかが眼目であった町人の享楽的「好色」としての男色については、熊楠自身の男色実践の実態とは矛盾するとしても、理念的には否定的に評価されたといえる。

「浄」と「不浄」の境界

「浄愛〈男道〉と不浄愛〈男色〉とは別のものに御座候」(15)という著名なテーゼの直後に、「浄愛」の典型例としてまっさきにあげられているのが、先に引用した小笠原秀政と小姓の事例であり、「不浄の方」の例として「役者になずみたる嫖客」(15)が対置されていることは、「浄の男道」が〈武家モデル〉の一対一の男性関係をさし、〈町人モデル〉の「好色」的男色が「不浄」の範疇に入れられることを示唆する。

「野郎かげま」の男色と武家の衆道を峻別した『葉隠』と、熊楠の「浄愛／不浄愛」＝「男道／男色」の区別は同じ論法であり、唯一無二の相手に対して永遠の思慕を貫くべしとの、『葉隠』と熊楠がともに掲げた男色の理想にかなう用語として、〈町人モデル〉と区別がつきにくい「色」ではなく「愛」という表現がよりふさわしいと判断されたため、「浄愛」という用語の造語に至ったと思われる。

「愛」を肯定的表現として用い、「不浄愛」と「色」を同値とする用語的対置は、「好色」を「野蛮」、「恋愛」を「文明」的とする明治期の新しい「恋愛」観とパラレルである。熊楠は「浄の男道」を夫婦関係になぞらえ、「とかく本邦でこのことを論ずる輩少しも浄と不浄を別たざるは、子を多く生んだ夫婦を多婬好婬と判ずるようなやりかたで、はなはだ正鵠を失し玉石混乱を免れずと思う」(6)と説いている。夫婦であれば性的交渉があっても「多婬好婬」という批判を受けることはなく、逆に性交渉が無いほうが「愛」を疑われかねない。近代の「恋愛」観は一夫一婦制の基盤となったが、夫婦愛を到達点と設定する男女の「愛」が、心身ともに結ばれる関係であるとすれば、男どうしにも同じことがいえるとの主張が、「浄にして不浄を兼ね」(17)る男色もあるという熊楠の発言にこめられていると理解できる。男どうしが夫婦と同様に、一対一かつ永続的パートナーシップを結んでいるのであれば、それは十分、人の「道」にかなうという主張こそが、熊楠のいう「浄の男道」の本意であるとみるのが妥当であろう。

「熊楠の男色論の核心をなしているのが浄と不浄の峻別」(月川 1993: 42)、「同性愛の研究にあたっては、「浄の男道」と「不浄の男道」を弁別すべきことを強調した」(桐本 1993: 210)、「熊楠の男色論の基本が、「不浄愛(男色)」と弁別した「浄の男色」であることはいうまでもない」(武内 1995: 261, 264)と、熊楠の男色論の特徴を「浄」と「不浄」の区別におく見解は、熊楠研究者の共通理解になっているが、「浄」と「不浄」の境界は用語が印象づけるような肉体関係の有無ではなく、[4]日本の男色の歴史的文脈にてらしあわせれば、〈町人モデル〉の「好色」的男色を「不浄」、「一生一人」の「契約」を遵守する〈武士モデル〉の男色を「浄」と定義づけることができる。小姓との「愛」において「心」を重視したとする小笠原秀政を模範とするのも、「浄愛」を近代の夫婦愛に近い心身の絆にみようとした熊楠の見解の表われであろう。

「変態」概念への困惑

とはいえ、熊楠の男色実践としては前述のとおり、美貌の重視、相手も複数という「好色」的な実態があった。それは、武士ならざる明治の民間人の熊楠にとっては、むしろ自然な男色嗜好であり、たとえ相手が複数でも、つねに真剣に「心」の絆を結ぼうとしていたとの意識があったかもしれない。

では、熊楠が「好色」的男色を実践しつつも、武士的な「浄の男道」を理念的テーゼとして掲げたのはなぜなのか。それは、熊楠が生きた当時の日本社会の時代的要請であったと考えることができる。

明治の中盤までは、江戸以前の男色の気風が残存していたことは前述のとおりであり、東京在住時代、熊楠は女色よりも男色のほうが価値がある、との書生の発言を含む（一三二頁引用参照）『当世書生気質』を購読しており、当時の社会においては男色は「特異なことではない」（武内 1995: 261）。ところが、熊楠の英国滞在はオスカー・ワイルドが同性愛行為の罪によって逮捕、収監されるに至った一連のワイルド事件の時期（一八九五年四月）に重なり、同時期に始まる熊楠の「ロンドン抜書」の第三巻（六月二十日開始）に男色関連の文献が集中していることは「偶然の符合とは思えない」（月川 1997: 84-85）と指摘されるとおり、『当世書生気質』の発刊期に日本を出発した熊楠がワイルド事件をまのあたりにし、「同性愛」に対するイギリス社会の不寛容に少なからぬ衝撃を受けたことは想像に難くない。

「（熊楠が、引用者注）男色を悪とみなす当時の英国の倫理規範に対して、非常に敏感に反応」し、「「ロンドン抜書」初期のセクソロジー関連の筆写はそうした性規範をより広い視野からとらえ返そうという意図がはたらいていた」（松居 1999: 104）とも指摘されるとおり、ロンドンで熱心に「同性愛」関係の文献を抜書きした熊楠のなかには、イギリスにおけるホモ・エロチシズムに対する社会的不寛容を、どう自分のなかで処理すればよいかとの葛藤が渦巻いていたと推測できる。日本社会では何らタブー視されていなかったはずの男色が、なぜかくも厳しく断罪されなければならないのか——。

だが、帰国後の熊楠を囲んだ男色への社会的視線は、出国時とは一変して〝イギリス・モデル〟へとシフトしていた。熊楠が日本に戻った明治三十三年は男色への寛容が不寛容へと変化する過渡期(小田 1996)であり、いわば熊楠は〝浦島太郎〟のような状態で、出国時とはうってかわった日本社会の男色への偏見にさらされ、またしても困惑を余儀なくされたに違いない。

ちょうど同時期の、男女の「恋愛」への社会的関心の高まりが「男色」の周縁化に影響したであろう。明治三十二年の高等女学校令による女子教育の勃興と連動し、女学生と男子学生との「恋愛」を主題にした小説も明治三十年代に新聞連載小説として注目された(佐伯順 1998)。明治期には男子学生による美少年への「性的暴行」も社会問題となっていたが(前川 2011: 54)、それは教育現場に男子生徒しかいないホモ・ソーシャルな環境の影響であり、共学ではないにせよ、教育空間に女学生が参入すれば、女性を新たな「恋愛(ラブ)」の対象として認識する感性が醸成されてゆく。書生が憧れる「ラブ」は、男「色」から女性との「恋愛」へ変化し、それに伴い男色の衰退が生じたと考えられる。

実際の男女交際には「堕落」という汚名もきせられたため、実践においてヘテロの「愛」が急激に主流化したわけではないが(佐伯順 1998)、少なくとも理念および心性の次元では、男色を「本色」とする「硬派」の時代は去り、男女の「恋愛」に憧れる新たな世代が、明治三十年代後半には登場した。以降、男への思慕を抱く男子学生たちはその感情を抑圧し、女性に恋をすべしとの強迫観念に悩まされることになるが、その苦悩については次章で詳述しよう。

「変態」概念に抗して

大正期を迎えると、「変態」という概念の台頭とともに、本格的な男色の周縁化の時代を迎える。雑誌『変態心理』創刊号（大正六〈一九一七〉年十月）に掲載された、羽太鋭治、澤田順次郎共著『変態性慾論』（大正四〈一九一五〉年）の広告には、「性欲本能の倒錯の中には男子にして男子を愛好する者、女子にして女子を懸想する者」があると記され[5]、男どうしの「愛好」は明確に、「性欲」の「倒錯」の領域へと追いやられている。「性欲本能の倒錯」は「同性愛と、色情狂との二種となすを得べし」と、「同性愛」は「色情狂」と同一視され（同前）、「性欲」の異常状態の一種として、「倒錯」という概念に組み込まれるのである。

「変態」という用語が、近代のメディアで常用されるようになった初期には、性的行動のみをさしていたわけではなく、「一口に変態心理とは何かと云ふと、普通の精神状態から逸脱してゐる有らゆる異常な、若しくは特殊な心理作用を総括してゐる名称」（中村古峡『変態心理の研究』一九一九年、4-5）と、異常心理全般をさしていた。「私が初めて『変態心理』と云ふ雑誌を発刊した頃には、変態心理と云ふ語は、まだ極めて少数の専門家以外には殆ど通用しなかつた言葉であるが、近頃ではこれが大分一般的になつて来た」（同前3）とも記され、「或は人々の日常の会話の中で、或はまた新聞や雑誌の論説の上で、吾々はちよい〳〵と此の語に出会はすやうになつた」（同前）と、メディアや日常語のなかにこの用語が定着してゆく様子も述べられている。『変態心理』の創刊は大正六年であるから、中村の証言によればその後二年程度の間に「変態心理」という語が社会的に普及したことになるが、雑誌『変態心理』が扱う主題は、「迷信」「俗信」「ヒステリー」と多岐にわたっており、同性間の関係のみに焦点をあてているわけではない[6]。

『変態心理の研究』も、「潜在意識」「透視と念写」「神経質」「二重人格」と、序言どおり広範な心理状態を扱っており、同性間の関係よりもむしろ、心霊現象や透視といった同時代の関心を中心的に扱っている。熊楠も、「マヤースの変態心理書などにも見え」(25)、「変態心理学者がよくいうごとき幻像」(43)と、幻視や心理的不安定も含んだ広い意味で「変態」という表現を用いており、大正期には「変態心理」や「変態」という用語は普及したものの、完全にセクシュアリティに特化した意味には固定していないことがわかる。

クラフト＝エビング『性的精神病質』(一八八六年)が『変態性欲心理』という題名で翻訳出版(大正二〈一九一三〉年)され、また、雑誌『変態性欲』(田中香涯編、大正十一〈一九二二〉年創刊)の第二巻(大正十二年一―六月)にも「同性愛に関する諸編」という項目が設けられ、「同性愛者の悩み」「同性愛者の苦しみ」の記事があり[7]、一九二〇年代には、「変態」という概念のセクシュアリティへの焦点化の動きをみることができる。藤沢衛彦「伝説に現はれた悪人」(『変態心理』第一〇〇号、大正十五年七月)も、「戦国時代に於ては、男色中に衆道といつて互いに交際を結んだ様な例も見えるし、明治時代に於てもその遺風が行はれた例もあるが、その実は色に接する能はざるによるか、変態性欲のなす処のものであつた様である。何れにせよ、これら背徳的淫行の唾棄すべきものたるや論はないのである[8]」と、「悪人」の範疇のなかに「男色」を入れ、あわせて「変態」を「変態性欲」として四字熟語化することにより、セクシュアリティと密接に結びつけている。

「男色」「衆道」という近世の表現を用いながらも、それらを「変態性欲」という近代的概念によって再解釈しているこの評論は、「背徳」という極めて否定的な道徳的判断をも下しており、戦国期の武家の男色の歴史的実態とはかけ離れた価値観を提示している。

　同評論は中世の稚児男色についても、「山寺のお稚児」が「僧侶の性欲」の対象となったのは「僧侶の憎むべき背徳的罪悪」（同前）であり、「罪の道」「性欲的大罪悪」であると、やはり道徳的見地から批判しており、「男色の悪風」を倫理的に断罪する。熊楠青春期の男色経験を囲んでいた社会の肯定的心性は、大正期にはもはや見る影もない。

　男社会の〈アライアンスの装置〉であり、人（男）の「道」ともみなされていた「衆道」は、近代の「変態性欲」言説においては正反対に、「悪」や「背徳」と化し、倫理道徳的観点から徹底的に否定される。明治後半から大正期にかけて、かくも抜本的な心性的変容が、男どうしのホモ・エロチシズムをめぐって生じたのであった。

　熊楠はこうした日本における男色の「変態性欲」化に触れる以前に、イギリスにおいて同性愛を「自然に反する罪」とするエイブラハム・リース『新百科事典』の「ソドミー」の項目や、医学的観点から同性愛は健康に有害と説くアンブロワズ・タルデュー『猥褻罪の法医学的研究』といった西洋の「同性愛」言説を筆写しているので（月川 1997: 86-88）、帰国後の日本社会の男色への不寛容にはかえって既視感を抱いたかもしれない。西洋の性科学の日本への影響以前に[9]、いわば熊楠は

〝本場〟で西洋の情報にいち早く接触していたため、帰国後の日本社会の男色への不寛容とイギリスで得た知的情報とは違和感なく接続したとも考えられる。

熊楠が岩田準一と男色について往復書簡を交わした昭和期には、すでに男色を「変態性欲」とみなす視線は主流化、固定化していたので、そうした抑圧的環境下で男色について語ろうとすれば、男色は「不浄」ではないと大見得を切る必要に迫られたのであろう。熊楠が個人宛書簡、つまりは公的媒体ではなく私的なコミュニケーション手段を通じて男色についての見解を吐露したのも、男色は「浄愛」であることとさらに主張したのも、昭和期において過去の男色経験を対象化しようとする熊楠が、男色を「変態」とみなす社会的認識に対抗しようとする切実な姿勢の表現と考えられる。

「浄愛」「男道」という造語――「男色」から「同性愛」へ

男色の歴史的な文脈にてらせば、前述のように、心身ともに結ばれる親密な〈男の絆〉こそが、「浄の男道」の真意であるとみるのが妥当であるが、一方で熊楠自身、「浄の男道」があたかもプラトニック・ラブを意味するかのように確信犯的に装っているかにみえるのは、前述のような男色への社会的不寛容への抵抗の一環とみることができる。

「好色」＝肉欲、「愛」＝精神的絆、という二項対立が、明治の知識人が提唱した「恋愛」の図式であったが、熊楠はそれにのっとり、「好色」とは異質な、精神性を重視した男どうしの「愛」を語ろうとしたのであろう。熊楠のテキストに接する近代読者側も、プラトニック・ラブを規範化する「近代恋愛」の価値体系を基準として熊楠の男色論を理解しがちであるため、「浄」の意味を精神性に特化したくなる。

だが、歴史上の男どうしの恋に言及しようとすると、必然的に「男色」という用語を用いざるをえず、当事者どうしが「平等」かつ永続的関係を結ぶことを倫理規範とした近代的な「浄愛」とは内実に齟齬をきたすことになる。熊楠の男色言説がとかく「説教臭くなり」、「男道」という造語による立論が「成功しているとはいいがたい」(月川 1993: 42)という指摘は、近代の「愛」の概念を利用した熊楠の男色観の建前性と、歴史的実態とのずれを正確に言い当てている。

とはいえ熊楠自身も、この実態と用語の矛盾には無自覚であったかもしれない。江戸以前には、そもそも社会的な理念としての「平等」思想や「人権」意識自体が普及していなかったのであるから、歴史上の男「色」と近代の「愛」を同一視することがそもそも矛盾をはらむ行為であり、熊楠の男色実践もまた、前述のように理念的な「浄愛」ではなく、多分に「男色」に近い中世・近世的な領域にあった。

「小生は妻を四十でとりしまで女人と一切交際せず」(45)という発言も、背後にある男色実践との関連において納得できる。日本の「男色」的心性は、男性が女性と親密な関係を結ぶ必要性を自明視していなかったので、熊楠においても、制度的結婚という社会的要請が無ければ、女性と親密な絆を結ぶ内的欲求をほとんど感じなかったということであろう。「男色」の時代には、恋や色という情緒的、身体的な紐帯は男性どうしの間で十分に充足可能であり、性的、情緒的絆の構築にあたって女性は必ずしも必要とされていなかった。熊楠の前述の告白は、近世以前の男性には一般的であった〈男の絆〉への耽溺の吐露なのである。

実際に結婚生活に入れば、配偶者への情愛も生じようが、〝女性関係＝生活維持、男性関係＝感情とエロスの満足〟という江戸期の女色／男色の〝すみわけ〟（第四章）が熊楠の青春期に内在化されていたとみれば、彼の豊富な男性経験と、結婚による初めての女性経験はつじつまがあう。女性には、心身ともに結ばれる〈親密性〉を必ずしも期待しないし、愛情の発露としての性交という欲望も感じない。それは、熊楠個人の青春期の人格上の個性ではなく、「男色」の心性の刷り込みであり、政治、社会体制の多くが男性中心に構築されていた明治期において、「男色」の心性が残存する環境にはリアリティがあったのである。

男性との性経験が年齢的に先であったという告白も、『好色一代男』の世之介が、まず男性と肉体関係をもったという記述に通じる（第四章）。「色道ふたつ」の時代には、男性の性経験は女性関係のみを前提としてはいないが、「同性愛」の時代に入ると、男どうしのホモ・エロチシズムは偏見にさらされることとなった。

熊楠は「男色」と「同性愛」の概念規定を明示しないまま、羅列的に両者の習俗を紹介しているので、両者の差異が見えにくくなっているが、それは熊楠ひとりの問題ではなく、明治以降の「男色」または「同性愛」言説全般の抱える陥穽であり、その問題をかかえこんでいるがゆえに、熊楠の男色論は日本の男色／男性同性愛史を理解する上で論じるに足る重要な言説である。

では、用語としての「男色」が「同性愛」へと移行する過程のなかで、より新しい世代の当事者たちの意識はどのように変容したのか。その手がかりを、昭和期の男子生徒たちの恋物語に求めたい。

第八章

悩める昭和期の男子生徒

『草の花』『仮面の告白』にみる男子校の恋

高畠華宵「オール持つ手に花が散る」▶
（『日本少年』大正14年）

◀映画『寄宿舎——悲しみの天使』
（1966年）より

男子校が育む〈男の絆〉

桜は見る限り華かに咲き誇った。暖かい日射を浴びて花は幾重にも花を重ね、弦音に誘われるように花片がはらはらと散りかかった。今さっき、僕は藤木が弓を引いているのを傍に立って見ていたが、着物の片袖を脱いだ裸の白い肩に、花片の散りかかるのが美しかった。

（福永武彦『草の花』昭和二十九〈一九五四〉年、330）

少年の裸の肩に降りかかる桜のはなびらに見惚れる、年上の男性の視線。十八歳の旧制高校二年生・汐見茂思（しおみしげし）は、一年生の部活の後輩・藤木忍に「秘かな想い」（73）を抱き、その姿を目で追い続ける。二十四歳になり、死を覚悟して肺葉摘出手術に臨もうとする汐見は、若き日の藤木への思いを、爛漫の桜花のイメージとともに回想する。

彼らの所属していた弓術部は、「岬に桜の花が咲き誇る三月から四月にかけてのH村の二週間」（302）に合宿する慣例で、旧制高校という男だけのホモ・ソーシャルな教育環境で、弓術という武道を通じて芽生える若き男子の恋は、桜花によって彩られる。「桜の花が漸く綻び始めている。袷の飛白模様や、黒い小倉の袴や、片肌脱ぎの白い背中や、弓などが眼にちらちらする」（303）と、中世の稚児物語や近世の武家若衆の恋物語よろしく、『草の花』も桜の描写にあふれ、年長の汐見は男色の定型における念者あるいは僧侶、藤木は若衆あるいは稚児に相当する。

桜の樹の下で考えていると、寮歌の声が近づいて来て一年生が三人ほどぶらぶらと歩いて来た。……

ステッキで桜の枝を叩きながら、センチメンタルな節廻しで寮歌をがなっている。（320-21）

藤木との接触は日常の部活動でも行われているはずだが、桜花爛漫の時期が回想に特に浮上するのは、桜と少年美、および男色の恋の歴史的イメージ連鎖をみせる。

桜花は少年美と命のはかなさを象徴していたが、藤木もまた十代で若き命をとじる。

藤木忍は十九歳で死んだ。…彼の魂は永遠に無垢のまま記憶の中にとどまっている。彼は美しい魂を持った少年で、…僕の心が Arcadia に帰る度に、僕は藤木が、純美な音楽のように、僕の内部に今も生きているのを感じる。（355, 357）

「高等学校の三年の冬休みに、敗血症で」（355）夭折した藤木。その若き死を予告するかのように、「蒼ざめた顔」「藤木の顔が、痛々しいほど蒼く見える」（299）と、藤木は「蒲柳の質」とされる『ヴェニスに死す』のタッジオさながらに、「藤木は随分船に弱いんだね」「ああ…頑健じゃないようだね」（300）と、繊細なイメージで描かれる。

――…藤木は女性的な感じがするね、男ばかり見ているせいかしらん。

――あれは子供なんですよ。まだおっぱいの匂がしている。（319）

藤木にはジェンダーとしての〈女性性〉が付与され、「藤木はまだ子供」（305）と、未成年性を際立たされる。「そりゃ藤木は可愛い少年だよ。ギリシャ語の ephebos っていうのはああいうんだろう」（329）と、ギリシアの少年像も想起される。

「ギリシャはね、人間を信仰したんだ…彼らの神々は人間の美しさの典型なのだ。かの謹厳なプラトーンも」（299）と、『草の花』は一度ならずギリシア文明を招喚するが、『ヴェニスに死す』においても、ギリシアの少年愛は模範のように連想されていた。しかも、〈ギリシア型〉の美少年像は『草の花』においても、年長者を見事に理想郷へと導いている。

「Arcadia」――夭折した藤木の残像は、汐見に「純美」な楽園をみせてくれた。死の間際のアッシェンバッハにとって、タッジオが「望みにみちた巨大なもの」へと誘う「魂の導き手」となったように。あるいは『秋夜長物語』の桂海が、梅若の自死によって深い悟りに導かれたように。

「男色」と「愛」のはざま

『草の花』の主人公の思索は、自覚的には過去の男色とは結びついていない。だが、男子生徒たちが「がなっている」寮歌の響き、「デカンショを歌う野蛮な合唱」(93)、合宿場の岬が夏には「男ばかりの賑やかな水泳場と化す」(301)こと、「威勢のいい若い衆たちが、白い揃いの鉢巻で神輿を担」(108)ぐ祭りの光景……すべてが、バンカラな書生風俗の記憶を宿す。「硬派」のシンボルであった「小倉の袴」の装いも、「立花とはもう二年越し寄宿寮の同じ一室に暮して、すっかり許しあった間柄」(62)と、寝食を共にする教育環境で育まれる〈男の絆〉も、明治の男子書生のホモ・ソーシャルな生活を引き継いでいる。(1)

一方で、ギリシア文明からの触発、「愛」という概念による関係の内省は、「男色」の時代には存在しなかった近代的心性である。「藤木の魂を理解しているのは僕だけです。僕は人間の中にあるそういう美しいもの、純粋なものを、一度発見した」(106)と、人間相互の〈親密性〉の価値を「魂」にみいだす思考は、キリスト教の影響下で明治期に提唱された「霊」的な「恋愛」の理想の明らかな継承である。事実、汐見は「前から基督教には関心があ」(270)り、藤木の妹であるキリスト者の千枝子と信仰についての会話もかわす。汐見は結局、キリスト教からは距離を置いたものの、テキスト全体にはキリスト教の影響が濃厚であり[2]、男女の恋愛を中心に普及したはずの「神聖なる恋愛」の理想は、男どうしの思慕にも規範として作用している。

汐見の藤木への思慕は、仏教的文脈における『秋夜長物語』の桂海の悟りとは異なり、「魂」の「美」や「純粋」性への憧憬であり、明らかにキリスト教的な霊肉二元論の影響下にある。〈夭折の美少年〉というモチーフは過去から継承されているが、理想郷の内実は仏教的彼岸から、キリスト教的な「魂」の救済、あるいは、ギリシア的な「美」の完全性へと、近代的変貌をとげている[3]。

相互コミュニケーションとしての「愛」——対等性への志向

〈男の絆〉にみる「男色」から「愛」への変容は、当事者の立場とコミュニケーションのあり方の変化ももたらした。

> 僕の眼は、藤木が防波堤のずっと先の方で、俯き加減にして歩いたり、立ち止ったりしている、そのちょっとした動きさえも決して見落してはいない。藤木の近くにいる限り、見るまいと思ってもどうしても眼をそらすことが出来ないのだ。(305)

汐見は藤木の姿をさかんに眼で追い、視る者／視られる者＝年長者／年少者という、過去の「男色」的な視線の構造を踏襲しているかにみえる。「汐見」という名も〝視る主体〟としての主人公像を暗示し、舞台が海辺であることは、アッシェンバッハが執拗にタッジオを視ていた『ヴェニスに死す』を連想させる。

だがこの物語で、年少者の藤木は一方的に視られる側に甘んじてはいない。

藤木の眼、――いつも僕の心を捉えて離さなかったのは、この黒い両つの眼だ。あまりに澄み切って、冷たい水晶のように輝く、それがいつも僕の全身を一息に貫くのだ。（293）

藤木の視線は先輩・汐見を圧倒する存在感を放ち、「眼」自体が強く自己主張する。眼光の鋭さは空虚なものではなく、「藤木は一度きめたことを考え直すような人間ではなかった」（79）と、内面的決断力、強靱な精神力に由来する。だから汐見は藤木を視ることで相手を支配するのではなく、逆に眼をそらすことができないほど、藤木の存在に支配されているのである。

ただ、積極的アプローチが年長者側からなされることは、男色の定型を示しており、年下の藤木は終始受身である。「僕は遠くから君を愛している」（119）と、合宿のある晩、汐見は藤木に思いを告白する。ところが藤木は、「僕なんか何の価値もない人間なのに、汐見さんにはもっと別のように僕が見えるんでしょう」（113）、「僕は一人きり、そっとしてほしいんです」（117）と、汐見に正面きって違和感を表明する。藤木の発する主体的な〈声〉は、年長男性が年下の少年に抱くひとりよがりな理想、妄想を、視られる側の立場から完膚なきまで打ち砕く。あなたが見ているのは人としての僕ではなく、あなたの理想像にすぎないのだと、藤木は等身大の人間として、汐見に堂々と訴えるのである。「藤木がこんなに鋭く詰め寄って来るとは思ってもいなかった」（115）という汐見の狼狽は、後輩が先輩に異論をはさもうとするはずがないという、年長男性の無意識の優越が崩壊した衝撃を赤裸々に伝える。

「僕には特別の友情なんか要らない、汐見さんの言うそんな美しい愛なんか、僕には余計なものです」(349-50)ときっぱり汐見に抗弁する藤木は、ステレオタイプな〈女性性〉と肉体的脆弱性を帯びながらも、強い自己主張と主体的意思を備えている点で、『ひげ男』の小太郎や、近世文芸の武家若衆にも似た少年表象となっている。「僕はね、君に愛されたいなんて、そんなことまで望みはしないよ。僕はただこうして愛していればいいんだ」(348)という汐見の一方通行な思慕に対して、「それが重荷なんです」(349)と反発する藤木は、年長男性が少年に抱く理想像を身勝手な自己満足にすぎないと喝破するのである。[4]

「特別の友情」——これぞまさに、第九章で論じる少女漫画に影響を与えたフランス映画の題名でもあるのだが、この懸命な告白の場面で汐見が、自らの感情を「愛」と表現しつつ、同時に「友情」と言い換えている点が、この物語が描く〈男の絆〉を理解する鍵である。

「君には友情が信じられないの?……愛がなかったら、どんなに人間が惨めになるだろう、……高等学校の寮生活なんて、友情の上に立たなかったら何があるって言うんだい?」(349)と、男子校というホモ・ソーシャルな世界において、男どうしの「友情」は、かけがえのない「愛」を経験する場であると、汐見は認識している。そして、その「友情」かつ「愛」の対象として、「僕が君を友人として選んだ」(117)と汐見は藤木に伝える。

「友情」は「愛」と同じなのか——人間相互の〈親密性〉として広く解釈すれば、両者は確かに似ている。だが、「友情」にはエロス的関心が伴わず、「愛情」にはエロス的結合が伴う、という差異が一般的理解であろう。実は古典文学の「友」という表現にも男色的〈親密性〉の示唆がある可能性の指摘がある〈Schalow 2000〉。これは、「色」の時代の〈男の絆〉の心性が、近代的、キリスト教的な霊肉二元論によらないことを示す重要な指摘であるが、近代以降の「愛」の概念は、エロス的関係を伴う男どうしの情緒的親密性を「同性愛」と表現し、性的関係のない情緒的絆を「友情」として区別する。ただ、この両者をあえて融合させている汐見の言語表現には、潜在的にエロス的欲望を抱きながらも、藤木への〈親密性〉を「友情」と認識することで性的欲望を排除しようとする意識、そのことによって同性への思いを「肉」の次元から「純粋」な「霊」の領域へと〝高め〟ようとする近代的道徳観、プロテスタンティズム的禁欲をうかがうことができる。

「友情」という〈男の絆〉——周縁化されるエロス的関係

——ねえ藤木、僕は真面目なんだよ、不純な気持なんて全然ないんだよ。
——不純てどういうことなんですか？　(345)

汐見の藤木への告白は、「不純」ではないという自己正当化を伴っているが、それはあたかも、明治から昭和期の男女交際が、肉体関係がないゆえに「神聖なる恋愛」または「純愛」であるとされたかのごとくである。「君の藤木に対する気持の中に、やましいものは何にもないわけなんだね？　やましいもの、physique な要素、…友情だと言うんだね？…」(104)との友人の問いに、汐見は「やましいものなんかありません」と主張する。相手に魅力を感じれば当然のように身体の関係にも至った「好色」「色恋」の時代とは異なり、キリスト教の霊肉二元論の影響下にあった明治以降の「愛」の価値観においては、「physique な要素」とは「やましいもの」であり、「不純」な行為である。

「藤木と一緒には風呂へもはいれないというような僕のはにかみかた、それはphysiqueではないのだろうか」(98)と、藤木への「physique」な関心を意識しているからこそ、汐見は入浴をともにすることができず、自己の欲望を意識的、意志的に抑圧している。「好色」の時代とは遠く離れた昭和の青年は、少年への思慕からエロス的関心を、理性的、道徳的に排除しようとするのである。

「お前が藤木のことなんかでくよくよしてるのがたまらねえんだ…なあ? 汐見が苦しんでいるのはよく分る」(95)と、汐見の思慕は部員も察するほどの悩みであったが、もし汐見が明治前半の書生、あるいは江戸時代の武士であったなら、年下の少年に恋することに躊躇も悩みもつきまとわなかったであろう。昭和の青年はまず、「愛」に肉体的な関心が伴うことについて、「不純」ではないかと悩み、しかも、男どうしの思慕であることに「変態」の時代以降のうしろめたさを感じずにはいられない。「男色」の時代にはあり得なかった〝二重苦〟が当事者を苦しめる。

「子供の時代には人間はasexuel(アセクシュエル)だ、少し大きくなるとbisexuel(ビセクシュエル)になる、つまり男女両性的なんだね、そのあとにhomosexuel(ホモセクシュエル)な時期が来る。そうして大人になるんだ。だから君の今の状態は過渡的なもので、いずれは麻疹のように癒ってしまうさ」(335–36)と、友人の春日は汐見の思慕を、「一過性」の状況と認識し、バイ・セクシュアル/ホモ・セクシュアルという二文法的概念によって説明づけようとする。だが、近世以前の「好色」においては「色道ふたつ」が並立しており(第四章)、英語でいうバイ・セクシュアル/ヘテロ・セクシュアルと同じ意味での二項対立的枠組みを構成してはいない。汐見の藤木への思慕は、男のホモ・ソーシャルな世界における美少年への恋慕という意味で、内実は「男色」に近いのだが、「男色」の「変態」視が社会的に所与のものである時代と環境に育った若者たちには、そのことが自覚できず、「ホモ・セクシュアル」という近代の認知のなかで、互いの悩みをとらえることしかできない。

「運動部のような、共通の目的と訓練とを持った共同生活」(102)の意義を、春日はあわせて汐見に説くが、それこそは、心身ともに結ばれる「男色」という〈男の絆〉を歴史的に醸成した環境でもあった。特に学校という時空間は、思春期の人間形成期をすごすがゆえに、当事者の人生観を左右する重要性を有しており、多感な時期を男子校というホモ・ソーシャルな集団ですごせば、稚児物語の背景となった山上の女人禁制の寺院や、武道に励む武士たちにも通じ合う、男たちの〈親密性〉が育まれるのも当然の流れといえる。

藤木への思いを「一時的なものには思えない」と認識し、「余計なことだ、…僕の苦しみは僕のものだ」と部員の心配に反発する汐見は、「僕は君たちのように幸福じゃないんだ、…そんな幸福なんか欲しくないんだ」(88)と、陽気にさわぐ仲間たちと一線を画そうとする。そこには、一見苦しんでいるかにみえて、実のところ〝他の人とは違う〟という高踏的な誇りを抱く自己陶酔的心理をみいだすことができる。〝その他大勢〟には理解できない、高尚な精神性ゆえに悩むのだという自負心は、男性同性愛者を高度な美的感受性を備えた人間とみなす『禁色』の男たちの〝選民意識〟や〝エリート意識〟(第三章)、ひいては〈女色派〉を「田夫者」と見下す『田夫物語』の「華奢者」たちの優越感に確実につながっている。

蔑視される女性——コミュニケーションの不可能性

「華奢者」を自任する〈男色派〉の優越感は、〝知的能力、美的感受性が劣る女性〟とは、高踏的な趣味を共有できない、という女性蔑視と表裏一体であった（第三、四章）。『草の花』の女性像は、この点でも確実に、過去の〈男の絆〉の言説と符合している。

藤木の生前、汐見は妹の千枝子とも親しくなるが、兄が英語を教えてくれないと汐見にこぼす千枝子に、藤木は、「千枝子が馬鹿だからだよ、…女学校の英語なんて、人に訊くまでもないじゃないか」と応じ、千枝子も「どうせあたしは馬鹿よ」（77-78）と兄の軽口を自嘲的に受け入れる。兄妹の私的なやりとりではあるが、妹の知的能力を軽視する藤木の台詞は、女子教育全般が男子教育に比べて低い水準に設定されている社会問題を映し出す。

藤木の死後、汐見は千枝子とつきあうようになるが、「僕はね、音楽のような文学が書きたいと思うんだ」（178）と文学談義をもちかける汐見に、「むずかしくてよく分らない」と千枝子は理解を示さず、キリスト教への信仰をめぐる汐見の議論に対しても、「あたしにはよく分らないけど」（190）、「あたしには分らないわ」（192）、「分らないわ」（193）と何度も「分らない」を繰り返す。

女性自身の〈声〉として発せられる「分らない」という言葉。これは千枝子という個人の人格設定にとどまらず、この物語の主軸をなす〈男の絆〉の背後にある過去の男色的心性にてらせば、男性ジェンダーの賛美と対になる女性軽視という定型的構図を読みとることができる。字義どおりに千枝子が汐見の議論を理解していないとも言いきれず、女性というジェンダーに求められる謙遜のポーズも多分に含まれていよう。というのも、作品終盤につづられる千枝子の長い手紙は、千枝子が自己と他者との関係について知的思索をめぐらせ、かつ文章化する能力を十分に備えていることを示しているからである。

「分らない」とは言いながら、作中の千枝子にはかなり豊富な〈声〉が与えられている。汐見との会話も多く、信仰についての問答では、「一人きりの信仰なんてものは考えられないと思うのよ」(191)と汐見と異なる見解を率直に述べる。女性の〈声〉をほぼ無視した近世以前のテキストとは異なる、いわゆる戦後民主主義社会ならではの男女平等に近いコミュニケーションを含んでいる点が、昭和期ならではの女性表象である。女性との「智力」や「アムビシヨン」の共有の可能性を否定する明治の書生たちとは異なる、より平等な女性観を汐見が抱いていることは確かである。マドンナの〈声〉を抹殺した『坊っちゃん』、タッジオの〈声〉が不在の『ヴェニスに死す』に比しても、女性、あるいは〈女性性〉を帯びた人物については、はるかにリベラルな言説である。

にもかかわらず、芸術的感受性や知的理解力が男性に劣るという女性観を、最終的に千枝子自身も内在化してしまう。「わたくしは、芸術家というものを理解できませんでしたし、わたくしのような平凡な女が、もしあの方と一緒になれば、お互いに不幸になるだけだと一途に考えておりました」(489)と、汐見の死の報をサナトリウムの同室者から受け取った千枝子は、汐見との別れを回想する。「芸術家」の資質を備えた汐見に、「平凡」な自分はふさわしくない——「華奢者」を自負する『田夫物語』の〈男色派〉や、『禁色』の檜俊輔が耳にしたら、狂喜しそうな女性の自意識ではないか。千枝子は汐見との別離の後、夫、子供とともに「田舎へ引籠って」(487)暮らしており、まさに「田夫者」を自認する生活を送っている。

作者自身は自作と近世的心性の連続性を自覚してはいないと思われるが、近世の男色論の文脈と全く同じ女性観が露呈し、しかもそれが女性自身の〈声〉として表象されている。では千枝子の発言は、男性が〝捏造〟した女性の〈声〉、つまりは男性が期待する女性表象であると読むべきなのか。あるいは、女性自身の〈声〉のリアリティを男性作者が汲み取ったとみるべきなのか――リアルな〈声〉というものが多様性と無縁でない以上、千枝子の〈声〉も女性ジェンダー一般のそれへと回収するべきではない。

さりとて、すべてを多様性に解消してしまっては、学術的分析は止まってしまうわけである。表象としての千枝子個人の考えを、女性ジェンダーについての自意識一般へと敷衍することは不可能であるとしても、少なくとも〈男の絆〉を主題とする表象の歴史において、女性が非芸術的、非知的存在であり、芸術家や知識人としての男性に対置される俗世間の〝一般市民〟、いうなれば「田夫者」として描かれ続けている事実の重みは少なくとも、そしてぜひとも本書で指摘しておかねばならない。

> 今さっき見た男女の絡み合った姿態が写像となって浮んで来た。あんなに藤木に会いたかったのに、何だか自分が堕落して別の世界に追いやられたような、そんな気持がした。(92)

藤木への憧れを「純美」な価値の希求と認識する汐見は、逆に男女の交わりを「堕落」と見下す。女を卑しく「罪深い」者とする中世の仏教的文脈における女性蔑視と通底する女性観が、無意識のうちに汐見のなかにも流れ込んでいる。表象の表層では、仏教的文脈ではなくギリシア文明を参照した価値観であるが、〈男の絆〉の称揚と女性蔑視が表裏一体になっている構図としては、類似の心性を認めることができるのである。

女性の主体性と自己主張――〝反撃〟する女性の〈声〉

　では、なぜ汐見は千枝子とつきあったのだろうか。「わたくしは、汐見さんがわたくしの兄を見た眼でわたくしを見、わたくしを見ながら兄のことを考えているのを、折につけて感じないわけには参りませんでした」(494)と、千枝子は自分が兄の代替物として交際相手となったことを見抜き、さらには、「わたくしは、このわたくしとして、この生きた、血と肉とのあるわたくしとして、愛されたいと思いました。あの方が、わたくしを見ながらお理想の形の下にわたくしを見ていらっしゃると考えることは、わたくしにはたまらない苦痛でした」(489)と、汐見が彼の理想像を愛しているにすぎず、生身の千枝子自身を欲しているのではないことにも気づいていた。

　千枝子の〈声〉は、マドンナ幻想に対するフェミニズム神学からの批判と同質であり、「汐見さんはこのわたくしを愛したのではなくて、わたくしを通して或る永遠なものを、或る純潔なものを、或る女性的なものを、愛したのではないか…或る純潔なものとはわたくしの兄、或る女性的なものとは恐らくゲーテの久遠の女性のようなあの方の理想の人」(494)と、まさに聖母マリア幻想に通じるゲーテのベアトリーチェへの憧憬を、人間の女性の視点から糾弾してみせる。「稚児崇拝」と聖母マリア崇拝が同等値とみなされるように(第一章)、〈永遠の美少年〉たる藤木への憧れも、結局は「他者」への愛ではなく、汐見の内面にある理想への憧れにすぎない。宗教的、芸術的には崇拝という体裁をとりながらも、「血と肉のあるわたくし」(人間としての女性および少年)を実質的に抑圧する「他者」不在の一方的〝愛〟のありかた。

聖母マリアの処女性が女性のセクシュアリティの抑圧を含むように(第二章)、千枝子の欲望もまた抑制される。女友達とともに信州に出かけた先で汐見に会った千枝子は、二人きりの時間をもつが、「わたくしたちは何の過ちも冒さず、日暮に山を下りて参りました」(492)と、何の身体的接触もないまま山を下り、「わたくしはその時、わたくしたちの心があまりにも遠くはなれているのを感じたのです」(同前)と、決定的な別れを決意する。同時に、「急いで神の前に額ずき、この心弱く、誘惑に負けやすい自分を懺悔」する。

身体的な接触を「過ち」であり「誘惑に負け」ることと自己批判する千枝子の道徳意識は、キリスト教の影響下の「神聖なる恋愛」観の典型であり、事実、千枝子は敬虔なキリスト者である。彼女の信仰は彼女の欲望を自身で抑圧しているが、一方で彼女の懺悔は、率直なセクシュアリティの自覚の証であり、身体の距離が心の距離と無関係ではないという、生身の人間としての実感の吐露でもある。

心だけの関係という一面で、「血と肉」のある人間としての者を全人的に愛しているといえるだろうか――千枝子と汐見が二人きりになっても、何の身体的接触ももたなかったことは、「誘惑」に対する勝利として当事者にも読者にも納得できるように仕向けられるが、実は汐見のなかには女性への欲望が存在せず、少年であった兄の忍に対してこそそれが向けられていたことを、千枝子は鋭敏に悟ったのである。そしてテキストはおそらく無自覚に、汐見の「魂」への「愛」という理念が、藤木への肉の欲望を偽善的に抑圧していたこと、「第一の手紙」における回想は、彼の一方的

「愛」の自己弁護に満ちていたこと、だからこそ汐見の「愛」は挫折したのであることを暴き出す。異性愛体制に強制された欲望は、後述する『仮面の告白』における「私」と園子の接吻のように、空しい演技である。強いられた異性愛の対象になる屈辱よりは、汐見とは無関係な男性との絆を結ぶことを、千枝子は主体的に選ぶ。

「夏の間、汐見さんからは手紙一つ来ず」(260)と、放置した男性の不誠実を直截になじる千枝子は、「兄の影響のまったくないところに生きている」石井と結婚し、娘をもうける。結婚についてつづる千枝子の筆致は淡々としており、「汐見さんに対する愛」とは明らかに別次元にあるが、「田舎」で日常生活を営む千枝子の生活者としてのアイデンティティは、まさに近世の「田夫者」としての〈女色派〉のライフスタイルをなぞるようでもある。

「愛」する相手への欲望は「過ち」として自己否定され、生活のため、出産のための制度的異性関係のみが残される――豊富な〈声〉を与えられながらもなお、〈男の絆〉の陰で抑圧される人としての女性の心身が、近代の男性言説にも浮上せずにはいない。

『こころ』との類似性――堅固なホモ・ソーシャル

『草の花』の主題と構造は、夏目漱石『こころ』(大正三〈一九一四〉年)の人間関係との類似性をみせる。

先生(自死)=汐見(実質自死)
K=藤木(〈男の絆〉の相手)

静＝千枝子〈〈男の絆〉の傍観者としての女性〉
私＝私〈遺書的メッセージを託される男性、第二の〈男の絆〉の相手〉
という構図である。

「先生」と汐見が、死に至るまでの赤裸々な心情をつづるメッセージを届けた相手は、いずれも男である「私」であり、死の真相は妻の静にも千枝子にも明かされない。男が本音を吐露する深い次元のコミュニケーションは、〈男の絆〉の中にしか存在しない。藤木のもとに赴かんとするがごとく成功率の低い手術にのぞむ汐見の姿は、Ｋを追って死ぬ「先生」、ひいては江戸の男色の〝後追い心中〟する若衆さながらである。〈男の絆〉は死によって完成され、女性は俗世＝現世に残される。

ただ「静」はその名のごとく、夫とのディスコミュニケーションに不満を表明する直接的〈声〉を抑圧されているが、『草の花』の千枝子は前述のように、汐見本人に面とむかって堂々と異見を述べる。〈男の絆〉の埒外に置かれる女性の軽視にほぼ無抵抗で、せいぜい第三者である「私」に愚痴る程度の静とは異なり、千枝子ははるかに主体的、意志的である。「汐見さんのお書きになりましたものは、どうぞあなたさまのお手許にとどめておいて下さいませ」(495-96)と、汐見のダイイング・メッセージの受領をきっぱりと拒絶する千枝子の判断は、コミュニケーションを期待してこない相手にはすがりつかない、人としての矜持を表明してすがすがしい。静の夫への率直な〈声〉を封じた漱石に比べ、戦後を生きた福永の筆は、千枝子により高い誇りと自己主張を与えた。だが、〈男の絆〉から疎外される女性という構図のみは、消え去らない滓のごとく根深く残される。

年少者から年長者へ――『仮面の告白』にみる少年の主体性

戦後社会における〈男の絆〉と女性の立場の対比は、三島由紀夫『仮面の告白』（昭和二十四〈一九四九〉年）にも顕著である。主人公の「私」は「中学二年生の冬」、落第して新たに同級に加わった近江という男子生徒に恋心を抱く。主人公は病弱を理由に自宅通学であったが、「殆んど強制的な中等科一二年の寮生活」(209)とあるように、学校は寮制の男子校であり、寝食を共にする男子のホモ・ソーシャルな環境が、この作品にも背景として存在している。「私の学校は初等科時代から同級生が同じなので、肩を組んだり腕を組んだりする親しさは当然のことだった」(226)と、男だけの教育現場で、身体的な〈親密性〉が自然発生的に慣習化する様子をテキストはとらえている。

落第生である近江は主人公より年長であり、骨格は「秀で」、「少年の成長しきらぬ体では、ややもすれば着こなしかねる」制服を、「充実した重量感と一種の肉感を湛え」(220)て着こなし、同学年の「少年」たちよりも成人に近い〈男性性〉を備えた人物として描かれる。

彼の二の腕が固くふくれ上り、彼の肩の肉が夏の雲のように盛り上ると、彼の腋窩の草叢は暗い影の中へ畳み込まれて見えなくなり、胸が高く鉄棒とすれ合って微妙に慄えた。…生命力、ただ生命力の無益な夥しさが少年たちを圧服したのだった。…暴力的な、全く生命それ自身のためとしか説明のつかない無目的な感じ…　(231-32)

体育の教師に促され、懸垂の手本を見せる近江の身体の描写には、第二次性徴を遂げた男性的肉体への、少年たちの憧憬がみてとれる。[5]「少くとも学校にいるあいだ、…私は彼の横顔から眼を離すことができずにいた」(227)と、「ひ弱な生まれつき」の「私」は、そんな年長の男性を憧れをこめて見つめる。「乱暴な振舞」で「もう二三回落第している筈」の近江は、ステレオタイプな〈男性性〉である暴力性を付与されており、逆に「私」は身体的脆弱性にコンプレックスを抱いている。

男子のみの学園という、世間から隔離されたホモ・ソーシャルな空間で醸成される男どうしの思慕は、多分に過去の「男色」的心性を継承しているが、一方で、若衆または稚児に相当する年少者の視点から、念者に対応する近江への視線や欲望を描く方向性は、年少者の主体性を前景化する近代性を加味している。

「いつも近江の裸体を見たいと、あれほどはげしく希っていた」(228)と、「私」は視線の主体としての欲望を自らの内面の〈声〉で表明できる。しかも、その視線は相互的コミュニケーションの可能性をはらむ。

> 私は彼と目と目を合わせた。…私は、二人の指のあいだに交わされた稲妻のような力の戦きと共に、私の彼を見つめた一瞬の視線から、私が彼を――ただ彼をのみ――愛していることを、近江が読みとったと直感した。(225)

「私」は近江と視線を交錯させ、自らの「愛」が彼に伝わったと感じる。この感覚はあくまでも「私」の視点によるものであり、近江が本当に「私」の思慕を察知したかどうかは定かでない。だが、一方的に年長者に寵愛される側ではなく、「近江への片思い、人生で最初に出会ったこの恋」(227)と、恋する主体としての自意識を表現する少年像は、〈男の絆〉の表象の歴史における能動的な少年像として注目できる。

強制される異性への欲望——園子の「霊」性

近江への「愛」を自覚しながらも、「私」は園子という女性と結婚の可能性も視野に入れて交際する。〈男の絆〉の物語に女性との会話やデートが描かれるようになるのは、戦後日本社会における男女交際への寛容度の高まりを示している。「男色」の時代においては、情緒的絆の相手に値すると男が認識する対象は男であったが、男女平等思想が徐々に普及していく戦後社会においては、「恋愛」の主流が男女間へと移行してゆき、昭和期の物語における男性主人公も、女性の存在を無視して愛や恋を語るわけにはいかなくなったのである。

『草の花』の汐見は、本命である藤木の実質的代替としてその妹と交際したが、『仮面の告白』の「私」は兄妹関係とは無関係な女性と交際するので、より〝進歩的〟である。そこには、女性との交際が「正常」であるとの強迫観念が強く働いていた。

霊はなお園子の所有に属していた。…園子は私の正常さへの愛、霊的なものへの愛、永遠なものへの愛の化身のように思われた。(353)

近江に対しては明確に肉欲を感じる一方、「私」は園子に「正常さ」「霊的なもの」「永遠なもの」への「愛」を抱く。内的「告白」においては饒舌に語られる近江への欲望は、級友らや親戚に公的に表明されたものではなく、主人公が表だって交際するのは女性である園子である。この落差には注意が必要である。

もし「私」と近江が明治前半の書生であったなら、誰はばかることなく二人は「硬派」の恋を謳歌したかもしれない。だが昭和に生きる「私」は、「倒錯現象を全く単なる生物学的現象として説明するヒルシュフェルトの学説は私の蒙をひらいた。…独逸人の間では私のような衝動は珍らしからぬこととされている」(352)と、自分の性的指向を「倒錯現象」と認識するがゆえに「告白」の内に隠蔽する。ここで主人公がドイツの「学説」に言及していることは、男どうしのエロス的関係を「変態」視する近代日本の心性的転換に多大な影響を与えた西洋の性科学の延長上に、「私」の自意識も位置づけられることを示す。男への欲望を「倒錯」と認識させられる「変態」の時代以降に生をうけた主人公は、「お前は人間ではないのだ。お前は人交わりのならない身だ。お前は人間ならぬ何か奇妙に悲しい生物だ」(343)と、社会的疎外感を抱かざるをえない。

園子はそうした主人公の苦悩を救う可能性を求めて選ばれた。「その時こそ、私は可能である筈だった。…私に正常さがもえ上る筈であった(傍点ママ)」(315)と、主人公は「正常」な性的交渉の可能性を、園子とホテルへゆくことを想像して模索する。いわば女性の身体は、男の「正常」さの確認手段として利用されており、実際に主人公は、園子とのデートで女性とのエロス的接触に挑戦する。(6)

園子は私の腕の中にいた。…その唇は稚なげで美しかったが、依然私の欲望には愬えなかった。…接吻の中に私の正常さが、私の偽わりのない愛が出現するかもしれない。…私は彼女の唇を唇で覆った。…何の快感もない。(319)

しかし、園子との接吻で何の快感も得られないことを確認した主人公は、結局、自身の欲望が男性にしか向かっていないことを悟るはめになる。

それでいて、主人公は園子を嫌悪したわけではない。むしろその反対であった。

私が園子に逢いたいという心持は神かけて本当である。しかしそれに些かの肉の欲望もないことも明らかである。（351）

「私」は園子に対して一定の〈親密性〉を求めているし、であるからには「恋愛」かもしれないのに、「肉の欲望」が存在しないことに煩悶する。もし園子が男性であれば、〈親密性〉を求めながらも性的関心がない状態は、「友情」という範疇に容易におとしこむことができるし、エロス的かつ情緒的関心を男性に向けながらも、社会的、制度的体裁、あるいは家系存続の必要上、女性と結婚して子供を設けることは、近世日本の男性には何の矛盾もない性的実践であった。だが、女性に内発的な性的関心をもてないことに煩悶する「私」の心境は、明らかに「変態」の時代以降の「近代恋愛」の心性を示している。

一方で、

「僕は園子なんか愛してはいない！」

この結論は私を有頂天にした。

素晴らしいことであった。愛しもせずに一人の女を誘惑して、むこうに愛がもえはじめると捨ててかえりみない男に私はなったのだ。（331）

と、「私」は園子との別れを決意した後、女性を捨てることがあたかも一人前の〈男性性〉の獲得であるかのような充実感を覚える。社会的必要のための女性との結婚を回避したという意味では、「私」の女性観はリベラルな側面を備えているとも解釈できるが、女性軽視と〈男の絆〉の重視の一体化は、明らかに「男色」的心性の継承である。

園子を「霊」「永遠なもの」の体現者とする認識は、一見園子を尊重しているようだが、園子と性的接触を持たずに「霊」的理想を一方的に押しつけようとする「私」の態度は、まさに等身大の人間としてのセクシュアリティを否定された聖母マリア像（第二、五章）に通じる女性表象にほかならない。

男子校で育まれる年長男子への思慕は、〈環境型〉の「男色」的要素を備えているが、寺院社会や武家社会の公的な人間関係に組み込まれていたエロス的な〈男の絆〉は、私的な「告白」の領域へと後退し、「性倒錯」という社会的マイノリティの自意識が、江戸以前には存在しなかった昭和期の青年たちの煩悶を生む。

「同性愛」の時代における、女性を愛さねばならぬという社会的強制と、自己の内発的欲望のはざまの苦悩は確かに痛ましいが、同時に、無意識のうちに女性を軽視し、心身を含めた全人的な〈親密性〉を〈男の絆〉にしか求めない指向は、男色の時代から近代の青年の内面にも確実に継承されている。

第九章

女性のための美少年幻想

少女漫画の少年愛と〈男の絆〉

萩尾望都『トーマの心臓』▶
(1974年)より
©萩尾望都／小学館

◀竹宮恵子『風と木の詩』
(1976-84年)より
©竹宮恵子／白泉社

美少年の自死

舞い散る雪のなかを、しずしずと歩くいたいけな少年。次の瞬間、少年は鉄道線路の上に身を躍らせ、自ら命を絶つ。少年の自殺という衝撃的事件で幕を開ける萩尾望都『トーマの心臓』（一九七四年、『週刊少女コミック』）。少女漫画における少年愛モチーフの先駆と位置づけられるこの作品は、「花の二十四年組」と並び称される竹宮惠子『風と木の詩』（一九七六―八四年、『週刊少女コミック』『プチフラワー』）とともに、少年愛漫画の古典的名作として知られる[1]。

それにしても、この幕開きはどこかで見たことがあるイメージではないか。白く、かそけきものが舞い散るなかにたたずむ、夭折の美少年。そう、散る桜の花びらに彩られた日本中世の稚児物語の主人公の姿である。二十世紀の少女漫画の作者たちは、稚児物語を参照して創作したわけではない。彼女たちが意識的に作品に取り入れたのは、ドイツ文学、フランス映画といった外国の文学や映画であった[2]。だが、日本中世の稚児物語が描く少年像と、少年愛漫画の双璧といえる『トーマの心臓』『風と木の詩』の少年表象やプロットには、驚くほど共通の特徴を認めることができる。

前章までに論じてきた〈男の絆〉の表象は男性作者によるものであり、稚児物語の読者も男性とされる（第一章）が、少女漫画の中心的作者は女性であり、ターゲット読者も女性に想定されている。ではなぜ、時代もかけ離れ、作者、読者ともに男性ではなく女性による少年表象に、類似の少年像をみいだすことができるのか。そこにはいかなる共通の心性が含まれているのか。

〝男子の園〟が醸成する男どうしの思慕

まず、『トーマの心臓』である。舞台は、南ドイツの架空の全寮制男子校・シュロッターベッツ高等中学（以下、シュロッターベッツ）。中世寺院から旧制高校に至るまで、男たちが宗教的修行や教育という一定の目的のもとに集い、寝食をともにする非日常的舞台設定が、少女漫画にまで連綿と続いている。

冒頭で自死するトーマは、シュロッターベッツの「中等科四年」（I-20）で十三歳。死後すぐに、「トーマ・ヴェルナーはきみが好きだったんだよユーリ」（I-13、トーマの同級生アンテ・ローエの台詞）、「自殺の原因は…黒い髪の上級生へのつのる恋心にたえきれず」（I-22、ユーリの同級生オスカー・ライザーの台詞）と、優等生でクラス委員長のユリスモール・ヴァイハン（通称ユーリ、以下同。高等部一年、十四歳）への片思いが自死の原因ではと噂されていた。

トーマの死の半月後、高等部一年に、トーマと瓜二つの容姿のエーリク・フリューリンクが転入し、校内で注目の的となる。闊達なエーリクは校内にひと波乱をまきおこすが、やがてユーリとエーリクを中心とする生徒たちの間に、強い心の絆がめばえてゆく。

転校生を軸に生じる学園の波乱、青春の悩み、友情の喜び、恋心の痛み――これらのモチーフを列挙してみると、『トーマの心臓』は学園ドラマの王道ともいうべき要素を備えていることがわかる。つまりこの作品は学園ドラマとして解読することも十分可能であるが、一方で、日本の〈男の絆〉の表象の歴史的文脈にてらせば、男だけのホモ・ソーシャルな空間という類似性をみいだすことができる。高野山、比叡山といったかつての女人禁制の仏教寺院が、山岳という隔離性のある同性集団であったように、シュロッターベッツもまた全寮制の男子校であり、門限つきの「外出許可」(I-151)を得なければ街中を歩くことはできない。

いずれも、俗世間と一線を画した閉鎖的な空間で、男たちが生活をともにすることにより、ホモ・ソーシャルな結束が高まった結果、恋心へと至る共通の現象が生じ、それは、『トーマの心臓』に影響を与えたフランス映画『寄宿舎――悲しみの天使』(原題『個人的な友情』*Les Amitiés Particulières* ジャン・ドラノワ監督、一九六六年、日本公開一九七〇年)や、イギリスの寄宿学校を舞台にしたE・M・フォースター『モーリス』(一九七一年)のように、外国の表象にもみられるところである。

『個人的な友情』(以下、本書ではより主題を直接的に表現している原題の直訳を用いる[3])については、「その映画にめちゃくちゃハマってしまって…感情移入してしまい、それで思いついたネタが『トーマの心臓』だったんですね」(萩尾・長嶋 2010: 140)、との作者の証言があり、『トーマの心臓』への直接影響が明示される映画である。あわせてヘルマン・ヘッセの影響も指摘されており(注2参照)、ヘッセ『車輪の下』(一九〇五年)が神学校(男子校)を舞台にしていることは、ドイツの男子校を描く『トーマの心臓』との明確な類似性を示す。映画『個人的な友情』もやはり、全寮制の神学校を舞台としている。

男子校――それは、女性が少なくとも生徒としては入ることができない空間であり、女性読者の好奇心をかきたてる条件をみたす。『個人的な友情』の邦題が『寄宿舎』となっていることは、男子生徒の寄宿生活を覗き見たいという、女性観客の「窃視」願望をあてこんだ意図を感じさせる。

男性言説における少年表象は、男性オーディエンスに向けて、美少年による「視覚的快楽」を提供したが、少女漫画においては、女性読者の「窃視」願望(voyeurism)に向けて、女性作者が少年美を視覚的快楽として提供したといえよう。漫画という表現手段自体、読者に視覚的な快楽を与えるに適した媒体なのであるから。

年長者と少年——「男色」的カップルの定型

男子校は男子生徒のみとはいっても、それはセックスの次元であり、ジェンダーを同時に意味しない。これまで論じてきた少年表象と同様、少女漫画の少年たちも、ジェンダーとしての〈女性性〉を付与されている。

亡きトーマは生徒たちのあいだで、「一学年下のかわいい子(フロイライン)」(I-12)と、明確に女子扱いされており、「かわいかったからね——ちやほやされてフロイラインって呼ばれてけっこう喜んでいたよ」「フロイライン……——なんだそいつ女の子!?」「みんながそう呼んでたんだ」(I-69)と、稚児物語の稚児よろしく、〝愛玩される対象〟として位置づけられている。

トーマそっくりのエーリクもまた、「姫! おすくいにまいりましたぞ!」(I-201)とフェンシングの試合の際に級友に肩を抱かれ、しかも周囲にはハートのマークが描かれ、「姫ぎみ! 負けるな」(I-203)と、男に守られる「姫」扱いされている。「では姫より勝利のさかずきを得てみよ 勇者ども!」と、エーリクも渾名を逆手にとって応戦し、後半にいたっても、「おお! 姫!」「姫ぎみ!」「姫ぎみのお出まし」(II-123)と、その呼称はかわらない。

男性集団のなかで〈女性性〉を帯びる美少年――男性のホモ・ソーシャルな集団において、アイドル化する女性的美少年という、日本中世の「稚児崇拝」やドイツ近代の「少年神」と等しいジェンダーの構図が、少女漫画作品にも現出する。『トーマの心臓』がドイツを舞台にしている事実は、ドイツ近代の〈男性同盟〉の潜在的影響を暗示する。

一方、トーマが慕っていたユーリは、「黒髪の上級生」(I-27)と年齢的上下関係が明示され、「クラス委員で図書委員で成績がトップで品行方正　マイナス点なしスキャンダルなしのユリスモール」(I-27)と、典型的優等生であった。年齢階梯的要素を含み、年長者を非のうちどころのない優秀な人物とする設定は、『秋夜長物語』における文武両道の桂海を髣髴させる造型である。トーマの分身ともいうべき転校生・エーリクは、ユーリとは同級生で年齢差は少ないにもかかわらず、子供っぽい外見から「ル・べべ」(赤ちゃん)と渾名され、落ち着いた態度のユーリや、兄貴分的な長身のオスカーとの差異が際立つ。

年長のユーリが黒髪、年下のトーマ、エーリクが二人ともに金髪という頭髪の対比も、剃髪/長髪、月代/前髪という日本の男色のカップルや、『ヴェニスに死す』のアッシェンバッハとタッジオの髪型の対照との類似性をみせる。ハリウッド古典映画と同じ、〝トール・ダーク・ガイ〟と金髪美女という造型は、『トーマの心臓』にも踏襲されている。

さらに、トーマは死亡時に十三歳、エーリクは十四歳であり、日本の男色史上、稚児または若衆の理想的年齢とされた十代半ばにぴったりとあてはまる。シュロッターベッツの上級生たちは、お気に入りの下級生を「毎週土曜」に「ヤコブ館のお茶会」(I-26)に招待する習慣があり、「上級生のお気にいりだった」(II-27)トーマはそのお茶会の常連であり、エーリクも招待される。上級生が下級生、ことに容姿端麗な少年を愛玩するという明治日本の書生社会のような構図が、ドイツを舞台にした少女漫画にも描かれている。

お茶会への招待は名誉であり、同級生たちからは羨まれたが、いざ出席してみると、エーリクは上級生に、「しっけい　いいまき毛だもんで」(I-120)と髪をなぶられたり、「キスひとつでまっかになってるぜ！…ル・ベベ教育の必要あり」(I-124)と強引にキスを迫られたりと、セクシュアル・ハラスメントに近い〝もてなし〟を受ける。日本中世の稚児のように、『トーマの心臓』においても、上級生にとっての下級生は身体的、性的弱者であり、「ル・ベベ」という呼称も愛称ではあるが、上級生たちがエーリクを〝子供扱い〟し、支配的立場に立とうとする姿勢を示唆する。

ところが、エーリクは決して上級生たちの〝セク・ハラ〟に対して無抵抗ではなかった。「さわんな！」「人にきたない顔を近づけるな!!」(I-120, 124)と毅然と相手をはねのけ、「きついね彼氏」「けっこうふりまわされてるぜ　われわれあのル・べべに」(I-120)と、上級生らを驚かせる。彼らの驚きは、これまで招待してきた下級生たちが彼らのなすがままになっていたことを示しており、男だけの学園における、上級生／下級生間の支配／被支配の構造は、日本の男色が含む年齢階梯的なヒエラルキーと同質である。

先輩／後輩間の上下関係は、エーリクにおいては抵抗可能な範囲であったが、ユーリにとってはトラウマになるほど深刻であった。トーマやエーリクに対しては上級生的位置づけのユーリであるが、かつては下級生としてヤコブ館のお茶会に招待され、上級生に笑いながら鞭うたれるという悲惨な経験をした。「彼らはぼくを思い通りにさせたかったんだよ…そしてぼくはそうしたんだよ」（II-221）と、上級生のサディスティックな欲望に奉仕したユーリは、「彼（上級生のサイフリート、引用者注）のいう通りひざまずいて主のかわりに彼の足先にくちづけ」（II-223）までさせられ、その過酷な経験は、ユーリが周囲に心を閉ざす大きな原因となった。「しょせん暴力には勝てない」（II-222）とサイフリートがユーリに宣告したとおり、ユーリは年少者としての身体的脆弱性を背負い、トラウマにさいなまれるその姿は、僧侶の「性奴隷」（山崎 1971: 122）となった稚児の心身の痛みに通底するものがある。

少年から年長男性への恋のベクトル——年上→年下、という関係の相対化

だが、現代の少女漫画が描く少年は、全員が全員、年長者の意のままになる人物として描かれてはいない。前述のように、エーリクは上級生のハラスメントに堂々と抵抗し、年齢階梯的なヒエラルキーに甘んじることなく、対等に自己主張する。

好意の方向性においても、年長者が能動的に年少者に近づく男色的な定型とは対照的である。稚児物語から『草の花』に至るまで、年少者は恋において受身であったが、『トーマの心臓』では、能動的に恋心を表明するのは年少者の側である。「トーマはきみに何通か手紙をよこしたろう」（I-29）と、トーマはユーリへたびたび手紙を送っており、年長者から年少者へ届けられる稚児物語の恋文の方向性が、ここでは逆である。

思いをよせる相手に積極的にコミュニケーションをはかろうとしたのは年少のトーマであり、

「あの子（トーマ、引用者注）なにかと理由つけてつきまとってきた」（I-27）と、手紙以外の手段でも、トーマは能動的にユーリに近づいていた。「どっちがあの黒い髪のおかたい上級生をくどけるか」（同前）と、年下のアンテとトーマがユーリをめぐって「カケ」をしたという噂も校内に流れ、「学校中の生徒が注目してんだからな　きみ（ユーリ、引用者注）がトーマにまいるか否か――」（I-28）と、年少者から年長者への恋のベクトルは、生徒たちの共通理解ともなっていた。

恋心における能動／受動の関係は、トーマの死に至るまで変わらない。

それから　ぼくが彼を愛したことが問題なのじゃない

…

今　彼は死んでいるも同然だ
そして彼を生かすために
ぼくはぼくのからだが打ちくずれるのなんか　なんとも思わない
(I-10)

図書室の一冊の本にはさまれたメモには、トーマが主体的にユーリを「愛した」事実が告白されている。過去のトラウマによって心を閉ざし、「死んでいるも同然」なユーリを甦らせようと、トーマはユーリに無償の「愛」をささげようとした。

ユリスモールへ　さいごに
これがぼくの愛
これがぼくの心臓の音
(I-16)

「遺書」とみなされるユーリへの最後の手紙にも、トーマからの能動的「愛」がこめられている。

「心臓」の鼓動に象徴される、少年から年長男子への真摯な「愛」は、この作品のタイトルにもつながる通奏低音となっている。「ユーリ……ユリスモール！」と死のまぎわにも、トーマはユーリの名を呼ぶのである（第九章扉）。

　転校した当初は、ユーリの無愛想な物腰に反発するものの、エーリクもまた、ユーリの孤独を身近に感じることによって、少しずつ彼に愛情を抱くようになる。「ユーリ…もし…きみをすごく好きなやつがいたらどうする？」「すごくだよ！　死んでもいいくらい！」(II-73)と、エーリクはユーリへの好意をそれとなく口にするようになり、「…ぼくは？　気にくわない？」「少しでも…好き…？」(II-74)と直接的に問う。男色の定型とは異なり、年齢の上下は愛情表現の能動／受動に必ずしも結びつかず、むしろ積極的に愛を伝えるのは年下の少年の側である。「へえ　委員長のほうは？」「いやまだエーリクの片思いらしいぜ」(II-123)、「学校に残んのは　ユーリが好きだからだとさ」「落ちるかな　どうかな」と、生徒達もこの恋が、下級生から上級生へ向けての思慕と理解している。

　「〝好き〟という感情に対して　ぼくは幼いころからなんの抵抗も持たずにきた　…そんな簡単なことが　なぜユーリにはできない」(II-122)と、〝優等生〟が大人びた分別や理性ゆえに愛を素直に打ち明けづらいのに対し、無邪気な少年たるエーリクは、心のままに愛を打ち明ける率直性や純粋性を宿す。女性作者は少年側からの積極的な思慕を描くことにより、年齢階梯的な権力関係を相対化し、恋愛の当事者の対等な関係性を志向するかのようである。

　映画『ヴェニスに死す』の日本公開時、竹宮惠子は「私が新人だったころに美少年をテーマに映画とか演劇が非常に多かったんですね、『ヴェニスに死す』とか」(竹宮ほか 2004: 28)と、「花の二十四年組」への洋画の影響を証言している。ヨーロッパを舞台に金髪の美少年を描くという点では、確かに少女漫画への直接的影響が認められるが、もっぱら年長者であるアッシェンバッハの視点によりそう『ヴェニスに死す』に対し、萩尾は年少者の〈声〉を取り入れることにより、過去の〈男色型〉の一方的な恋のベクトルを相対化した。少年の主体性を描きこむことで、少女漫画の少年表象は、ドイツ文学に影響されながらも、より自由で対等性のある〈男の絆〉を表現したのである。

〈声〉と主体性のある少年

では、そもそも、女性を主たるターゲットとするメディアの表象で、なぜ〈男の絆〉が描かれるのか。女性読者には、女性主人公のほうが感情移入しやすいのではないか――この問いに対しては、萩尾と同世代の竹宮惠子が、

> 私自身が女の子を描くと読者に嫌われてしまうんです(笑)。主人公の女の子の気が強すぎてだめらしく、自分でも描いて楽しかったのは少年だったので、そっちに挑戦してみようと。
> (同前 28)

と、明快に作者の立場から回答を与えている。一九七〇年当時の女性読者は、女性は控えめであるべきという儒教道徳的〝良妻賢母主義〟モラル(佐伯順 2008)を内在化しており、積極的な女性主人公に感情移入しにくかったと推察できる証言である。

女性主人公によっても表象し得たはずの、意志の強い主体的人物像や対等な恋愛関係は、少年に

置き換えられることで、作品発表当時の女性読者の共感を得た。外見的に〈女性性〉の記号を担い、実際にも「フロイライン」と周囲に呼ばれている主人公が、積極的、能動的であることは、〈女性性〉と〈男性性〉を兼ね備えた人物像として、女性読者の共感を得たのである。[4]

セク・ハラ的行為を耐えしのぶのではなく、「バシ!」と音を立てて勢いよく上級生をはねとばすエーリクの姿に、多くの女性読者は胸がすくのではないか。萩尾望都は、性的な能動/受動、年上/年下、権力的な強者/弱者という、〈男の絆〉の表象のステレオタイプな構図を相対化しつつ、女性的な外見の少年を主人公にすることで、恋にも人生にも積極的になりたいと夢みる女性読者たちの心をつかんだのではないか。

「かわいいだって? 女の子じゃないんだぞこっちは。フロイライン・トーマの代役で招待を受けるなんざまっぴらだ!」と、エーリクは恋愛以外の場面でも、強い自己主張と主体性を持つ人物として造型されており、脆弱性やかわいらしさといったステレオタイプな〈女性性〉を拒否しようとする。フェンシングの試合で「姫」よばわりする級友(二〇五頁参照)を、「パカ!」と威勢よく蹴飛ばし、「姫を相手に剣士数名がうち死に!」「だめだ　あの姫てんで強いや!」(I-202)と級友たちが舌をまくほど、すぐれた〈戦士性〉を発揮する。

外見的〈女性性〉とすぐれた〈戦士性〉を同時に備える少年表象は、歴史的には、武家の男色における若衆像や、その近代的継承である幸田露伴『ひげ男』の小太郎像との類似性をみせており、武家若衆が振袖と前髪によって、容姿における〈女性性〉を備えていたように、エーリクにも金髪で華奢な外見的〈女性性〉と、ステレオタイプな〈男性性〉としての〈戦士性〉の双方が与えられている。意志の強さと対等な自己主張においては『草の花』の藤木、年少者からの恋のベクトルとしては『仮面の告白』の「私」をも髣髴させ(第八章)、すべて男子校が舞台である。

「福永武彦、江戸川乱歩、南方熊楠などにも夢中になってました」(石田美 2008: 299)と、萩尾望都、竹宮惠子を担当した編集者・増山法恵も、触発された文学の具体例にまさに福永武彦をあげており、実際、「花の二十四年組」は増山の尽力もあって文学的な少年愛漫画を志向した(同前)。だが、『トーマの心臓』が描く男どうしの〈親密性〉は、思慕が一方向的に自己完結している『草の花』や『仮面の告白』に比して、コミュニケーションの双方向性という、はるかに複雑な人間関係の描写にまで到達している。

『仮面の告白』の「私」が近江に直接思いを告白することなく、視線をかわすだけで終わり、『草の花』の汐見の「愛」も、藤木の拒絶と夭折によって絶たれるのに対し、生き続けるエーリクとユーリは、言葉を用いて盛んにお互いの考えを述べあい、より密接で双方向的な人格的交流を実現している。最初は他者に心を閉ざしていたユーリも、エーリクの積極的な働きかけによって次第に柔軟になり、級友たちと心の絆を結ぶに至る。トーマの死は、〈夭折の美少年〉という〈男の絆〉の表象の類型にあてはまるが、その生きた分身ともいうべきエーリクに豊かな〈声〉を与えることで、女性作者は死という彼岸に回収されることのない、他者と現世で対等にコミュニケートできる〈男の絆〉を表象したのである。

年少者からの思慕を描くとしても、『仮面の告白』のように一方向性にとどまるのであれば、年少者と年長者の立場を単に入れ替えたにすぎない。だが、メッセージの発信者である漫画家と、主たるターゲット読者が双方ともに女性である少女漫画というメディアにおいては、男性作者のテキストがおそらくは無意識裡に陥ってきた、〈男の絆〉の表象の固定的な権力構造への、年少者の視点からのよりラディカルな挑戦が可能になった。そこには、女性作家と女性読者双方による、人としての自由度を高めようとする切実な希求が働いているのではなかろうか。

フランス映画からの影響——年少者の主体性とプラトニックな愛情

活発で主体的な少年主人公像は、フランス映画『個人的な友情』の少年アレクサンドルに通じ、転入生のアレクサンドルと在校生のジョルジュとの間の交流も、『トーマの心臓』の設定に近い。アレクサンドルは金髪の少年、ジョルジュは濃い髪色で年長の優等生という点でも、『トーマの心臓』のエーリクとユーリとの強い類似性をみせており、年下のアレクサンドルが積極的に年上のジョルジュに思いを表明してゆく展開も、『トーマの心臓』と同じである。アレクサンドルはトーマのように、ジョルジュにしばしば手紙を送り、同じ学校の生徒として親しくなった二人が、友情とも愛情ともつかぬ〈男の絆〉を築いてゆく展開も、『トーマの心臓』と同様である。

アレクサンドルとジョルジュが温室で二人きりの時間をすごす、映画終盤の見せ場ともいうべき場面では、閉ざされた空間で身をよせあって横になる状況が、エロス的な接触に近い身体的な親密性を表現する。二人が腕に傷をつけて互いの血をまぜ、男子生徒間でままなされるという「血の契り」をかわす場面は、流血によって〈男の絆〉を確認する儀式性をみせ、日本近世の武家若衆たちの果し合いや切腹にも通底する、〈男性性〉と流血との親近性を示唆する。

二人は結局、性的接触は持たぬまま、神父に見とがめられて仲を引き裂かれるが、「僕のほうがあなたへの思いが強い」という温室の場面でのアレクサンドルの告白は、年長者に対して受身的な〝愛玩物〟になるのではなく、自ら恋する主体であることを強く主張している。臆することなく堂々と相手に思慕を伝える少年の姿には、保守的な倫理観や理性的な判断に縛られがちな年長者に対する、少年の素直さや純粋性があり、やはり『トーマの心臓』のトーマやエーリクの人物造型との類似性をみいだすことができる。

さらに、年長者であるジョルジュは、年齢階梯的に優位というわけでもなく、たどたどしくピアノを弾く場面では、ピアノが得意なアレクサンドルがジョルジュを見守り、やがてジョルジュを助けるかのように一緒に旋律を奏でる（第八章扉）。この連弾の場面は、何もかも年長者が一方的にリードするのではなく、それぞれに苦手分野と得意分野があり、お互いに支えあう姿として注目に値する。〈男色型〉の表象の定型である支配／被支配の権力構造の枠組みをこえる、より対等なパートナーシップであり、〈男性性〉を付与された年長者の優位性は固定的ではなく、関係のバランスは不断に問い直され続ける。

アレクサンドルとジョルジュの初対面の場面は、二人の間に育まれる対等な関係性を鮮やかに予言する。『ヴェニスに死す』の映像の視点は、しばしばアッシェンバッハの視線と同化し、日本中世の稚児物語も、年長者が年少者を一方向的に〝見初める〟構図をみせていたが、『個人的な友情』では、アレクサンドルを見つめるジョルジュに対し、アレクサンドルもまたジョルジュを見つめ返し、互いの視線は交錯して、無言ながらも初対面から、双方向的なコミュニケーションが生じている。

年長者の一方向的な世界観や幻想のなかで美化される少年像ではなく、手紙や会話により対等なコミュニケーションをかわす少年主人公像――それは、日本の女性漫画家をおおいに刺激したであろう。

神格化される少年――「天使」としての少年像

だが、闊達なアレクサンドルも、ジョルジュに裏切られたと誤解したとき、自ら死を選ぶ。二人の友情が愛情へと高まるのを察した神父らは、交際を厳しく戒める。忠告に応じたふりをして手紙をアレクサンドルに返却したジョルジュは、変わらぬ思いを別の手紙につづっていたのだが、絶望したアレクサンドルは帰省の汽車から身を投げ、短い人生を終える。

線路に飛び降りて命を絶つ少年――これはまさに、『トーマの心臓』の冒頭に置かれていた場面であった。走る汽車からか鉄橋からかという違いはあれ、鉄道への投身自殺というモチーフは同じであり、上級生への思慕による死という要因も共通している。だが、「〝なんでこの子、死んじゃうんだろう、誤解したままで〟って、すごい可哀想になって……感情移入してしまい」(萩尾・長嶋 2010: 140)と語る萩尾は、トーマの再来ともいうべきエーリクを描くことで、〈夭折の美少年〉という過去の類型を脱し、アレクサンドルとトーマをひとしなみに救済したかのようである。

少年の救済は、少年と親密な絆を結ぶ年長者の救済でもあった。ユーリに真摯に思いをぶつけるエーリクは、「それではきみは――だれも愛していないの――?・」(I-187)とユーリに内なる〈声〉で問いかけ、「生きていけるの？　これからもずっと？　……ひとりで……？」(I-188)と、自らの愛でユーリの孤独を癒そうとする。そんなエーリクのひたむきな思いは、いつしかユーリにも通じ、「きみ(エーリク、引用者注)をみてると　過去に起こったあらゆるやさしいことを思い出す…だからみな心をよせて　きみを見る――恋神(ル・アムール)――」(II-215)と、自身をトラウマの闇から救ってくれた「恋神」として、エーリクを讃えるのである。

「きみ　僕にきみの翼をくれるっていったね」(II-213)と台詞にもあるように、ユーリにとってのエーリクは、背中に「翼」のはえた天使のような救済者であり、実際、プチコミックス版『トーマの心臓』第二巻表紙には、翼のはえた少年像と黒髪のユーリの姿が描かれ、中扉にも、背中に大きな羽のある天使像が描かれ、トーマとエーリクがともに、ユーリにとって天使のような存在であることが視覚的にも表現される(II-196)。

「いつも　いつも　生徒たちの背にぼくは　紅色に淡い　天使の羽を見ていた」(II-195)と、トラウマを抱えたユーリにとっては、他の生徒たちすべてが天使にみえていたが、とりわけトーマは、命をかけてユーリと親密な絆を結ぼうとした特別な存在であった。

> 愛しているといったその時から　彼はいっさいを許していたのだと…それがわかった時ぼくは……　……トーマ……もう一度主のみまえで心から語りたいと思い……　(II-226)

トーマとエーリクの「愛」にうたれたユーリは、終幕で神学校への転校を決意する。深い求道精神にかられ、安定的環境をあえて捨てて旅立つ青年主人公――それは、比叡山を去って西山の瞻西上人となった『秋夜長物語』の桂海さながらである。稚児物語における稚児が、年長者を悟りに導く〈聖なる少年〉として表象されたように、『トーマの心臓』のトーマもエーリクも、ともに年上のユーリをより高い宗教的境地へと導く聖者へと昇華される。

ただ、中世稚児物語が仏教的文脈で少年を神格化するのに対し、現代の少女漫画ではより内省的に、登場人物の「愛」をめぐる思索がくり広げられる。「ぼくはだれも愛しちゃいない！」(I-183)、「……ぼくはね　人から好かれるのなんかまっぴらだね！　……友情や好意や同情や……そんなものは…めいわくだよ！」(I-184-85)、「愛すること　愛されること　信じること　信じられることずっとぼくはおそれてきたのだけれど――」(II-76)と、過去のトラウマや、母と祖母との不仲がもたらす冷たい家庭環境から、愛への不信を抱き続けてきたユーリだが、少年のひたむきな愛情表現と出会うことによって、他者へと心を開く手がかりを得、ついには、「――神さま――あなたはごぞんじでしたか　――ぼくが　――彼(トーマ、引用者注)を――ずっと愛していたこと――を」(I-216)と、自分の正直な気持ちに向き合う勇気を得る。

表向きは「こっぴどくみんなのまえでトーマをふった」(オスカーの台詞、I-28)ユーリであったが、「ほかのもろもろの信奉者と同じように　ぼくもまた彼を崇拝し　彼を見ると幸福だった――」(II-216)と、最後には自分の好意を自覚し、「ぼくはトーマが好きだった」とエーリクに告白するに至る。「きみは　もののいいかたまでトーマに似てるよ」(I-182)、「きみは彼(トーマ、引用者注)そのものさ！」(I-187)と、エーリクはユーリにとってトーマの再来であり、トーマの生前、遂げられなかった愛の告白は、エーリクに向けてなされるのであった。

彼が知っていたのは　ぼくがひとりで心を閉ざしているということだけ　でも彼は知ってい

た　ぼくが背をむけても打ち消しても　やはりそれがなければ　人は生きていけないと　ぼくもそれを求めていると　だからあの恋神（アムール）は　あんなに明るい目をしていってしまったのだ

（II-225）

人間不信に陥っていたユーリにとって、トーマは愛の尊さを死という自己犠牲によって教えてくれた「恋神」にほかならなかった。「金色の髪の水色の目のアムール……」（II-190）と、エーリクもまた、生前を知らないトーマを「アムール」としてイメージし、「ユーリはぼくのうしろにずっとトーマを見ていた」（II-190）と自身とトーマの二重写しを認める。「心の中によい種と悪い種があって　よいほうはトーマにひかれ　悪いほうは彼（サイフリート、引用者注）にひかれたんだ」（II-219）とあるように、サディスティックな欲望にユーリをまきこんだサイフリートが悪魔であるならば、トーマ／エーリクは、その罪から救済してくれる天使にほかならなかった。

ぼくは　ほぼ半年のあいだずっと考え続けていた
ぼくの生と死と　それからひとりの友人について

ぼくは成熟しただけの子どもだ、ということはじゅうぶんわかっているし
だから　この少年の時としての愛が
性もなく正体もわからないなにか透明なものへ向かって
投げだされるものだということも知っている

（I-10）

『トーマの心臓』冒頭に掲げられる、人間の命への問い。「性もなく正体もわからないなにか透明

なもの」とは、『ヴェニスに死す』の終幕でアッシェンバッハがタッジオによって導かれる「望みに満ちた不可思議なもの」(Verheißungsvoll-Ungeheure)[5]にも似た境地である。

『個人的な友情』のジョルジュも、アレクサンドルの死によって「僕たちの友情は愛だったのだ」と悟る。友情と愛情のあわいで悩んでいたジョルジュであったが、男子生徒どうしであれ、愛は愛なのだとジョルジュは悟ったかにみえる。死という究極の自己犠牲を通じて、年長者に愛の何たるかを悟らせる少年。アレクサンドルの姿は、『トーマの心臓』のトーマに確実に連続しており、ユーリにとってのトーマはキリストであるとの解釈もなされる(山田田 2007: 160)ように、アレクサンドルもキリストさながら、自己犠牲をもってジョルジュに愛を悟らせる。初対面の場面において、仔羊を抱えてアレクサンドルが姿を現すのも、〝神の仔羊〟を暗示していよう。

ただ、〈夭折の美少年〉がそのまま聖化されてしまうと、年長者の閉じられた自己完結的な幻想宇宙というステレオタイプな世界観の罠に陥る。少年だけが死ぬ『個人的な友情』も、最終的にはこの罠から自由になりきってはいない。だが萩尾望都は、フランス、ドイツの少年表象を参照しつつも、生に向かう少年としてエーリクを造型することにより[6]、〈男の絆〉における少年表象に新境地を拓いたのである。

友情と愛情のはざまで――プラトニックな関係の〝功罪〟

では、『トーマの心臓』に描かれる〈男の絆〉は、「同性愛」なのか、「少年愛」なのか、はたまた友情なのか。作品のヒントとなった映画『個人的な友情』は、タイトルによって、男子校の生徒間の〈親密性〉の曖昧さをそのまま提示しようとしている。明確なエロス的関係が不在であるため、いわゆる〝友達以上恋人未満〟、つまりは「個人的な友情」としか表現し得ない曖昧性がもたらされる。もしここに明確な性交渉が含まれていたとしたら、観客は二人の関係を「同性愛」として解釈するであろうが、性関係の無い心の絆にとどめることによって「個人的な友情」が浮きぼりになる。

『トーマの心臓』においても、生徒たちはしきりに「愛」について煩悶するものの、彼らの間に露骨な性関係は存在しない。身体的接触は抱擁とキスにとどまっており、それらは友情の身体表現ともとることができるため、「同性愛」として解釈されない曖昧さを残している。母の死の報せをうけてとりみだすエーリクに、ユーリが接吻して落ち着かせる場面、ベッドに寝かせて睡眠薬を口うつしに飲ませる場面(I-222)では、エーリクが寝床に横になっているため、いわゆるベッド・シーンに近い印象も与え、『個人的な友情』においても、並んで横になる二人の姿は、身体的親密性を表現した。

だが、ユーリとエーリクの接吻は、端的な愛情表現ではない。ユーリはあくまでも、エーリクをいたわるべくスキンシップをとったのであり、恋心の表現という意図は、少なくとも表面上は含まれていない。逆に、ユーリへの思慕が身体的親密性の希求へと高まったエーリクは、「キスして……!」(II-134)とユーリに迫る。前述のように、年少者からの積極的な好意のベクトルである。

しかし、終始受身の姿勢を崩さないユーリは、まだ自分の気持ちに素直になりきれていない段階でもあり、エーリクの要求を受け止めきれない。エーリクの率直さにおされるかのように、しぶしぶキスに応じるものの、相愛を自覚した人間どうしのロマンチックな愛情確認にはなり得ず、エーリクも、「キスがにがいなんて」(II-135)と後味の悪さを感じるしかない。言葉ではあれほど「愛」を描きながら、エロス的関係を含まないのは、愛情と肉体的な接触があたかも無関係であるとのメッセージを発するがごとくである。

当時の女性読者を囲む性モラルが、ここには影響していよう。プラトニック・ラブを理想化する明治の新しい「恋愛」観は、戦後の「純愛」ブーム(藤井 1999)に実質的に継承されたが、日本近代の禁欲的な「恋愛」観にキリスト教の霊肉分離の思想が影響を与えたように、シュロッターベッツの学校生活にもしばしばミサ(南ドイツが舞台であるためカソリックと思われる)の場面が描かれ、ユーリも自分の苦悩を神に問いかけている。物語のなかにキリスト教的な文脈における「罪」の意識や神への問いかけが含まれていることは、仏教的文脈のなかで語られていた江戸以前の「男色」表象にはみられない、近代の〈男の絆〉の表象の特色であり、『個人的な友情』の舞台も神学校であることから、キリスト教的文脈における「愛」や「罪」の概念に依拠した、精神性を強調するプラトニックな〈男の絆〉の描写が、少女漫画でも焦点化されたといえるだろう。

『草の花』の作者には家庭環境にキリスト教の影響が直接存在し、福永も最後にはキリスト者となったが、明治近代以降の日本の知識人や文学者の人生観、恋愛観には、キリスト者であるなしにかかわらず、キリスト教思想が大きな影響を与えてきた。昭和期の少女漫画作者のなかに、プラトニック・ラブを純愛的に描く表象がみえるのも、明治の「神聖なる恋愛」の思想が特に女性の性的な欲望を抑制し、戦後の「純潔」ブーム(同前)にもつながっていったため、こうした性モラルを内在化した女性（作者／読者）が、性を排除した「純愛」を理想化し、共感する傾向にあったからではないかと思われる。

「愛」には憧れるが「肉欲」は忌避するように躾けられた少女たちは、愛情を感じる相手と心身ともに結ばれる可能性を閉ざし、プラトニック・ラブこそが「純愛」であるという自己欺瞞を受けいれる。神学校を舞台とした『個人的な友情』においても、エロス的欲望を排除した「愛」が美化されており、生活を共にする男子集団というホモ・ソーシャルな環境を共有しながらも、日本の中世寺院や書生社会の「男色」に自明であった肉体関係が含まれない点は、キリスト教的文脈で描かれる近代以降と、それ以前の日本の〈男の絆〉の表象および実態の大きな相違点である。南方熊楠が「浄の男道」をプラトニック・ラブであるかのように装いつつ語ったように（第七章）、明治以降の「愛」の時代の新たな性道徳のなかで、肉体関係抜きの精神的価値が強調されることにより、「友情」という〈男の絆〉の〝隠れ蓑〟が台頭する。熊楠と羽山兄弟らの交流においても、〝男友達〟と〝誤認〟される余地を残しているのである。

悪魔的なサイフリートと、天使的なトーマ―エーリクを対比する上でも、サイフリート以外の生徒間の友情から性的な匂いを排除することは有効である。日本の女性漫画家が描く「個人的な友情」は、その源となったフランス映画と同じく男子生徒間の精神的絆を清く純粋なものとして印象づけることに成功している。

トーマからユーリ、エーリクからユーリへの思慕のみならず、シュロッターベッツの生徒たちの間には、オスカーからユーリ、アンテからオスカーといった、複数の思いが交錯している。彼らの絆は終始一貫、プラトニックな関係であり、特に、ユーリやエーリクに常にあたたかい理解者、相談役として接する親友のオスカーは、ユーリへの切ない思慕を秘めているものの、最後まで口には出さない。かたわらから彼らをそっと見守るオスカーの態度は、「忍ぶ恋」こそ誠の恋という『葉隠』の一節さえ連想させ、自己を消して他者に尽くす奉仕的精神という意味でも、『葉隠』が理想化する忠実な家臣さながらである。

もっとも、『葉隠』の心性にはプラトニック・ラブを賛美する価値観は存在しないが、『トーマの心臓』の場合は、秘められた思慕が必然的にプラトニックな関係にとどまることで、近代的価値観にもとづく「純愛」へと転化されており、片思いの当事者の内面で思いが限りなく熟成してゆく。そこには、『ヴェニスに死す』のアッシェンバッハと同じく、自己完結的かつ一方向性という限界があるともいえるが、見返りを求めない愛こそが「純愛」であるという解釈も成り立つ。

作者は、男子生徒たちの〈親密性〉を、明示される思慕、秘められる好意と様々に描きわけることで、「愛」の多様性というメッセージをも読者に放っている。「男色」の時代の〈男の絆〉の表象には希薄であった当事者の深い内省や、対等な「他者」とのコミュニケーションにおける葛藤や和解というドラマが、この作品に女性の感情移入を可能にする、「男」ではなく「人」のドラマとしての完成度を与えているといえよう。

『風と木の詩』の新次元――性のタブーへの挑戦

二年後の竹宮惠子『風と木の詩』(一九七六―八四年、『週刊少女コミック』『プチフラワー』)も、やはり寄宿制の男子校ラコンブラード学院（南フランスのプロバンス地方、サン・クライザールの架空の学校）を背景として男子生徒たちの交流を描く。男子校という舞台設定、転校生のセルジュを軸にした物語展開には、フランス映画『個人的な友情』からの直接的影響を認めることができる。

だが、この作品の独自性は、当時の女性読者が内在化しがちな、前述のような性的タブーに果敢に挑戦した点にある。作品はいきなり冒頭部分で、主人公・ジルベールが男性と同衾する場面を提示する。学内で「売春婦と同じ」（I-76）と噂されるジルベールは、レポートや成績と引き換えに、学院長を含む複数の男性と関係をもっていた。

「売春婦」という表現が示すように、何らかの報酬とひきかえに、愛情とは無関係に不特定多数の相手に身体を提供する行為が、〈女性性〉の領域とされていることに注目したい。ジルベールの〈女性性〉は、外見、容姿においても強調されているからである。「十六を過ぎたというのに　体も幼いし　まだ声も高い」（X-63）と、金髪で華奢な体型のジルベールは、成人男性とは異質な少年性を付与されており、「おそろしく似合ってるな　その服…　たしか女物じゃなかったか?」（X-67）と、女とみまごう容姿の持主であった。

「あいかわらずきれいな肌してるぜ」「もったいぶることはなかろうが　え?　かわい子ちゃん」（82）と、ジルベールの〈女性性〉は、性的弱者性と明確に結びついており、学園を離れた物語の後半でも、「いい名だな　プリマヴェーラ　その名で売ってやるよ　おまえを愛したがるものは何百人もいるさ…」（X-112）と、春の女神になぞらえられながら売春を強要される。「相手はだれだってかまやしないんだ」（X-82）と男に毒づかれ、暴力をふるわれて放り出される扱いも、女性的な容姿をめでられ、受身の性で男性に奉仕した稚児同様に、性暴力の被害者となるジルベールの脆弱性を表している。

レポートや成績の代価という一種の商業的取引によって男たちに身体を提供していたジルベールは、相手に「約束の三十分をどう有効につかうかはオレに決定権がある」(I-80)と言われ、学園時代から〝買い手〟優位の性関係を受け入れており、暴力や性の商品化の対象となりがちな女性ジェンダーとの共通性をみせている。読者にこの物語が訴求するのも、ジルベールのジェンダーの〈女性性〉が、少女漫画の主たるターゲットである女性読者に共感しやすいからといえるだろう。『トーマの心臓』においても、トーマの〈女性性〉が、上級生の玩弄物となる条件を示していたが、『風と木の詩』は直截な性交渉の描写とともに、現実社会で女性が置かれがちな性の実態を描いている。

特に後半部で、生活力の希薄さゆえに性の商品化にひきずりこまれ、社会的弱者として身体を売り、かつ薬もうたれるジルベールの姿は、経済的自立の困難からやむをえず性の商品化に陥りがちな女性のジェンダーと二重写しになる。

少年の性的主体性と欲望の明示

ジルベールに惹かれ、交際から同棲に至る転校生のセルジュが、黒髪の優等生であることも、他の〈男の絆〉の表象における〈男性性〉と〈女性性〉と類似の対比をなしている。ジプシーの娼婦と、ラコンブラード学院の優等生の父の間に生まれたセルジュは、「黒髪が輝くばかり」(I-154)であり、金髪のセルジュと、ハリウッド古典映画の文法どおりのステレオタイプなカップル像を形成する。

しかし、性的な主導権をセルジュではなくジルベールが握っている点が、この作品のさらなる革新性である。多くの男性と関係してきたジルベールは、セルジュよりも性的経験が豊富であり、「抱きたいだろ？　素直に抱けよ」(I-89)と積極的にセルジュを誘う。日本の男色においては、〈女性性〉を帯びた稚児や若衆は性的にも受身であるのが一般的であるが、ジルベールは性的な能動性と積極性を発揮しており、冒頭で男性と同衾している場面でも、ジルベールが相手の上に位置している。[7] 院長との場面では、ジルベールは下にくみしかれており、院長／生徒という権力的上下関係が示唆されているが、常に支配／被支配、買い手／売り手という固定的権力関係の枠内でジルベールの性的実践がなされているわけではない。

「――ぼくを満たしてくれるものは　あのあつい肌と肌のふれあい　ときめく心臓　愛撫さながらの呼吸」と、身体的ふれあいに癒しを味わうジルベールの自意識が、彼自身の〈声〉として作品の幕開きに提示されている。「ぼく」という一人称がジルベールの主体性を明示し、ジルベールの性的実践が決して全面的に強要され、商品化されたものではなく、「ぼく」自身の主体的欲望に基づく選択によって、積極的に求められた行為であることを読者に伝える。

「おまえの中には悪魔が住んでいる　抱かれることがなにより好きな悪魔がだ」(I-74)と周囲からも揶揄されるとおり、ジルベールは肉欲に忠実であり、「そうさ　好きだとも　キスをするのも抱かれるのもね！　抱くってのはただ抱きしめることじゃない…わかってる？　愛撫をしてキスをして…からだじゅう欲望でいっぱいにしてそれから…」(I-314)、「その時の快楽ったら　とても口ではいえないよ」(I-315)と、交際相手となるセルジュ当人に対しても、「欲望」を自らの〈声〉により、明確に言語化して伝える。他者とのスキンシップを積極的に希求し、心身の充足をみいだす性的主体としての少年像は、年長者の愛玩物の立場に甘んじない、〈男色型〉とは異質な少年表象である。

実は、冒頭場面は連載時から全面的に改変されている。「ジルベール・コクトー　わが人生に咲き誇りし最大の花よ…きみは　わがこずえを鳴らす風であった　風と木々の詩が　きこえるか」（X-256-57）と、セルジュの回想のなかに登場する亡きジルベールの姿が連載時の冒頭であり、ジルベールの肖像とともに視覚イメージも文章も、ジルベールを美化するセルジュの視点から描かれている。「ぼく」ではなく「きみ」として、セルジュの視線および〈声〉の客体として登場した初出時のジルベールは、改変後は逆に「ぼく」として〈声〉の主体となり、図柄もジルベールの肖像ではなく学校の遠景となっている。ジルベール自身の〈声〉を前面に打ち出すことで、作者は〝視られる客体〟という美少年表象の枠組みをこえ、主人公の主体性をより高めたとみることができる。

性的タブーへの挑戦

「少年」は「永遠の受動態」であり、「見いだされ、狩りたてられ、追い求められ、冒瀆されるものである」との定義（中島 1987）は、〈男の絆〉のモチーフにおける少年表象の長い歴史的背景を鑑みるとき、年長男性主体の、主として男性言説における少年像を説明づけたものとみるべきである。女性批評家や作者の少年観のなかに、年長男性と同質の少年幻想が内在化されているとすれば、それは主流的、支配的な男性の価値観にとりこまれた結果でもありえようし、もし相手が社会的、肉体的に脆弱な未成年者、少年であれば、女性でもセックスとしての男に対して優位に立てるという認識が作用しているとすれば、男性ジェンダーにありがちな権力欲、支配欲の共有にすぎない。

一方、一九九〇年代初頭の「新しい耽美小説群」の登場により「『自立した美少年』の物語の時代を迎えつつある」との指摘(柿沼 1993: 41)は、主として男性言説によって担われていた少年表象が、女性作者の手に移った時、「自立」や主体性というリベラルな要素が加わった歴史的変化を察知している。その萌芽は「花の二十四年組」の少女漫画のなかにも、既に芽生えていたといえよう。

「少女誌に、男女のベッドシーンを露骨に描くことに反対があるわけだから、それを外す手」として「少年同士で描くと生々しくならずに突破できた」(「いつか来る〝平等な規制〟」『産経新聞』二〇一一年七月四日付朝刊)と竹宮惠子は自作を回想しており、当時の女性むけメディアにおける、性表現に対するストイックな規範意識を、女性作者が「反骨精神」(同前)で打破しようとした意図が理解できる。冒頭から露悪的なほどジルベールの性関係を繰り返し描く竹宮は、プラトニック・ラブこそが「純愛」であるという、明治以降の男性知識人主導の理念を、女性表現者の側から実質的に相対化している。

ジルベールの奔放な男性関係に抵抗感を示すセルジュに対し、「命令口調はきらいだ!」(I-311)とジルベールはシャツを放り投げ、さらに靴も投げつけるという攻撃的行動に出る。ジルベールの反発は、歴史的にみれば、カップルは一対一というストイックな道徳観を相対化しようとする、大正期の『青鞜』の一部の女性の主張とも同質である。

セルジュに強く自己主張するジルベールは、恋人との対等な関係を志向しており、欲望の明言、「貞操」観念の打破という意味でも、当時の女性読者たちの身体的抑圧を解放するメッセージを伝えたと考えられる。〈女性性〉に付随しがちな、性的受動性、被支配者の立場に全面的に甘んじていないジルベールの造型は、『個人的な友情』のアレクサンドル、『トーマの心臓』のエーリクにも通底する〝積極的少年〟の表象であり、竹宮はさらにそこにセクシュアリティの自由度を加えている。

年長男性の視線の客体であり、〈声〉を奪われがちであった少年表象は、少女漫画というメディアにおいて、明確な〈声〉と主体性を獲得する。それこそが、女性作者たちが女性読者にむけて発信したメッセージの革新的意義である。

夭折する美少年――超俗的、非現実的存在としての少年

「育つことができない永遠の少年　生き残ることを知らないジルベール――　…だからこそ輝いている…」(X–63)と、成長しない〈永遠の少年〉というモチーフにおいては、『風と木の詩』の少年表象は過去の少年像との類似性も有している。ジルベールは終幕、事故によって命を落とし、『個人的な友情』のアレクサンドルや『トーマの心臓』のトーマ、ひいては、日本中世の稚児の表象とも重なる〈夭折の美少年〉像を提示する。大人になることを許されぬ少年像のなかに、至高の美や永遠性をみいだす感性は、少女漫画にも存在する。

ジルベールの人物像には、そもそも現世的な臭いが希薄である。

　彼はぼくに見せつける　真実の彼の姿　――彼の美を　真冬にも緑のしげり　温水の泉――
その中で　彼は　鱗輝く人魚のよう――　人魚　人魚――　ぜったいに人には慣れぬ――。
（X–57）

ジルベールはセルジュの眼に、人間臭さの無い「人魚のよう」な存在として映り、しかもこの場面では、少年の姿から水が滴っている。水浴するタッジオや、湖水に漂う梅若までも連想させる、美少年と水との親和性。「海――海の天使……」(X-149)、「…いいよ… ぼくが死んだら… 海に投げこんでくれる――? 流れてどこか 行きつくところがあるかもしれない――」(X-150)と、ジルベールも自らを「海の天使」として夢想し、梅若さながらの水死の姿を思い描く。

もっとも、ジルベールの死の現実は、夢想のような美的情緒に彩られたものではなかった。生活苦にさいなまれ、阿片で心身をむしばまれた末に、雨のヴァンセンヌの森で馬車に轢かれる無惨な最期――。それでも、死のまぎわのジルベールは「連れて帰って 海の天使城へ」(X-171)のつぶやきとともに、空をとぶ天使のような姿で描かれ、「あまりに ことばが違いすぎた あまりに きみは天使だった」(X-191-92)と、セルジュのイメージのなかでも、死後に「天使」として想起されている。「この下町に 夢の天使と住みついていた」(X-233)と、貧しい下町の同棲生活のなかでも、セルジュにとってのジルベールは「天使」だったのである。

二人の生活が破綻したのも、ジルベールがまさに〝地に足のついていない〟浮世離れした少年であったことが要因であった。困窮をみかねて裕福な知人が庇護を申し出ても、誇り高い二人は受け入れない。だからといってジルベールには労働意欲もなく、現実感覚が完全に欠落しており、「純粋さ」を「機能として持つ竹宮の少年達は、当然現実の少年達ではなかった」(米沢 2007: 224)とも評されるように、「天使」であるジルベールが人間として俗世で永続的生活を営むことは所詮無理だったのである。

ジルベールに先立たれて悲しみにくれつつも、セルジュはやがて(一八八六年)、パリで音楽家として成功をおさめ、物語は大団円となる(『番外編　幸福の鳩』)。コンサートが好評を博す場面で、自作を演奏するセルジュの背後には、死んだジルベールが寄り添い(第九章扉)、その背中には羽があり、死後もセルジュを守る天使のごとく造型されている。連弾の場面には明らかに、『個人的な友情』のピアノ演奏の場面(第八章扉)からの影響をみることができるが、実写映画とは異なるファンタジー的な視覚イメージが、「天使」としてのジルベール像を効果的に提示する。

「それはそのまま音楽であり　絵であり　詩でなければならぬもの　風にゆられて息づく巻き毛も　ぱらぱら　ぱらと音たてる　ひざの上なる便箋も[8]」と、ジルベールの存在は音楽や絵や詩と同次元の芸術的価値にまで高められ、「この曲のなかにジルベールがいる」(X-263)、「セルジュはジルベールに捕らわれている　音楽がなければ　身動きできないほどに」(X-305)と、観客も納得する。セルジュに芸術的霊感を与えてくれるミューズとしてのジルベールは、恋する男性を至高の境地に導くという意味では、『ヴェニスに死す』のタッジオや、『秋夜長物語』の梅若にも通底する〈聖なる少年〉像であり、女性作者の表象においても超俗的理想の体現として描かれる。

生活者としての美少年像——日常世界との接点

ただし、過去の〈聖なる美少年〉像には無かった日常生活を描きこんでいる点で、『風と木の詩』にはやはり、過去の男性言説とは異質な革新性がある。俗世間から隔離された山岳寺院や、全寮制の男子校という過去の〈男の絆〉の表象の背景は、男だけの非日常的でホモ・ソーシャルな環境が人為的に形成されており、そうした空間の自己完結性は、少年を非日常的存在として描きぎる条件としては好都合である。

『ヴェニスに死す』の舞台となったヴェニスも、ドイツ人のアッシェンバッハにとっては異郷であり、旅という非日常的経験において、超俗的存在としての美少年像が現出した。非日常的時空間の設定は、〈夭折の美少年〉という結末の悲劇性、非日常性を高めるためにも効果的であり、必然的に、生活者としての少年たちの姿はほとんど描かれることがない。いや、〝所帯じみた〟美少年像など、受容者側も創作者側も、そもそも求めていないといえようか。

ところが『風と木の詩』のセルジュとジルベールは、〝閉ざされた学園＝楽園〟を抜け出し、パリの下町で、社会人として日常生活を営もうと試みる。学齢期の青少年は、一人前の大人としての社会的責任を免れる特権的立場であるため、外界のしがらみに煩わされることなく、〈男の絆〉の精神的純粋性を追求できる条件を備えている。『個人的な友情』や『トーマの心臓』に描かれる男子生徒たちの〈親密性〉は、〝男子の園〟ならではの純化された関係性であり、ユーリが学園を離れることで、『トーマの心臓』が完結するのはいわば必然であった。

一方『風と木の詩』では、学生という立場を放棄し、市井の庶民として生きようとする生活者としてのカップルが描かれている。宗教空間や教育機関という閉鎖空間の枠内で、一過性の関係をもち、エリート意識に自己陶酔する傾向を有する〈男色型〉の表象とは異なり、日常生活を共有する継続的な〈男の絆〉を描こうとする試みは、〝少年愛＝非日常性〟というステレオタイプをのりこえる挑戦にほかならず、非人間的な〈聖なるもの〉ではなく、人間としての等身大の少年像を描こうとする新次元をみいだすことができる。

日常世界における〈男の絆〉の描写には、純化された〈聖なる美少年〉の夢想が意識的、無意識的に排除してきた、生活者としての価値観のずれや、微妙な感情的葛藤という人間臭い要素が介入せずにはいない。この世のすべての少年が超俗的美少年であるわけがないのであるから、〈聖なるもの〉としての〈男色型〉の少年表象はあくまでもヴァーチャルなものであり、日常生活の表象とは相いれない。

だが、〈聖なる美少年〉表象は、裏を返せば生きた少年に耽美的な価値しか認めないという抑圧や、芸術的才能がない同性愛者はおかしいといった社会的差別を正当化しかねないため、「他者を使って、自らの性的ファンタジーに都合よい役割を演じさせ」るという批判を受けるべくして受ける（佐藤雅 1996: 165）。神や天使ではなく、人としての男どうしの〈親密性〉、あるいは同性愛を描く『おこげ』（中島丈博監督、一九九二年）や『ブロークバック・マウンテン』（アン・リー監督、二〇〇五年）等の日本および海外の表象は、一市民としての男たちの日常的交際における葛藤や和解を描くことで、〝同性愛者＝芸術家肌〟〝同性愛＝純愛〟という美化を回避している。

『風と木の詩』は近世以前の〈男色型〉の〈夭折の美少年〉表象を一面で継承しつつも、同時に生活者としての男どうしの、学齢期ではなく社会人としての、同棲を伴う日常的パートナーシップを描くことにより、現実社会における同性婚の権利獲得への動きにも実質的に近い姿勢をみせている。

女性のための「男性同性愛」表象

とはいえ、「私は恋物語を描くのが死ぬほど嫌い」であり、「『風と木の詩』は「恋が勝つ」物語ではない」（中公文庫版『風と木の詩』「まえがき」）との作者の証言をみても、この作品は、現実社会におけるゲイ・リベレーションや、当事者へのエンパワメントという社会的、政治的な問題意識を強くもって描かれたわけではない。「男色」が近代以降、「同性愛」という新たな名称とともに「変態」視され、社会から周縁化されるに伴い、抑圧されがちなジェンダーである女性が共感する余地が生じ、女性のための新たな〈男の絆〉の表象の創造をみたと考えられる。

「同性愛をどう思う？　生物学的にではなく…」（Ⅰ-85）とジルベールから問われ、級友のパスカルは「子どもっぽい趣味だな　なにも生まない愛なんか……」と批判的な見解を口にし、「彼（セルジュ、引用者注）の行う性交とは生物学上の生殖を意味しない　それについての関心はある！　同性愛なんてのは人間だけのものだからね！」（Ⅰ-83）と、第三者的に観察する。

「男色」の時代には存在しなかった「同性愛」への否定的まなざしが、パスカルの意見にはこめられているが、セルジュとジルベールの交際には親友としての理解を示し、二人が同棲生活を始めて以降も、変わらず傍らにいて二人を支え続ける。少女漫画というジャンル自体、男性中心の主流メディアに対する周縁的な位置づけの媒体であったため、周縁化される人々への寛容というメッセージを発しやすかったのではないかと思われる。

エロス的な〈男の絆〉に対する明治以降の「変態」視は、主流メディアにおける「同性愛」への偏見をもたらし、〈男の絆〉の表象から性的要素を駆逐したが、そのことでかえって、抑圧されがちな側のジェンダーである女性たちが、抑圧の痛みを共有できる「同性愛」モチーフに共感するという新しい現象が生まれ、書き手と読者の〈女の絆〉の共同体を基盤とした、〈男の絆〉の表象の新たな意味づけが登場したと考えることができる。

表現の創造と受容の現場から排除されがちであった女性の手に、〈男の絆〉の表象が移管されたとき、抑圧される側からの人生への問いという新しい思索的主題が浮上する。『風と木の詩』は「少年同士の恋の物語」や「ホモセクシャルの恋愛もの」ではない（中公文庫版『風と木の詩』「まえがき」）と断言する作者は、「同性愛」の表象を目的としたのではなく、〈男の絆〉に限定されない人間関係における苦悩と幸福、他者との絆、生死とは何ぞやといった、広い意味での人間存在への問いを表現しようとしたのであり、「花の二十四年組」の漫画が、限りなく狭義の「文学」に近付くのもそれゆえであろう。

ただし、女性どうしのホモ・ソーシャルな描き手／読み手の共同体を基盤に発達した表象は、当事者不在であるがゆえに、登場する男たちの容姿の美化、〝男性同性愛＝純愛〟という新たなステレオタイプを派生させる（佐藤雅 1996）。〝偏見に抗して貫かれる純愛〟というモチーフは、偏見の存在を前提としており、偏見の解消は意図されていない。女性作者と女性読者間の、主として〝女社会〟で流通するコンテンツである少女漫画においては、当事者の立場からのメッセージ[9]は表象されにくく、そもそも当事者の権利獲得やエンパワメントをめざしたメディアでもないために、結果として、少年や同性愛者を視線の客体とする。女性読者に視覚的快楽を提供し、俗世間で獲得しにくい〝純愛〟幻想を〈男の絆〉の表象に託すことによって、女性ジェンダーの抑圧からの解放というカタルシスが提供される——女性むけメディアにおいて少年愛表象が流通し消費されるプロセスは、かくして女性へのエンパワメントになり得るが、逆に男性はこの一連の過程から疎外されるため、男性言説の〈男の絆〉の表象の歴史における、年長男性の自己中心性と同じ陥穽にはまる危険性がある。

男性作者がつむいできた〈男の絆〉の表象から女性が疎外されてきたとすれば、女性言説が創造した〈男の絆〉の表象からは、男性が疎外される――いずれにしても、女性、男性、それぞれのジェンダーで自己完結した作者／読者の共同体がそこにあり、中世から二十一世紀にまで継承される、ホモ・ソーシャルな社会背景がすけて見える。

傍観者としての女性――女性のケア役割とホモ・ソーシャル

「同性愛」表象を用いて広く人間存在への問いを描くならば、なぜ女性の同性愛表象に結実しないのか。女性と男性との恋愛が、ジェンダーの非対称性や不平等を免れにくいのであれば、女性どうしなら別の表象を描く余地があるのではないか。その可能性はなぜ追求されにくいのか。

背景としてはまず、前述の竹宮惠子の証言にみられたように、積極的で主体的な女性像が、当初は女性読者にも受容されにくかったため、表象としての女性を排除せざるをえなかったという理由があげられる。女性表象を恋の当事者から排除すれば、必然的に、女性どうしの恋愛は描くことができない。抑圧されがちな女性ジェンダーへの嫌悪、つまり、女性たち自身のなかに内在化された女性嫌悪[10]が、女性同性愛の表象を女性向けコンテンツから遠ざけるという皮肉な結果を生む。

では、『トーマの心臓』や『風と木の詩』には、女性登場人物は不在なのか。そうではない。両作には脇役ながらも、複数の女性登場人物が描かれており、しかも、主人公の精神生活にとって極めて重要な位置を占める女性も存在する。『トーマの心臓』のエーリクは、母親からもらった指環を身につけ、悩みがあれば「ママン」と心に呼び、精神的に強く母親に依存している。また、ユーリの母親と祖母の不和は、ユーリの孤独感と疎外感を深めている。

少年たちの恋の相手も、男子に限られてはいない。ユーリの初恋の相手は少女であり、『風と木の詩』のジルベールは、女性とも性交渉を持っている。女性を精神的にも性的にも受けつけない人物ではないが、男性と心身ともにより深い絆を結ぼうとする主人公像は、『草の花』の汐見や『仮面の告白』の「私」にも類似した人間像である。中世の稚児物語や近世の男色言説には、女性の存在自体が希薄であったが、近代的男女平等思想が台頭して以降の、女性を主たるターゲットとするコンテンツにおいて、女性の存在を抹消した表象は、さすがに非現実的にすぎるということであろう。

ただ、登場する女性たちは主人公の母親や親戚、あるいは親友の妹といった親類縁者の人間関係の範囲内であり、完全な「他者」として男性主人公に対峙しようとする女性の存在はやはり薄い。物語の主要舞台が男子校であるため、結果的に女性は主要登場人物になりにくいともいえる。

セルジュの親友パスカルの妹であるパットが、セルジュに恋する『風と木の詩』の筋書きは、『草の花』に類似するが、パットは、「わたし　あなたが好きなの——セルジュ」と直截に愛を告白し、〈男の絆〉にきりこもうとする積極性を宿している。「働く婦人たち」を集めた写真集の取材をし、女性ジャーナリストの草分けとして、「女たちは　きっと自由になっていくわ　きゅうくつな

服からも　きゅうくつな家からも　解放されていくのよ」（X-85）と上を向いて語るパットは、『坊っちゃん』のマドンナのように〈声〉を奪われているわけでもなく、清のようにひたすら男に尽くすわけでもない、女性作者ならではの、自立的に社会貢献する女性表象を現出させている。

　さりながら、「セルジュ…？　わかる？　わたしたち　あなたの側にいるわ　離れないわ…！」（X-199）と、恋慕の相手に対する行動はひたすら献身的であり、男性言説における奉仕的な女性表象に近づいている。「でも…安心して　ジルベールがいる限り　間にはいらない　今…どれほどジルベールがあなたを必要かわかるから…　たとえあなたがわたしを嫌いでもいい」（X-84）と、あえて身をひきつつ、ジルベールの死のショックで精神のバランスを崩したセルジュにつきそい、散歩に連れ出して再生させるのも彼女である。「足もとに注意してね…そうそう」（X-221）と、文字どおり手取り足取りセルジュを導いて社会復帰を促す彼女は、自己犠牲と奉仕の精神という、男性言説が理想化してきた〈ケア役割〉を積極的に担う女性表象である。

「女ってやつは　ときどきとてつもない才能を発揮する　女なしには世界は回らんよ　実際」（X-222）と、かいがいしくセルジュのめんどうをみる妹の振る舞いに感心する兄のパスカルの言は、一見、女性という存在を認め称賛しつつも、結局はステレオタイプなケアや癒しという役割によって女性を評価しているにすぎない。

　〈男の絆〉を邪魔するほど過剰な自己主張をせず、同時に男たちに対する〈ケア役割〉をまっとうするパットは、ひたすらやさしく完璧な女性表象として、聖母マリア幻想にも近い。より新しい時代の漫画における男性同性愛表象においても、男どうしの恋を見守る才色兼備の女性像がステレオタイプとして登場するという指摘があり(西原 2009)、滅私奉公的で女神のように完璧に〈男の絆〉を支える女性表象は、『風と木の詩』のパットに早くも萌芽があったといえる。[11]

男性主人公に愛着を抱きながらも、エロス的関係を持たずに〈ケア役割〉のみを引き受けるパットは、『坊っちゃん』の清に近く、〈男の絆〉の下支えという機能においては、同作のマドンナにも通じる。〈男の絆〉を側面から見守る女性表象としては、『草の花』の千枝子、『仮面の告白』の園子にも類似し、男性主人公が最重要視する〈男の絆〉との対比を際立たせる。つまり〈男の絆〉の表象における女性たちは、一種の〝引き立て役〟のような扱いであるが、協力者的女性により〈男の絆〉が強化される人間関係の構造は、萩尾、竹宮の作品に影響を与えたヘッセ文学の特徴とも論じられており、[12]〈男の絆〉の東西の表象に共通する女性像のひとつの類型といえそうである。一見主体的な女性表象も、男社会に奉仕する存在に回収されてしまいかねない。

〈ケア役割〉を積極的に引き受ける女性像は、女性の選択肢のひとつとしては全面的に否定されるべきものではないが、ケアや奉仕の役割を引き受けることでしか〈男の絆〉に参入できないという、消去法的な選択の結果ともいえるだろう。七〇年代当時の日本社会の、男女の性別役割分業についての意識調査の結果[13]ともてらしあわせると、女性むけメディアにおいて女性読者の共感を得る可能性が高い、リアリティのある女性登場人物の造型として、男性の日常生活の世話をする女性を描かざるをえなかったという社会的背景も作用していよう。[14]

江國香織『きらきらひかる』(一九九一年、映画＝松岡錠司監督、一九九二年)、映画『メゾン・ド・ヒミコ』(犬童一心監督、二〇〇五年)のように、九〇年代以降の男性同性愛者の表象においては、奉仕者にとどまらない女性と、男性同性愛者との人間関係も描かれるようになり、〈男の絆〉に多面的に関わろうとする女性たちの姿が登場する。「男色」の時代とは異なる、女性を排除しない新たな「男性同性愛」の表象が、映像や文学といった多様な表現手段によって、多角的に展開してゆく傾向がみえる。

時代とともに変わる要素、変わらぬ特質を抱えながら、創造され続けてゆくであろう〈男の絆〉の表象は、今後、どのような変容を遂げるのか。二十世紀後半から二十一世紀の新しい事例については、過去の表象との連続／不連続の問題もあわせて、別の機会に論じたい。

結語――〈男の絆〉の比較文化

最後に、過去の〈男の絆〉の言説(表象、研究を含む)に混在していた「少年愛」「同性愛」「男色」「男性同性愛」「ホモセクシュアリティ」等の用語を弁別して特徴を明記し、〈男の絆〉の歴史について整理したい。

「男色」の時代:〈環境型〉

〈ギリシア型〉の「少年愛」(pederasty、Knabenliebe)[1]

少年〈女性性〉/成人男性〈男性性〉という定型(ジェンダー次元では異性間の関係)

社会関係の一部=公領域としての〈男の絆〉、〈男性同盟〉との融合

年齢階梯的権力関係、身分秩序、支配(成人男性)/被支配(少年)

〈男性性〉=〈戦士性〉、男性優位のジェンダー観と女性蔑視、女性嫌悪の一体化

容姿偏重(実質的〈美少年愛〉)、刹那性、非日常性

女性との制度的結婚との並立

「同性愛」「ホモセクシュアリティ」の時代：〈非環境型〉〈生得型〉

精神／肉体の分節化（「友情」との差異化）

「近代恋愛」への編入、〝オンリーユー・フォーエヴァー〟の規範

対等性、平等性、永続性、日常性

セックス、ジェンダーともに「男性」間の「愛」（homosexuality）

周縁化、私領域化

女性へのエロス的関心の欠如

人格的関係の重視、容姿偏重の衰退

人間の欲望は多分に環境に左右される。男だけのホモ・ソーシャルな環境で醸成される〈男の絆〉は、心身ともに相手と一体化しようとする「男色」的欲望を喚起し、公的な社会関係と融合した男性のホモ・ソーシャルな組織を支える心的基盤として、歴史的、表象的に機能してきた。今日、恋愛や愛といわれる情緒的な絆や、〝自然〟の所産と誤解されがちな肉体的欲望が、多分に当事者が属する社会環境や時代の主流的価値観に左右されるものであること、当事者である人間自身がそのことにしばしば無自覚であることを、〈男の絆〉の歴史は教えてくれる。

「男色」の時代には、表象においても実践においても、身分秩序と年齢階梯的な上下関係、権力関係を基盤とした、ホモ・ソーシャルな社会関係を強化する公的機能を有した〈男の絆〉があり、中

世には僧坊、近世には武家社会、歌舞伎、近代には書生社会、男子校という男性のホモ・ソーシャルな集団において醸成される〈環境型〉の、エロス的関係を排除しない〈男の絆〉が公的にも認知されていた。特に、〈戦士性〉と〈男性性〉を一体化させた、男性ジェンダーの優越意識にもとづく〈武士型〉の「男色」は、〈ギリシア型〉の「少年愛」に近く、女性との関係よりも審美的、宗教的、道徳的に価値が高いものとされ、偏見、差別の対象ではなく、むしろ賛美される関係であった。英語の概念としてはhomosexualityではなく、boy love、pederasty、ドイツ語のKnabenliebeにあたりドイツ近代の〈男性同盟〉の表象とも強い類似性を認めることができる。[2]

「男色」の時代には、〈夭折の美少年〉という類型的表象が観察され、年長男性を宗教的、あるいは芸術的な理想的境地に導く〈聖なる少年〉という表象類型が存在する。このモチーフは、中世稚児物語から少女漫画まで、「同性愛」の時代になっても長い歴史的継続性をみいだすことができる。

だが、近代以降の「平等」思想や「人権」意識の普及とともに、年齢階梯的要素と社会的な権力の上下関係と融合していた、「男色」を基盤とした日本の〈男の絆〉は、明治の近代化以降、徐々に当事者間の平等性と主体性を重視する「同性愛」へと変化してゆき、男女平等思想の普及に伴う男女間の「恋愛」の理念的主流化と反比例して、「同性愛」は周縁化され、〈男の絆〉はエロスを排除した「友情」へと当事者の自覚を変化させた。

これに伴い、「男色」の時代には被支配者、被抑圧者の側に立つ傾向があった少年側の自己主張や主体的な〈声〉が表象に含まれるようになり、固定的な権力構造を相対化しようとする近代的志向が登場する。一方で、「同性愛」の時代には、男どうしのエロス的関係を「変態」「倒錯」とみなすことによる当事者への新たな抑圧が生じ、〈環境型〉の男色は衰退傾向となる。とはいえ、エロス的関係を排除した「友情」の体裁をとりつつも、ホモ・ソーシャルな〈男の絆〉の構築に伴う女性排除と女性蔑視の心性は、明治期および戦後日本の男性言説にも、潜在的に継承されていた。

　現代の少女漫画において台頭した女性作者による表象は、女性にとっての視覚的快楽と理想的な「愛」の幻想を、〈男の絆〉に託す新しい現象を生み出した。「男性同性愛」の周縁化とともに、エロス的要素を伴う〈男の絆〉の表象は、メッセージの送り手／受け手のジェンダー構造を男性中心から女性中心へと大きく変化させたが、男性がメッセージの発信者となる〈男の絆〉の表象には、関係の一方向性という「男色」的要素の残存が見られるのに対し、女性による表象は、抑圧されがちな少年側の〈声〉をくみとり、「男色」の時代に長く被排除者であった女性の側からの、より相互的なコミュニケーションへの切実な希求を表現している。それは、性的および情緒的な対等性を志向する「純粋な関係性」(pure relationship, Giddens 1992: 2) への表象的希求とみることができるが、〈女の絆〉ではなく〈男の絆〉が表象として選ばれる傾向は、日本社会における女性ジェンダーの抑圧による女性嫌悪の内在化の産物という意味では、「男色」と近代以降の「少年愛」表象との内実の接続[3]をみいだすことができる。

　〈女の絆〉は今回の本書の主題ではないため、十分に論究していないが、〈男の絆〉の表象の過剰なほどの歴史的豊饒に比して、〈女の絆〉がそれに比肩するほどには歴史的に明確でない事実は、表象界における男性ジェンダーの優位を示すものでもあり、そのあまりの劣位ゆえに、女性表現者たちが〈女の絆〉よりも、むしろ〈男の絆〉の表象に自らの欲望の解放やカタルシスをみいだしたということは、皮肉な歴史的展開と言わざるをえない。セクシュアリティに関する研究は、ゲイ・スタディーズからクィア・スタディーズへと変化しているが、〈男の絆〉の表象と実態にみるジェンダーおよびセックスとしての女性の傍流化は、中世から二十一世紀まで十分な〝解決〟をみていないともいえる。[4]

日本の〈男の絆〉の表象と桜花の象徴との長きにわたる癒着は、〈男の絆〉というモチーフが、仏教的な「無常」観や、「武士道」という日本文化論の鍵概念と不即不離に結びついていることを示している。「男色に罪を感じなかった国民性の発祥。それは少年愛の上に宗教的エクスタシーを感じた国民性の問題に関わる」(堂本 1970: 13)とも指摘されたとおり、日本文化は潜在的に「男色」的要素をかかえこんでおり、「日本」論もまた、この要素を抜きにしては成立しない。逆に「男色」という視座を起点とすれば、多くの日本の文化、社会現象の意味を解読することができる。

「男色」的心性が悲劇的な形で近代日本の戦時体制と結託してしまい、現代日本社会におけるジェンダーの不均衡の背景にも作用している可能性がある以上、〈男の絆〉の心性は決して、過去の遺物としてノスタルジックに回顧され、また全面的に耽美的に評価されるべきものでもない。美的な少年表象がメッセージの送り手/受け手のジェンダーを問わず、精神的なケア、癒しの機能を有してきたことも否定できないが、美をめでられる側の人としての抑圧には、常に敏感である必要がある。

「男色」的なる〈男性同盟〉という側面をぬきにして、「武士道」も桜の美も論じることはできないし、日本の精神文化を潜在的かつ根底的に規定する論点として、〈男の絆〉の心性は不断に検証され続けなければならない。

「武士道(シヴァリー)はその表徴たる桜花と同じく、日本の土地に固有の花である」(新渡戸稲造『武士道』、矢内原忠雄訳)(5)――このテーゼの重みを、本書で今、あらためて問い直したい。

注

序

(1) 通史的事例紹介として、岩田1973a, 1973b、南方1973、柴山1992, 1993、堀五2006。芸能史の観点から堂本1970、日欧比較の観点から高橋睦1978、須永1989、海野2008、中沢1991、匠2013。時代別論究として、日本中世について五味1984、松岡1991、細川1993、服藤1995、阿部1998、土谷2001、神田龍2003、松尾2008。日本近世についてSchalow 1989、佐伯順1992、Leupp 1995、氏家1995, 1998、早川1998、Pflugfelder 1999、渡辺2013。日本近現代について山崎1971、古川1993, 1994、小田1996、前川2011、森山2012。やおい小説について榊原1998、永久保2005、文学、漫画における少年愛表象について高原2003、水間2005、山田田2007、石田美2008。その他関連研究については本文、および注で言及する。

一九七〇年代の文献は評論、事例紹介的な性格のものが多く、八〇年代から九〇年代以降には、歴史学、文学、社会学的な視点からの男色または同性愛研究が登場するが、七〇年代の文献は後の学術的議論の内容を実質的に先取りしているものも多く、〈男の絆〉研究において、批評と研究を差別化して前者を無視するのは妥当でない。

(2) セジウィックはこの用語を「強い同性愛嫌悪」(Sedgwick 1985 : 1)によって特徴づけられるとするが、本書ではそのままの概念規定をとらない。本文で記した歴史的分析上の理由により、より中立的な男どうしの情緒的親密性を意味する分析概念として用いる。なお、邦訳はこの用語を「男同士の絆」とし、同じ日本語をセジウィックの著作タイトル *Between Men* にも用いているため、概念規定がいささか曖昧になっている。また、セジウィックは同書の序論において、「ホモ・セクシュアル」と「ホモ・ソーシャル」の区別を性的関係の有無におくとしても、その境界は曖昧であり、両者は「切れ目のない連続体」(同前)

であると述べ、ギリシア社会を例にとりながら、同性愛嫌悪がない男どうしの関係(「男を利する男」ibid. 4)も存在し得るとことわっているが、日本におけるセジウィック受容においては、性的関係の有無が強調される傾向にある。

(3) 本書でいう〈親密性〉は、ギデンズの説く「感情的親しみの継続的希求」(Giddens 1992: 3)にほぼ相当するが、「平等な人間どうしの個人的な交渉関係」(同前)を理想状態とした場合、身分秩序を前提とした近世以前の男色関係においては、平等性が必ずしも保証されないため(「結語」も参照)、ギデンズの定義による前者として用い、後者はギデンズのいう「純粋な関係性」(pure relationship, 性的にも情緒的にも対等な関係性、ibid.: 2)として区別する。

第一章

(1) 僧侶の弟子で、皇族や貴族の子弟が出家または元服するまでの数年間、学問や躾のために預けられる場合と、庶民階級の者が美貌や芸を買われて雇われる場合があり(阿部 1998: 220–21、平松 2007: 101–02)、その多様性については土谷 2001。寺院における男色の広範な実践については石田瑞 1995、松尾 2008。

(2) 以下、『秋夜長物語』は日本古典文学大系38と『新校群書類従』を参照し、引用は前者に従い、カタカナをひらがなに、旧漢字を新漢字に改め、振り仮名を適宜省略する。『鳥部山物語』『松帆浦物語』は『新校群書類従』巻第三一一、『嵯峨物語』『幻夢物語』は『続群書類従』巻第五〇九により、ひらがなを適宜漢字に、旧漢字を新漢字に改める。

(3) 渡邊守章は『西行桜』の桜は「男色(なんしょく)です」との故・観世寿夫の発言をひきつつ、花をめでる「美的洗練」は『弱法師』では「宗教的恍惚」につながるとも述べる(渡邊ほか 1992: 95–96)。

(4) 白洲 1997 に豊富な図版による事例紹介がある。

(5) 男色の要素を含む能『菊慈童』『花月』等については堂本 1970。『鞍馬天狗』『松虫』における男色的要素については佐伯順 2009a, 2009b。

(6) 新羅から仏教の修行に来た僧・義湘(六二五—七〇二)帰国の際、海に身を投げて義湘を守った唐の女性。

『華厳宗祖師絵伝』(十三世紀)に入水場面(第一章扉)が描かれる(奈良国立博物館 2003: 136, 240)。なお、後の少女漫画『風と木の詩』の美少年ジルベールについても、「ファム・ファタール的な伝統」(小谷 2007: 28)としての〈女性性〉が指摘されている。

(7) ただし、性的な不可侵性という点では、聖母と稚児には相違がある(渡邊ほか 1992: 89)。

(8) 「諸外国において、…軍事組織が、量的・質的な面において「男性領域」として存在してきた」(佐藤文 2004: 16)、「男としての性的特徴が、十九世紀を経るうちに、しだいに兵士としての要素と融合したのではないか」(フレーフェルト 1997: 72)との指摘があり、日本陸軍も「真正の男子」をつくる集団と認識された(中村江 2010: 177–80)。

第二章

(1) 三島由紀夫の蔵書目録には、実吉捷郎訳『ヹニスに死す』(思索社、思索選書、昭和二十四年)が含まれる(島崎・三島 1972: 440)。引用の邦訳は実吉訳に従い、頁数は巻末参考文献の普及版原文、邦訳の順に付記する。

(2) ギリシア彫刻やギリシア哲学が再三想起されるように、この「神」はキリスト教の一神教の神ではなく、ギリシア美術が表現する神々の世界である。

(3) 他に、「その目を、例の愛くるしい調子で、やわらかくまともにかれのほうへあげてから、通りすぎて行った」(59)、「かれの視線がしたわしい者の視線とぶつかったとき、…タッジオが微笑するという事件が起こった」(71, 81)。ヤアシュウを見上げる視線も「こわく的」(82, 69)と訳されるが、いずれもアッシェンバッハの視点からの描写であり、〝誘惑する女／誘惑される男〟という男性視点の〈女性性〉も含まれる。

(4) 「美とは、われわれが感覚的に受け得る、感覚的にたえ得る、精神的なものの唯一の形態なのだ。…美は、感じる者が精神へゆく道なのだ」(『ヴェニスに死す』86, 72)と、ソクラテスから少年ファイドロスへの教示が引用され、ギリシア哲学に由来する「美」の哲学的希求が少年美の価値の背景となっている。

(5)「ろっこつのほそいりんかくと胸の均整とは、胴体がきっちりと引きしまっているためにきわだって見え、わきの下はまだ塑像と同じようにすべすべしているし、ひかがみはきらきらと光って、そのうす青い脈管は、かれのからだを、なんだか普通よりも清澄な物質でできているように見せた」と、「若々しく完全な肉体」(83, 69–70)への美意識も、着衣の〈女性性〉を重視する近世以前の日本の少年美(佐伯順 2008)とは異質であるが、近代以降の三島由紀夫、高畠華宵の少年の裸像には影響を与えているといえる。

(6)主人公の文学者から音楽家への変更、既婚の娘を夭折させる等、映画と原作には相違点も認められるが、詳しくは別稿を設けて論じたい。

(7)邦訳は星乃訳 1997 により、引用頁数は Kühne Hg. 1996 による。

(8)『ヴェニスに死す』がはらむ高度に政治的な問題性については、アッシェンバッハの「古典性へ至るその単純化の過程」が、「ドイツが後に歩むこととなるナチズム悲劇の問題性を間接的に暗示」(佐藤和 1990: 70)したとも論じられる。

(9)近代天皇については、「主体性なき、無垢・客体・無謬の天皇というモデル」(高原 2003: 206)とも論じられる。

第三章

(1)ただし、マン文学の「「生と精神」の二元論」は三島の到達しようとした「肉体の獲得」とは異質(舘野 2004: 95)であり、三島文学とマン文学が全面的に同質とは言えない面も指摘されている。

(2)一九六〇—七〇年代の日本の専門的見解としても、「同性愛」は「異常性欲の一種」「性別倒錯」(宮城編 1965: 141)、「性対象倒錯」(東編 1973: 355)と定義されるが、アメリカ精神医学会総会では一九七三年、同性愛を「性的な好みの偏向だけ」とし、自分の性愛に葛藤していない者以外は精神障害とみなさないことにした(高橋・都築 1985: 224–25)。

(3)三島の「ギリシア」受容には「霊肉二元論」と「肉体崇拝」(吉村 1971: 101)があり、「多分にニイチェ的なギリシア熱」には「肉体と知性の均衡」(小久保 1976: 83)があるとも指摘される。

(4)「女の子にも好意」を抱く同性愛者の証言(動くゲイとレズビアンの会編 1992: 70)もあり、女性と仲良くなる男性同性愛者の表象も存在する(本文二四〇頁)。

(5) 注(2)を参照。

第四章

(1) 江戸期の男色についての先行研究は序の注(1)。芸能と男色の関係については郡司 1995。

(2) 岩田 1973b、商品化の実態については神田由 2013。ただし、「町衆の少人好き」は狂言『文荷』にも描かれ、一般市民の男色は江戸以前にもすでにみられた(堂本 1970: 11)。

(3)「序並に冒頭に述べた西鶴の説は明かに偏見」(三田村 1962: 2)と評されるが、当時の心性の一部の歴史的証言ともいえる。

(4) 女色、男色の優劣論は「野傾論」とも称されるが、近世の比較論の内実は野郎、傾城以外の男女も含むので、本書では安易にこの用語をとらない。

(5)「この道(「若道」、引用者注)は高野大師弘法といふ人…唐までありき廻り、かやうの難題を仕出されたる」(『醒睡笑』岩波文庫版 7)と、京都の僧侶・安楽庵策伝(天文二十三〈一五五四〉—寛永十九〈一六四二〉年)が十七世紀前半にまとめた笑話にもあるが、「男色を美化する反面に、その変態性を嘲笑する健康な笑もあった」(同書平凡社版 152)と、解説には昭和期の「男色」観が反映されている。

(6) 日本近世の男色の特色は、能動/受動の二分法(Leupp 1995: 109)と年齢階梯的な儒教道徳の影響(同前 171)であるが、春画には「女と若衆と念者の三人」の組合せも描かれ(早川 1998: 15)、江戸の女性の性の積極性(田中優 1999: 18)も表現される。

(7) 松嶋半弥(初代)は、延宝—貞享期の大坂の若女形(「『男色大鑑』登場役者一覧」宗政・松田・暉岡 1983: 615、以下、役者の説明は同一覧による)。

(8) 初期の役者の男色では花代も高額ではなく、客に金の無心をする役者もなかったが、システムが整うとともに廓の「紋日」と類似した特別料金の日が設定され、「女郎も野郎も時花(はや)るにかかるがよしといへり。

おなじ事にて万に付けてよいはずなり」(『男色大鑑』589-90)と、同じ値段なら人気遊女や人気役者を買うのが得であるという消費者の論理も台頭した(467-68)。性を商品化される若衆の過酷な日常生活については岩田1973b。歌舞伎と結びついた「商品化」の進展、「遊女による売春」からの影響の二点が、近世の男色の特色との指摘もある(神田由2013: 67)。

(9) 正しくは玉川主膳。万治・寛文期の女形で、若女形を務めた後、寛文二(一六六二)年に玉川主膳座をおこして座元となった。「芸道上の師弟関係と男色上の奉公関係を兼ねた関係が成立」(神田由2013: 68)と、芸能界においても社会関係と男色は一体化していた。

(10) 京、江戸で活躍した万治—延宝期の女方。

(11) 「浮世」には、辛い現世(憂世)の意と、享楽的人生の両意があるが(佐伯順2008)、この「浮世者」は後者の含意が濃い。

(12) 「死、労働、権力、愛、遊戯」という人間の本質的行動のうち前四者は「未来」志向であり(フィンク1976: 24)、「遊戯」のみが「自己完結的」(同前28)との議論を参照すれば、若衆と遊女相手の「色」は「遊戯」的といえる。

(13) 以下、『葉隠』の引用は巻末参考文献のうち日本思想大系による。

(14) 『男色大鑑』も実在した男色事件を素材としつつ物語的誇張も入っているので、やはり理想像を提示した側面がある。

(15) 切腹は鎌倉時代以降、「武士社会の成熟とともに確立」(山本2003: 20)して後、「日本男児の気概を示す」行為と化し(同前18)、「死は血に溢れ、しかも儀式張ったものでなければならなかった」(三島由紀夫『仮面の告白』75)と、近代作家の美意識と実践、さらに国旗・日の丸の赤と白の色彩にも潜在的に継承されている可能性がある(佐伯順1991)。ヒットラーの親衛隊(SS)と「サムライ」との類似性を指摘する議論(Quarrie 1986: 26)も存在する。

（1）戦後の映画化においてマドンナを演じた女優は、岡田茉莉子（丸山誠治監督、一九五三年、東映）、有馬稲子（番匠義彰監督、一九五八年、松竹）、加賀まりこ（市村泰一監督、一九六六年、松竹）、松坂慶子（前田陽一監督、一九七七年、松竹・文学座）。

（2）『草枕』（明治三十九年）の那美も、京都で好意を抱いた男性との結婚を許されず、別の男性との結婚生活も破綻し、当時の「脅迫結婚」の抑圧により精神のバランスを崩したと解釈でき、『虞美人草』（明治四十年）の藤尾も小野の「脅迫結婚」に対峙するが敗北し、テキストは当時の「自由結婚」への社会的不寛容の証言となっている。ヒロインらの不幸は、女性の自由意思への〝処罰〟ともいえる。

（3）近松門左衛門『鑓の権三重帷子』（享保二〈一七一七〉年初演）のさゐは、久しぶりに会った夫に「なう懐しや」（361）と歩みよる。

（4）龍陽は中国の皇帝の寵愛を受けた少年の名で、男色の代名詞として使用。ただしこの直後、男色は「アンチ、ナチユラル」「イムモウラル」ではとの見解が示され、男色への社会的不寛容の萌芽が見える。

（5）前田愛も、立身出世の夢を抱く明治の青年たちの友情のなかに男色的な〈男の絆〉の残存を認め（前田 1989）、「漱石世界には同性愛的友情」があるとも指摘される（高橋英 2001: 157）。

第六章

（1）『読売新聞』連載は第五回まで（明治二十三年七月五日、六日、八日、十八日、十九日付）で、「明日より続々掲載する都合なり」（七月十七日付）と再開予告が載ったが「続々」とはならず、中断の後、博文館から単行本として出版（明治二十九年十二月）。「此一篇はとくにも成るべき筈なりしに、こは改めではあるべからずと思ひつきたるありしより」（単行本自序）と、露伴自身が改稿の必要性による中断と後に説明し、連載中断のお詫び記事（『読売新聞』七月九日付）では、「元来ヘナチヨコの脳味噌なれバ小説の種を絞りきッてからとなり」と、創作に行き詰ったと述べている。

（2）武田方はこの戦闘で、「武田二十四将」として知られた家臣をはじめ多くの勇将を失い、後に天目山で武田家が滅びる（一五八二年）契機となった。

(3) この「士」は、武士の士というよりも士大夫の「士」で、科挙のない日本では武官である武士が文官の役目も果たした(井波律子氏のご教示による)。

(4) 武田家重臣・高坂昌信の残した記録をもとに、小幡景憲(一五七二—一六六二)が編纂し(相良編 1969: 46)、信玄に取材する後世の「小説のほとんどは」本書に依拠するとされる(笹本 2005: 285)。

(5) 明治期の『少年世界』、昭和期の『少年倶楽部』等の少年雑誌は戦時を反映した「軍人モデル」を理想的「男らしさ」として提示し、特に日清戦争期には「濃い口髭」が「英雄軍人」の表象となった(内田 2010: 51-52)との指摘もある。

(6) 『ひげ男』初回の『読売新聞』紙面には、紅葉『伽羅枕』の連載初回も掲載されているが、『好色一代男』(愛鶴書院〈以下同〉、大正十五年)、『好色一代女』(昭和二年)、『好色五人女』(昭和四年)は発禁処分をうけ(暉峻・野間 1978: 42-43)、女色の面で受容された西鶴作品は時局柄、軟派な文学として抑圧された。

(7) ただし直実の発心については、人との争論が原因で「すこしも感服すべきにあらず」(171)と露伴は否定的である。

(8) 岩田準一は『男色文献書志』の七〇七項目目に『ひげ男』(明治二十九年十二月)を入れる(岩田 1973a: 174)。

(9) ただし、「西洋画への指向」を強く抱いていた華宵(高橋光 1993: 57)は少年の肉体美も描き、近代的男性美の表象をも同時に提示しているが、華宵の美的追求が、メディアで時代の文脈に利用されてしまう。

(10) 昭和十三年発表の西条八十の詩が典拠だが、すでに明治四十二年の『陸軍唱歌』に「大和男子(やまとをのこ)」は「花と散れ」の用例がある(小川 2007: 275)。

(11) 典拠は「みつみつし　来目の子等が　垣本に　粟生には　韮一本　其根が本　其ね芽繋ぎて　撃ちてし止まむ」(『日本書紀』巻第三、208)で、『論語』に遡る表現だが、死ぬまで励むとの『論語』の原義は、日本では死の絶対化に読み替えられた(井波律子氏のご教示による)。

(12) 大六を「公」、小太郎を「私」の体現者と位置づけ、前者の後者への「愛情」に「明治天皇を中軸とした日本的近代」への批評性を認める議論(小森 1995b: 82-83)も、小太郎の死の反権力性に注目している。

(13) 姉が完成稿で登場するのは、終盤、弟・小太郎の仇討ちを試みる場面で、女性登場人物の役割が後退し、武士たちの人間関係が主題となっている。
(14) 中断については「日清戦争後…において、戦国の時代というものの特質を位置づけ直」した結果と、やはり日清戦争との関わりが指摘され(小森 1995b: 79)、「歴史小説の方法」への疑問による(出口 2008: 142)との議論もある。
(15) 「殊には最長老である幸田露伴先生の御推挽をも仰いで」(昭和十七年五月の日本文学報国会創立総会に関する久米正雄「会務報告」、桜本 1995: 100)と、露伴は日本文学報国会総会で会長・徳富蘇峰を推挽したとされ、時局柄、作家自身戦時体制に組み込まれていた。
(16) 近代日本の軍人を念者、「天皇=少年」と定位する議論(高原 2003: 212)も本書と同質の見解を提示する。

第七章

(1) 昭和六年八月二十日付、南方熊楠から岩田準一あて書簡。以下、岩田準一あて書簡の引用は南方 1973 による。
(2) 明治二十一年に没した羽山繁太郎を、平岩内蔵太郎(生没年不詳)との贈答歌において内蔵太郎に仮託して創作したとの指摘もある(長谷川 1993: 213–14)。
(3) 熊楠邸の蔵書調査における筆者自身の確認。
(4) 九〇年代初頭までは、「明らかに「不浄の男道」の範疇に入る」(桐本 1993: 212)、「繁太郎との死別に遭遇し、…プラトニックな愛、即ち「浄の男色」へと昇華し」(武内 1995: 261, 264)と、熊楠の男色行為は自身のテーゼに対する矛盾ととらえられていたが、「浄の男道」は「たんに精神的なものと肉体的なものを対立させて」(中沢 1991: 20)いるのではないとの指摘もなされていた。
(5) 『変態心理』創刊号、大正六年十月。
(6) 守田有秋『変態性慾秘話』も、「同性愛」以外に「サディズム」「ヂプシイの性的生活」等を含み(守田 1930)、「異常」という意味での「変態」の用語は「十九世紀末からの日本の心理学の制度化」に伴い、心霊現象、催眠現象等も含んで用いられた(斎藤光 2004: 46)。

(7)『変態性欲』133、238。

(8)『変態心理』第一〇〇号、大正十五年七月、69。

(9)西洋の性科学に影響をうけた通俗性欲学において、二十世紀初頭に「性的な異常を「変態」という記号」で表現する動きが台頭し(斎藤光 2004: 47)、「「生殖欲」と「性欲(性交欲)」の分離」(赤川 1999: 168)が生じ、「恋愛」は「性欲」との「対比」で語られるようになった(同前 169)。

第八章

(1)『草の花』は、「旧制高校生の姿をリアルに追求し」(首藤 1972: 9)、「自我の覚醒」と「同性に対する「愛の不可能性」」を描いた「青春小説」と位置づけられており、昭和期の男子の人格形成と男子校という環境の密接な関係が、『仮面の告白』にも描かれているとみることができよう。

(2)福永武彦の母はキリスト者であり、自身も一九七七年に入信している。

(3)ただし、「人はすべて死ぬだろうし、僕もまたそのうちに死ぬだろう」(52)という命のはかなさへの意識は、稚児物語の無常観に通底する。

(4)江戸川乱歩、稲垣足穂ら日本近代の言説における「少年愛」を論じた高原英理も、「自己愛」という概念から分析した(高原 2003: 120-21)。

(5)三島のギリシア文明への共感には「霊肉二元論」と「肉体崇拝」があり(吉村 1971: 100)、「肉体美の絶頂における若者の死は三島の美学的必然」(同前)と指摘されるように、三島の男性美の価値はギリシア的な肉体美という近代性を有し、同時に近代的な肉体/精神の分節化も顕著である。

(6)「そのうち女の子に興味が向くようになるだろう」と思い「女の子とつきあったこともあった」との当事者の証言もあり(動くゲイとレズビアンの会編 1992: 27)、『仮面の告白』が描く苦悩の多くは一九九〇年代以降の当事者の証言と一致している。

第九章

(1) 少女漫画史上の「少年愛」作品は、七〇年代の竹宮恵子、萩尾望都の作品を起源とし(堀あ 2012: 43)、その後、既存作品の男性登場人物の関係を恋愛関係へと読み替える同人誌中心の「やおい」を経て、九三年ごろから「ボーイズ・ラブ」の略称である「BL」という呼称が一般化し(水間 2005: 26)、現在はジャンルとしての「少年愛」はBLにとってかわられた(堀あ 2012: 43)。小説も含めれば森茉莉『恋人たちの森』(一九六一年)、『枯葉の寝床』(一九六二年)と、六〇年代に源があるとの見解がある(水間 2005: 21)。

(2) 「「芸術」として遜色のない少女マンガ」(石田美 2008: 52)をめざした編集者・増山法恵が、ヘルマン・ヘッセ(一八七七―一九六二)の作品を萩尾望都と竹宮恵子に勧め、増山と二人の出会いが、「少女マンガに「少年愛」と呼ばれる少年同士の性愛物語」が誕生する契機となった(同前 51)。

(3) 映画は同題の小説(ロジェ・ペルフィット作、一九四四年刊)に依拠。引用の台詞はDVD字幕によらず拙訳。なお、『トーマの心臓』は舞台化(スタジオ・ライフ、一九九六年二月初演)もなされている。

(4) 少女漫画における両性具有性については、異性装のモチーフの人気としても具現化している(佐伯順 2009d、押山 2013)。

(5) Ungeheure の怪しさをくんで拙訳。

(6) 『モーリス』の「ハッピーエンド」に、「退廃(トーマス・マン、プルースト)、自死あるいは殺人の物語しか提供しなかった」(Fernandez 1989、岩崎訳 1992: 312)同性愛の表象に対する新たな意義をみいだす議論も、死というステレオタイプな結末の相対比に注目している。

(7) ただしその後のBLにおいては、性的な能動性と受動性が〈受〉と〈攻〉に分化し、「表層上はヘテロセクシャルのカップルに偽装」(永久保 2005: 101)することを可能にするとともに、「性差に象徴される異質性を、娯楽として楽しむことを志向」(同前 103)しているとされる。

(8) 少年と「音楽」の融合は『風と木の詩』の終幕に類似し、「僕の死と共に藤木は二度目の死を死ぬだろう。しかしそれまでは、僕の死までは、――藤木は僕と共にあり、快い音楽のように、僕の魂の中に鳴りひびいているだろう」(『草の花』126)との、人は友人の死とともに二度死ぬという死生観は、『トーマの心臓』の冒頭部分と同じである。

（9）日本において「当事者」は九〇年代に焦点化され（川坂 2010: 102）、「知的権威を構成…解体」する両義性と、「集団性を維持しようとするために保守的にも機能しだす」（同前 101, 106）問題をはらみ、「誰が真に「当事者」であるのかという定義」（同前 101）も困難であるが、本書では同性愛者と自認する当事者の意で用いた。

（10）女性読者の少年愛嗜好は「男性からの逃避、自分が女性であることからの逃避」（水間 2005: 58）とも論じられるが、九〇年代以降には「少女たちが「性を遊ぶ」ことを可能にし」た「可能性」（藤本 2007: 38）に注目する解釈も提示されている。

（11）水城せとな『ヴァイオリニスト』（一九九四—九五年）の音楽家・井澤円慈（いざわえんじ）と高畑極（たかはたきわむ）を見守る柏木るりも類似の女性表象である。

（12）ヘッセ作品の女性登場人物は「それなりに重要な役割を担うものの、結局は本筋から外されてしま」い、「男性が女性と結ばれるのではなく、あくまでも「女性的」なものを媒介にして、男性の絆が堅く結ばれる物語」と論じられる（石田美 2008: 54）。

（13）犬伏ほか編 2000: 42 によれば、一九七〇年代には「夫は外で働き、妻は家庭を守るべきである」という意識調査の設問において、男女ともに賛成が過半数を占めている。

（14）海外において、海外を舞台にした萩尾・竹宮ら「花の二十四年組」といわれる「いわばクラシックなマンガ家があまり知られていない」（ベルント 2010: 30）のは、欧米で少女漫画が「非歴史的」に受容（同前）されたという理由のみならず、彼我のジェンダー状況の相違にもよる可能性がある。BLの設定は現代の日本社会を舞台にしたものに変化しており、「驚くほど稚拙で卑猥」（水間 2005: 257）でありながら、女性のための欲望やポルノグラフィ表現の可能性も含み、海外の研究者の関心も高い。

結語

（1）ドイツ語の Knabenliebe は三島が英語よりも好んだ表現とされ（須永 1989: 212）、増山法恵らも「クナーベン・リーベ」(同前 296)を用いていた事実は、彼女、彼らの表現世界が正確には「少年愛」であることを用語上も示している。須永は、美少年という「瞬時の性」に対する「少年愛」は「愛を寄せられる少年にとっては迷惑…残酷」(同前 213)と的確に指摘する。匠 2013: 114 は、「前近代」と「近代」の男性同士の関係を弁別している点で重要だが、前者を「ホモ」とする図式化に曖昧さが残る。すべての男色実践がこの類型にあてはまるわけではなく、「成人男子を更に歳上の男子が愛する」「若族(にゃくぞく)好き」も能・狂言に存在(堂本 1970: 13)し、多様性はいつの時代もあり得る。

(2) 古代ギリシアにおけるホモ・エロティシズムと日本の男色の類似性については、Leupp 1995 も指摘しているが、性的受動性に対する寛容、スティグマの不在(Leupp 1995: 172)は〈ギリシア型〉の少年愛との差異も含む。

(3) 「少年愛」表象は「「女」というジェンダーを受け入れたくはない「少女の内面」の象徴」(藤本 2007: 39)とも論じられたが、九〇年代以降には「切実でシリアス」なものから「明るいコメディ」へと変化し、「受動から能動へと視点を転換」(同前 38, 40)させたとの変容も指摘されている。また、「[やおい]的嗜好」を「現実逃避」とみなさず、「肉体を必要としない世界」で〈女性である現実〉を無化した〈同性愛者である男性〉による「真実の精神」の表現(榊原 1998: 145-46)とする解釈もある。

(4) 「腐女子」の好む表象上の「ホモ」は「[リアル]ホモ(ゲイ)」を「物語の理解可能性の担保にしている」(石田仁 2007b: 116)ゆえに前者は後者と「無関係」ではありえない(同前)という議論は、表象と現実との結節点を無視してはならないという問題意識を、本書における女性表象論と共有している。また、クィア理論は「アイデンティティ主義」との距離や「当事者」の位置づけという複雑性(川坂 2010: 102-03)をはらんでおり、本書では結果として「クィア」という用語を多用していない。

(5) 巻末参考文献 25。「騎士道」との比較については笠谷編 2005 の問題提起があり、「武士道(シヴァリー)」という訳語の普及の問題も含めて別の機会に論じたい。

参考文献・資料

一次文献

『秋の夜の長物語』『鳥部山物語』『松帆浦物語』(『新校群書類従』巻第三一一)
朝倉治彦解説　一九五八『仮名草子集(男色物)』古典文庫(第一三七冊)
安楽庵策伝、鈴木棠三訳　一九六四『醒睡笑　戦国の笑話』(東洋文庫)、平凡社
市古貞次校注　一九五八『御伽草子』(日本古典文学大系38)、岩波書店
井原西鶴、暉峻康隆・東明雅校注　一九八二『井原西鶴集一』(日本古典文学全集38)、小学館
井原西鶴、宗政五十緒・松田修・暉峻康隆校注　一九八三『井原西鶴集二』(日本古典文学全集39)、小学館
曲亭馬琴、笹川種郎校訂　一九二八『近世説美少年録』博文館
源　信、石田瑞麿校注　一九七〇『往生要集』(日本思想大系6)、岩波書店
幸田露伴　一九七八―八〇『露伴全集』全四十一巻、岩波書店
坂本太郎・家永三郎・井上光貞・大野晋校注　一九六五、六七『日本書紀　上下』(日本古典文学大系67・68)、岩波書店
『嵯峨物語』『幻夢物語』(『続群書類従』巻第五〇九)
相良亨編　一九六九『甲陽軍鑑・五輪書・葉隠集』(日本の思想9)、筑摩書房
神保五彌・青山忠一・岸得蔵・谷脇理史・長谷川強校注　一九八三『仮名草子集　浮世草子集』(日本古典文学全集37)、小学館
杉本好伸編　一九九六『新武道伝来記』安田女子大学言語文化研究所
竹宮惠子　一九九五『風と木の詩』全十巻、白泉社文庫

近松門左衛門、鳥越文蔵校注・訳　一九七五『近松門左衛門集二』(日本古典文学全集44)、小学館
坪内逍遥　一九六九『坪内逍遥集』(明治文学全集16)、筑摩書房
夏目漱石　一九九三―九九『漱石全集』全二十八巻、岩波書店
萩尾望都　一九七八『トーマの心臓』全二巻、小学館
長谷川興蔵・武内善信校訂　一九九五『南方熊楠　珍事評論』平凡社
福永武彦　一九八七『福永武彦全集』第二巻、新潮社
三島由紀夫　二〇〇一―〇五『決定版　三島由紀夫全集』全四十二巻、新潮社
水城せとな　一九九四、九五『ヴァイオリニスト』全二巻、青磁ビブロス
南方熊楠　一九七三『南方熊楠全集』第九巻、平凡社
森鷗外　一九八六―九〇『鷗外全集』全三十八巻、岩波書店
山本常朝原著、松永義弘訳　一九八〇『葉隠』(上)(中)(下)、教育社
山本常朝、相良亨・佐藤正英校注　一九七四『葉隠』(日本思想大系26)、岩波書店
読売新聞社メディア企画局データベース部　一九九九―二〇〇二『読売新聞』CD-ROM
Mann, Thomas(1960) *Gesammelte Werke in dreizehn Bänden*, Frankfurt a. M.: Fischer, *Der Tod in Venedig*, 1992, Frankfurt a. M.: Fischer.(実吉捷郎訳　一九三九『ヴェニスに死す』岩波文庫)

二次文献

赤川学　一九九九『セクシュアリティの歴史社会学』勁草書房
朝日新聞社文化企画局大阪企画部・中瀬喜陽・萩原博光編　一九九一『超人　南方熊楠展　図録』朝日新聞社
東　洋・大山正・詫摩武俊・藤永保編集代表　一九七三『心理用語の基礎知識』有斐閣
阿部泰郎　一九九八『湯屋の皇后　中世の性と聖なるもの』名古屋大学出版会
飯倉照平　一九九六『南方熊楠　森羅万象を見つめた少年』岩波ジュニア新書
――――　二〇〇六『南方熊楠――梟のごとく黙坐しおる』ミネルヴァ書房

飯田祐子　一九九八『彼らの物語　日本近代文学とジェンダー』名古屋大学出版会

石井美樹子　一九八八『聖母マリアの謎』白水社

石田仁　二〇〇七a「ゲイに共感する女性たち」『ユリイカ』五三六号（総特集　腐女子マンガ大系）

――　二〇〇七b「「ほっといてください」という表明をめぐって――やおい／BLの自律性と表象の横暴」『ユリイカ』五四五号（総特集　BLスタディーズ）

石田美紀　二〇〇八『密やかな教育　〈やおい・ボーイズラブ〉前史』洛北出版

石田瑞麿　一九九五『女犯――聖の性』筑摩書房

石原千秋　一九九九『漱石の記号学』講談社

伊藤公雄　一九九三＝二〇〇〇『〈男らしさ〉のゆくえ　男性文化の文化社会学』新曜社

稲垣足穂　一九七三＝一九八六『少年愛の美学』河出文庫

犬伏由子・椋野美智子・村木厚子編　二〇〇〇『女性学キーナンバー』有斐閣

井上章一＆関西性欲研究会　二〇〇四『性の用語集』講談社現代新書

伊野真一　一九九六「「南方熊楠のゲイ・セクシュアリティ論」と「日本の近代」」クィア・スタディーズ編集委員会編『クィア・スタディーズ'96』七つ森書館

岩田準一　一九七三a『男色文献書志』岩田貞雄

――　一九七三b『本朝男色考』岩田貞雄

上野千鶴子　二〇〇七「腐女子とはだれか？　サブカルのジェンダー分析のための覚え書き」『ユリイカ』五三六号（総特集　腐女子マンガ大系）

動くゲイとレズビアンの会編　一九九二『ゲイ・リポート　同性愛者は公言する』飛鳥新社

氏家幹人　一九九五『武士道とエロス』講談社現代新書

――　一九九八『江戸の性風俗』講談社現代新書

――　二〇〇六「愛と絆と信義の物語」松竹座宣伝部編『十月花形歌舞伎　染模様恩愛御書　細川の男敵討』公演パンフレット

――― 二〇〇七『不義密通　禁じられた恋の江戸』洋泉社MC新書
――― 二〇一〇「衆道とはなにか」松竹株式会社『染模様恩愛御書　細川の血達磨』(日生劇場)公演パンフレット
内田雅克　二〇一〇『大日本帝国の「少年」と「男性性」　少年少女雑誌に見る「ウィークネス・フォビア」』明石書店
海野弘　二〇〇八『ホモセクシャルの世界史』文春文庫
江藤淳　一九七九「『坊っちゃん』について」(夏目漱石『坊っちゃん』解説)、新潮文庫
大城房美・一木順・本浜秀彦編　二〇一〇『マンガは越境する!』世界思想社
大阪市立美術館・サントリー美術館・福岡市博物館・NHK大阪放送局・NHKプラネット近畿・毎日新聞社編　二〇〇八『国宝三井寺展　智証大師帰朝一一五〇年　特別展』NHK大阪放送局・NHKプラネット近畿・毎日新聞社
大野晋　一九七〇「記紀の創世神話の構成」『日本神話』(日本文学研究資料叢書)、有精堂出版
岡野治子　一九九八「聖とセクシュアリティの拮抗するキリスト教文化――エバとマリアをめぐって」田中雅一編『女神――聖と性の人類学』平凡社
小川和佑　二〇〇七『桜と日本文化　清明美から散華の花へ』アーツアンドクラフツ
奥田敏広　二〇〇六『トーマス・マンとクラウス・マン《倒錯》の文学とナチズム』ナカニシヤ出版
押山美知子　二〇一三『少女マンガジェンダー表象論――〝男装の少女〟の造形とアイデンティティ』彩流社
小田亮　一九九六『性』三省堂
落合恵美子　一九八九『近代家族とフェミニズム』勁草書房
柿沼瑛子　一九九三「耽美少年伝説」柿沼瑛子・栗原知代編著『耽美小説・ゲイ文学ブックガイド』白夜書房
笠原一男　一九七六『日本史にみる地獄と極楽』日本放送出版協会
笠谷和比古　一九八八『主君「押込」の構造――近世大名と家臣団』平凡社
―――編　二〇〇五『公家と武家の比較文明史　国際シンポジウム』思文閣出版

――――　二〇〇七「武士道概念の史的展開」『日本研究』第三五集、国際日本文化研究センター
片山良展・下程息・山戸照靖・金子元臣編　一九九〇『論集トーマス・マン』(ドイツ文学研究叢書9)、クヴェレ会
加藤守雄　一九九一『わが師　折口信夫』朝日文庫
金田淳子　二〇〇七「やおい論、明日のためにその2」『ユリイカ』五四五号(総特集　BLスタディーズ)
金有珍　二〇一五「『秋夜長物語』の絵巻と奈良絵本について――東京大学文学部国文学研究室蔵の絵巻を中心に」『第38回　国際日本文学研究集会会議録』人間文化研究機構　国文学研究資料館
川口謙二　一九八〇『神々の系図』東京美術
川坂和義　二〇一〇「ゲイ・スタディーズにおける「当事者」の言説の特徴とその問題点」『論叢クィア』第三号
川村邦光　一九九三「女の病、男の病　ジェンダーとセクシュアリティをめぐる〝フーコーの変奏〟」『現代思想』第二十一巻第七号
神田龍身　二〇〇三「稚児と天皇――太上天皇後崇光院と稚児物語」網野善彦・樺山紘一・宮田登・安丸良夫・山本幸司編『岩波講座　天皇と王権を考える』第九巻「生活世界とフォークロア」岩波書店
神田由築　二〇一三「江戸の子供屋」佐賀朝・吉田伸之編『三都と地方都市』(シリーズ遊廓社会1)、吉川弘文館
岸並由希子　二〇〇一「オペラ《ヴェニスに死す》について」『オペラ「ヴェニスに死す」』パンフレット、東京室内歌劇場
木村朗子　二〇〇八『恋する物語のホモセクシュアリティ　宮廷社会と権力』青土社
木本喜美子・貴堂嘉之編　二〇一〇『ジェンダーと社会　男性史・軍隊・セクシュアリティ』旬報社
桐本東太　一九九三「羽山繁太郎、蕃次郎」松居竜五・月川和雄・中瀬喜陽・桐本東太編『南方熊楠を知る事典』講談社現代新書
金城美奈子　一九九五「華宵の両性具有の現代性」『大正ロマン』第五号、高畠華宵大正ロマン館

クィア・スタディーズ編集委員会編　一九九七『クィア・スタディーズ'97』七つ森書館
栗本英世　一九九八「戦士的伝統、年齢組織と暴力——南部スーダン・パリ社会の動態」田中雅一編『暴力の文化人類学』京都大学学術出版会
小池喜明　一九九三『「葉隠」の叡智』講談社現代新書
郡司正勝　一九九五「かぶきと色子」『文学』第六巻第一号
——　一九九九『葉隠——武士と「奉公」』講談社学術文庫
『講座日本の神話』編集部編　一九七六『講座日本の神話3　天地開闢と国生み神話の構造』有精堂出版
小久保実　一九七六「三島由紀夫におけるギリシア」『国文学　解釈と鑑賞』二月号
小杉健　二〇〇九『切手が伝えるマリアの図像学——色・顔・形の検索図鑑』彩流社
小谷真理　二〇〇七「腐女子同士の絆——C文学とやおい的な欲望」『ユリイカ』五四五号（総特集　BLスタディーズ）
小林秀雄　一九六七『無常といふ事』（『小林秀雄全集』第八巻）、新潮社
五味文彦　一九八四『院政期社会の研究』山川出版社
——　一九九五「院政期の性と政治・武力」『文学』第六巻第一号
小森陽一　一九九四「男になれない男たち」『漱石研究』第三号
——　一九九五a『漱石を読みなおす』ちくま新書
——　一九九五b「日本近代文学における男色の背景」『文学』第六巻第一号
コロナ・ブックス編集部編　二〇〇一『高畠華宵・美少年図鑑』平凡社
斎藤哲　二〇〇七『消費生活と女性　ドイツ社会史（一九二〇—七〇年）の一側面』日本経済評論社
斎藤光　二〇〇四「変態——H」井上章一＆関西性欲研究会『性の用語集』講談社現代新書
佐伯順子　一九八七『遊女の文化史』中公新書
——　一九八九「不在の陰影——三島由紀夫『仮面の告白』における父と子」『帝塚山学院大学研究論集』第二十四集

――一九九〇「「文明開化」の「遊び」」『日本の美学』第十五号

――一九九一「日本人の「色」」『ジャパン・アベニュー』第九号

――一九九二「男色の美学」木村尚三郎編『歴史を旅する』ＴＢＳブリタニカ

――一九九三「概論　中世・近世の男色文学」柿沼瑛子・栗原知代編著『耽美小説・ゲイ文学ブックガイド』白夜書房

――一九九四「古典文学のなかの少年愛」『ジェンダー・コレクション――性と性差のあいだ』（朝日ワンテーママガジン）、朝日新聞社

――一九九八『「色」と「愛」の比較文化史』岩波書店

――一九九九「雑誌『変態心理』について」（口頭発表、国際日本文化研究センター、七月十日）

――二〇〇一ａ「稚児物語の伝統と西洋的エロス」コロナ・ブックス編集部編『高畠華宵　美少年図鑑』平凡社

――二〇〇一ｂ「南方熊楠の男色論――「浄と不浄」再考」『熊楠研究』第三号

――二〇〇八『「愛」と「性」の文化史』角川学芸出版

――二〇〇九ａ「山伏の牛若への思い「鞍馬天狗」」『能楽ジャーナル』第五十四号

――二〇〇九ｂ「男の友情（愛情）「松虫」」『能楽ジャーナル』第五十六号

――二〇〇九ｃ「『ひげ男』を読む――明治の「武士道」と頼時体制」井波律子・井上章一編『幸田露伴の世界』思文閣出版

――二〇〇九ｄ『「女装と男装」の文化史』講談社

――二〇一一「海外における「忠臣蔵」――翻案と研究」日本比較文学会編『越境する言の葉――世界と出会う日本文学』彩流社

――(1997) "From Nanshoku to Homosexuality: A Comparative Study of Mishima Yukio's *Confessions of a Mask*", *Japan Review*, 8, International Research Center for Japanese Studies.

――(2010) "The Idealization of Boy Love: The Influence of Thomas Mann's *Death in Venice (Der Tod in Venedig)* upon Hagio Moto's *The Heart of Thomas (Toma no Shinzo)*", Osamu Hattori, Viktoria Eschbach-Szabo, Martina Ebi eds., *Japan and Japanese People*, Bunka-Wenhua vol.15, Tubinben East Asian Studies.

佐伯真一　二〇〇四『戦場の精神史　武士道という幻影』ＮＨＫ出版

榊原史保美　一九九八『やおい幻論　〔やおい〕から見えたもの』夏目書房

桜井満　一九七四『花の民俗学』雄山閣出版

桜本富雄　一九九五『日本文学報国会　大東亜戦争下の文学者たち』青木書店

笹本正治　二〇〇五『武田信玄――芳声天下に伝わり仁道寰中に鳴る』ミネルヴァ書房

佐藤和弘　一九九〇「『ヴェニスに死す』――ある芸術家の死をめぐって」片山良展・下程息・山戸照靖・金子元臣編『論集トーマス・マン』（ドイツ文学研究叢書9）、クヴェレ会

佐藤文香　二〇〇四『軍事組織とジェンダー　自衛隊の女性たち』慶應義塾大学出版会

佐藤雅樹　一九九六「少女マンガとホモフォビア」『クィア・スタディーズ'96』七つ森書館

サントリー美術館・あべのハルカス美術館・読売新聞大阪本社編　二〇一四『高野山開創一二〇〇年記念　高野山の名宝』読売新聞大阪本社

下程息　二〇〇〇「美と音楽の街ヴェニス――『ヴェニスに死す』に寄せて」『関西学院創立一一一周年文学部記念論文集』

――　二〇〇八「わが国におけるトーマス・マン受容概説――戦後の当該著作をめぐって」『関西学院大学文学部ドイツ文学研究室年報XLIX』

柴山肇　一九九二『江戸男色考　悪所篇』批評社

――　一九九三『江戸男色考　若衆篇』批評社

島内景二　二〇一〇『三島由紀夫　豊饒の海へ注ぐ』ミネルヴァ書房

島崎博・三島瑤子編　一九七二『定本三島由紀夫書誌』薔薇十字社

シャロウ、ポール　一九九三「西洋における西鶴研究と男色大鑑の位置付け」『西鶴新展望』勉誠社

首藤基澄　一九七二「福永武彦論――『草の花』の意味」『国語国文学研究』第七号
白洲正子　一九九七『両性具有の美』新潮社
鈴木貞美　二〇〇七「日本における「歴史」の歴史――ひとつのプロブレマティクとして」『日本研究』第三十五集
須永朝彦編著、南條竹則共訳　一九八九『泰西少年愛読本』新書館
関一敏　一九九三『聖母の出現――近代フォーク・カトリシズム考』日本エディタースクール出版部
高橋進・都築忠義　一九八五「同性愛の臨床」馬場謙一・福島章・小川捷之・山中康裕編『エロスの深層』（日本人の深層分析3）、有斐閣
高橋英夫　二〇〇一『友情の文学誌』岩波新書
高橋光子　一九九三『高畠華宵とその兄』潮出版社
高橋睦郎　一九七八『男の解剖学』角川書店
高橋洋一　二〇〇一「コクトーと三島由紀夫」Bunkamura ザ・ミュージアム編『ジャン・コクトー展　美しい男たち』
高原英理　二〇〇三『無垢の力――〈少年〉表象文学論』講談社
匠雅音　二〇一三『ゲイの誕生』彩流社
武井協三　二〇〇〇『若衆歌舞伎・野郎歌舞伎の研究』八木書店
武内善信　一九九五「若き熊楠再考」長谷川興蔵・武内善信校訂『南方熊楠　珍事評論』平凡社
竹宮惠子・高畠澄江・佐伯順子（座談会）　二〇〇四「文化鼎談　美術館千夜一夜物語　美少年談義」高畠華宵大正ロマン館『大正ロマン』二十四号
田島悠来　二〇一三「雑誌『Myojo』における「ジャニーズ」イメージの受容」『ジェンダー&セクシュアリティ』第八号
舘野日出男　二〇〇四『ロマン派から現代へ――村上春樹、三島由紀夫、ドイツ・ロマン派』鳥影社
田中貴子　一九九二『〈悪女〉論』紀伊國屋書店

田中雅一編　一九九八『女神——聖と性の人類学』平凡社
田中優子　一九九九『張形　江戸をんなの性』河出書房新社
田村和彦　一九九〇「トーマス・マンと同性愛」『論集トーマス・マン』(ドイツ文学研究叢書9)、クヴェレ会
――　二〇〇二『魔法の山に登る　トーマス・マンと身体』関西学院大学出版会
月川和雄　一九九三「セクソロジー」『南方熊楠を知る事典』講談社現代新書
――　一九九七「黎明期の「性科学」と相渉る熊楠」『文学』第八巻第一号
土谷恵　二〇〇一『中世寺院の社会と芸能』吉川弘文館
鶴見和子　一九八一『南方熊楠』講談社学術文庫
出口智之　二〇〇八「幸田露伴の歴史小説——「風流魔」の構想と成立に即して——」『日本近代文学』第七十八集、日本近代文学会
暉峻康隆・浅野晃・冨士昭雄・江本裕・谷脇理史　一九九五『西鶴への招待』(岩波セミナーブックス49)、岩波書店
暉峻康隆・野間光辰編著　一九七八『西鶴』(増補国語国文学研究史大成11)、三省堂
東京室内歌劇場　二〇〇一『オペラ「ヴェニスに死す」』パンフレット
堂本正樹　一九七〇『男色演劇史』薔薇十字社
独立行政法人国立女性教育会館編　二〇〇六『男女共同参画統計データブック——日本の女性と男性——二〇〇六』ぎょうせい
富田成美　二〇〇一a「『花の縁物語』と「東山」の恋——「見初めの場」改変の効果と意味」『日本文藝学』第三十七号
――　二〇〇一b「『花の縁物語』の作中歌——恋の表象とそのはたらき」『論究日本文学』第七十五号
――　二〇〇一c「『花の縁物語』と旅——時好性の内実」『近世初期文芸』第十八号
――　二〇〇五「御伽草子『あしびき』に見る恋の機能——繰り返される出会いと別れが導くもの」『日本文藝学』第四十一号

鳥居明雄　一九九二「謡曲論　供犠としての能」赤坂憲雄編『供犠の深層へ』（叢書・史層を掘るⅣ）、新曜社
永久保陽子　二〇〇五『やおい小説論　女性のためのエロス表現』専修大学出版局
中沢新一　一九九一「浄のセクソロジー」中沢新一編・解題『浄のセクソロジー』（南方熊楠コレクション3）、河出書房新社
長沢節　一九九四『美少年映画セミナー』角川書店
中島梓　一九八七『美少年学入門』集英社文庫
中瀬喜陽・長谷川興蔵編　一九九〇『南方熊楠アルバム』八坂書房
中村江里　二〇一〇「日本陸軍における男性性の構築――男性の「恐怖心」をめぐる解釈を軸に」木本喜美子・貴堂嘉之編『ジェンダーと社会　男性史・軍隊・セクシュアリティ』旬報社
中村古峡　一九一九『変態心理の研究』大同館書店
滑川道夫　一九八八「解説――主幹山縣悌三郎と『少年園』」滑川道夫編『「少年園」解説・総目録・索引』不二出版
奈良国立博物館　二〇〇三『女性と仏教　いのりとほほえみ』奈良国立博物館
西口順子　二〇〇六『中世の女性と仏教』法藏館
西原麻里　二〇〇九「「交換」を必要としない世界の〝隣人〟」小山昌宏編『サブカル・ポップマガジン　まぐま Vol. 17 マンガの不文律』文藝書房
――　二〇一〇「マスメディアが映し出す〈やおい〉の姿――言説分析による」『論叢クィア』第三号
西山松之助　一九八四『芸道と伝統』（『西山松之助著作集』第六巻）、吉川弘文館
新渡戸稲造　一九三八＝一九八九『武士道』矢内原忠雄訳、岩波文庫
野口武彦　一九八八「解説」『禁色』（『三島由紀夫全集』第五巻）、新潮社
萩尾望都・長嶋有（作家対談）　二〇一〇「「言いたいひとこと」と「見せたい場面」」『別冊文藝　［総特集］萩尾望都　少女マンガ界の偉大なる母』河出書房新社
長谷川興蔵　一九九三「平岩内蔵太郎」『南方熊楠を知る事典』講談社現代新書

花咲一男　一九九五「近世文学の男色語彙随考」『文学』第六巻第一号
――　二〇〇六『江戸のかげま茶屋』三樹書房
濱中修　一九九六『室町物語論攷』新典社
原田健一　二〇〇一「南方熊楠の同性愛体験――そのセクシュアリティと言説」『熊楠研究』第三号
――　二〇〇三『南方熊楠　進化論・政治・性』平凡社
早川聞多　一九九八『浮世絵春画と男色』河出書房新社
林　進　一九九〇「ナルシシズムの幻影――『詐欺師フェーリクス・クルルの告白』論」『論集トーマス・マン』（ドイツ文学研究叢書9）、クヴェレ会
――　二〇一二『意志の美学――三島由紀夫とドイツ文学』鳥影社・ロゴス企画
日地谷＝キルシュネライト、イルメラ　一九九五「トーマス・マン「ヴェニスに死す」と三島由紀夫「禁色」――一つの比較」三島憲一・中山ツィーグラー公子訳、『文学』第六巻第二号
――編　二〇一〇『MISHIMA！　三島由紀夫の知的ルーツと国際的インパクト』昭和堂
平塚良宣　一九九四『普及版　日本における男色の研究』人間の科学社
平松隆円　二〇〇七「日本仏教における僧と稚児の男色」『日本研究』第三十四集
ヴィンセント、キース・風間孝・河口和也　一九九七『ゲイ・スタディーズ』青土社
ヴィンセント、キース　二〇〇一「ゲイのこえ――言語、フェティシズム、近代日本のホモソーシアリティの起源」上田敦子訳、栗原彬・小森陽一・佐藤学・吉見俊哉編『越境する知5　文化の市場：交通する』東京大学出版会
フィンク、オイゲン　一九七六『遊戯の存在論』石原達二訳、せりか書房
福田清人編　一九五九『近代文学鑑賞講座』2、角川書店
福田宏年　一九七〇「トーマス・マンと三島由紀夫」『国文学　解釈と教材の研究』第十五巻第七号
服藤早苗　一九九五『平安朝の女と男　貴族と庶民の性と愛』中公新書
福元圭太　一九八六「トーマス・マンと三島由紀夫」『日本とドイツ』第二巻

――二〇〇五『「青年の国」ドイツとトーマス・マン――二〇世紀初頭のドイツにおける男性同盟と同性愛』九州大学出版会
藤井淑禎　一九九九「純愛の系譜」青木保・川本三郎・筒井清忠・御厨貴・山折哲雄編『愛と苦難』(近代日本文化論11)、岩波書店
伏見憲明・田口弘樹　一九九八『ゲイ・スタイル』河出文庫
藤本由香里　一九九八『私の居場所はどこにあるの?』学陽書房
――二〇〇七「少年愛/やおい・BL　二〇〇七年現在の視点から」『ユリイカ』五四五号(総特集　BLスタディーズ)
プラトン　一九六五『饗宴』久保勉訳、岩波文庫
フリューシュトゥック、サビーネ、アン・ウォルソール編著、長野ひろ子監訳、内田雅克・長野麻紀子・粟倉大輔訳　二〇一三『日本人の「男らしさ」　サムライからオタクまで「男性性」の変遷を追う』明石書店
古川誠　一九九三「恋愛と性欲の第三帝国　通俗的性欲学の時代」『現代思想』第二十一巻第七号
――一九九四「セクシュアリティの変容――近代日本の同性愛をめぐる3つのコード」『日米女性ジャーナル』第十七号
――二〇〇六「解説　鶏姦罪時代の関連新聞記事」『戦前期同性愛関連文献集成　編集復刻版』全三巻、不二出版
フレーフェルト、ウーテ　一九九七「兵士、国家公民としての男らしさ」トーマス・キューネ編、星乃治彦訳『男の歴史　市民社会と〈男らしさ〉の神話』柏書房
ベルント、ジャクリーヌ　二〇一〇「グローバル化するマンガ――その種類と感性文化」大城房美・一木順・本浜秀彦編『マンガは越境する!』世界思想社
星乃治彦　二〇〇六『男たちの帝国　ヴィルヘルム2世からナチスへ』岩波書店
――監修　二〇一〇『学生が語る戦争・ジェンダー・地域』法律文化社
細川涼一　一九九三＝二〇〇〇『逸脱の日本中世』筑摩書房

堀あきこ　二〇一二「ジェンダーで考える教育の現在（第58回）　ホモソーシャル社会と排除――BLをめぐるコンフリクトから」『ヒューマンライツ』第二八九号

堀五朗　二〇〇六『ＢＬ新日本史』幻冬舎コミックス

前川直哉　二〇一一『男の絆――明治の学生からボーイズ・ラブまで』筑摩書房

前田愛　一九八九「『賤のおだまき』考――『ヰタ・セクスアリス』の少年愛」『近代読者の成立』（『前田愛著作集』第二巻）、筑摩書房

松居竜五　一九九九「「ロンドン抜書」考」『熊楠研究』第一号

松居竜五・月川和雄・中瀬喜陽・桐本東太編　一九九三『南方熊楠を知る事典』講談社現代新書

松枝到　一九九三「浄の男道　南方熊楠「在米書簡」瞥見」『新文芸読本　南方熊楠』河出書房新社

松尾剛次　二〇〇八『破戒と男色の仏教史』平凡社新書

松岡心平　一九九一『宴の身体』岩波書店

松本富士男・小杉健　二〇〇八『マリアの図像学　マリア検索図鑑』聖公会出版

三浦展　一九九九『「家族」と「幸福」の戦後史　郊外の夢と現実』講談社現代新書

三浦しをん・松岡なつき（対談）　二〇〇九「BL脳で読む名作文学案内」『ダ・ヴィンチ』二月号

三島憲一　二〇一〇「三島由紀夫とニーチェ――世紀末美学の急進ナショナリズムへの退行」日地谷＝キルシュネライト編『MISHIMA！　三島由紀夫の知的ルーツと国際的インパクト』昭和堂

水間碧　二〇〇五『隠喩としての少年愛　女性の少年愛嗜好という現象』創元社

三田村鳶魚編　一九六二『西鶴輪講（五）　男色大鑑』青蛙房

宮城音弥編　一九六五『岩波小辞典　心理学』岩波書店

宮田登　一九八三『女の霊力と家の神　日本の民俗宗教』人文書院

宮田登・小峯和明・松居竜五・飯倉照平・佐伯順子（座談会）　一九九七「「南方学」への視座」『文学』第八巻第一号

森下みさ子　一九九二『江戸の花嫁　婿えらびとブライダル』中公新書

守田有秋　一九三〇『変態性慾秘話』平凡社
守屋毅　一九九一「花と日本人」サントリー株式会社『花――花の不易と流行』サントリー不易流行研究所
森山至貴　二〇一二『「ゲイコミュニティ」の社会学』勁草書房
矢島正見編著　二〇〇六『戦後日本女装・同性愛研究』中央大学出版部
矢野公和　二〇〇三『西鶴論』(近世文学研究叢書15)、若草書房
山崎正夫　一九七一『三島由紀夫における男色と天皇制』グラフィック社
山田田鶴子　二〇〇七『少女マンガにおけるホモセクシュアリティ』ワイズ出版
山田有策　二〇〇八「〈精神〉の敗北――『禁色』」『再生の近代　戦後という文体』おうふう
山本博文　二〇〇三『切腹　日本人の責任の取り方』光文社新書
弥生美術館　一九九一「「美少年の系譜」展――少年雑誌に見る美意識の変遷」(解説書)、弥生美術館
尹相仁　一九九四『世紀末と漱石』岩波書店
吉村貞司　一九七一「三島由紀夫におけるギリシャ」『現代のエスプリ35　三島由紀夫』至文堂
米沢嘉博　二〇〇七『戦後少女マンガ史』ちくま文庫
ライカート、ジェームズ　一九九五「漱石「野分」における男同士の愛情の意味」『文学』第六巻第一号
脇田晴子　一九九二『日本中世女性史の研究――性別役割分担と母性・家政・性愛』東京大学出版会
渡辺信一郎　二〇一三『江戸の色道　古川柳から覗く男色の世界』新潮社
渡邊澄子　二〇一三『男漱石を女が読む』世界思想社
渡邊守章・松岡心平(対談)、浅田彰(司会)　一九九二「世阿弥と連歌的想像力」『批評空間』第五号
Boswell, John (1980) *Christianity, Social Tolerance, and Homosexuality: Gay People in Western Europe from the Beginning of the Christian Era to the Fourteenth Century*, Chicago and London: University of Chicago Press.(大越愛子・下田立行訳　一九九〇『キリスト教と同性愛――一～十四世紀西欧のゲイ・ピープル』国文社)
Childs, H. Margaret (1980) "*Chigo Monogatari*: Love Stories or Buddhist Sermons?" *Monumenta Nipponica*,

vol. 5.

Daly, Mary（1973＝1986） *Beyond God the Father: Towards a Philosophy of Women's Liberation*, London: Women's Press.

————（1975＝1990） *The Church and the Second Sex*, New York: Harper & Row.（岩田澄江訳 一九八一『教会と第二の性』未来社）

————（1990） *Gyn/Ecology: The Metaethics of Radical Feminism*, Boston: Beacon Press.

Dover, K. J.（1978） *Greek Homosexuality*, Cambridge, Mass.: Harvard University Press.（中務哲郎・下田立行訳 一九八四『古代ギリシアの同性愛』リブロポート）

Fernandez, Dominique（1989） *Le Rapt de Ganyméde*, Paris: Le Livre de Poche.（岩崎力訳 一九九二『ガニュメデスの誘拐 同性愛文化の悲惨と栄光』ブロンズ新社）

Giddens, Anthony（1992） *The Transformation of Intimacy: Sexuality, Love and Eroticism in Modern Societies*, Stanford: Stanford University Press.（松尾精文・松川昭子訳 一九九五『親密性の変容 近代社会におけるセクシュアリティ、愛情、エロティシズム』而立書房）

Ihara, Saikaku（1990） *The Great Mirror of Male Love*（trans. Schalow, Paul G.）, Stanford: Stanford University Press.

Keuls, Eva C.（1985） *The Reign of the Phallus: Sexual Politics in Anvient Athens*, New York: Harper & Row.（中務哲郎・久保田忠利・下田立行訳 一九八九『ファロスの王国 古代ギリシアの性の政治学』Ⅰ・Ⅱ、岩波書店）

Kühne, Thomas（Hg.）（1996） *Männergeschichte-Geschlechtergeschichte: Männlichkeit im Wandel der Moderne*, New York: Campus.（星乃治彦訳 一九九七『男の歴史 市民社会と〈男らしさ〉の神話』柏書房）

Leupp, Gary P.（1995） *Male Colors: The Construction of Homosexuality in Tokugawa Japan*, Berkeley and Los Angeles: University of California Press.

Lunsing, Wim（2006） "*Yaoi Ronso*: Discussing Depictions of Male Homosexuality in Japanese Girls' Comics,

Gay Comics and Gay Pornography", *Intersections: Gender, History and Culture in the Asian Context*, Issue 12, Australian National University.

McLelland, Mark(2000a) "Male Homosexuality and Popular Culture in Modern Japan", Intersections: Gender, History and Culture in the Asian Context, Issue 3, Australian National University.

———(2000b) *Male Homosexuality in Modern Japan: Cultural Myths and Social Realities*, London and New York: Routledge Curzon.

———(2001) "Local Meanings in Global Space: a Case Study of Women's 'Boy Love' Web Sites in Japanese and English", *Mots Pluriels*, No. 19.

Mulvey, Laura(1990＝1999) "Visual Pleasure and Narrative Cinema", in Braudy, L. and Cohen, M. eds., *Film Theory and Criticism: Introductory Readings*, New York: Oxford University Press.（斉藤綾子訳　一九九八「視覚的快楽と物語映画」岩本憲児・武田潔・斉藤綾子編『「新」映画理論集成①　歴史／人種／ジェンダー』フィルムアート社）

Pflugfelder, G. M.(1999＝2007) *Cartographies of Desire: Male-Male Sexuality in Japanese Discourse 1600–1950*, Berkeley and Los Angeles: University of California Press.

Quarrie, Bruce(1986) *Hitler's Samurai: The Waffen-SS in Action*, London: Guild Publishing.

Ruse, M.(1988) *Homosexuality: a Philosophical Inquiry*, Oxford: Basil Blackwell.

Said, Edward(1979) *Orientalism*, New York: Vintage Books.（今沢紀子訳　一九八六『オリエンタリズム』平凡社）

Schalow, Paul G.(1989) "Male love in early Modern Japan: A Literary Depiction of the 'Youth'", in Duberman, M., Vicinus, M., and Chauncey, G. Jr. eds., *Hidden From History: Reclaiming the Gay and Lesbian Past*, New York: Meridian.

———(1990) Introduction, in Ihara(1990).

———(2000) "Five Portraits of Male Friendship in *Ise Monogatari*", *Harvard Journal of Asiatic Studies* vol. 60: No. 2.

Schwartz, Kit (1985) *The Male Member: Being a Compendium of Facts, Figures, Foibles and Anecdotes*, New York: St. Martin's Press.

Sedgwick, E. K. (1985) *Between Men: English Literature and Male Homosocial Desire*, New York: Columbia University Press.（上原早苗・亀澤美由紀訳　二〇〇一『男同士の絆』名古屋大学出版会）

——(1990) *Epistemology of the Closet*, Berkeley: University of California Press.（外岡尚美訳　一九九九『クローゼットの認識論　セクシュアリティの20世紀』青土社）

Thorn, Matt (2010) "The Moto Hagio interview", in *Moto Hagio's A Drunken Dream and Other Stories*, Seattle: Fantagraphics Books.

Warner, Marina (1985) *Alone of All Her Sex: The Myth and the Cult of the Virgin Mary*, London: Pan Books.

Welker, James (2006) "Beautiful, Borrowed, and Bent: Boys' Love as Girls' Love in *Shojo Manga*", *Signs: Journal of Women in Culture and Society*, vol. 31, No. 3. Boston: University of Chicago Press.

映像資料

ルキノ・ヴィスコンティ監督、トーマス・マン原作、一九七一『ヴェニスに死す』（ワーナー・ホーム・ビデオ）

ジャン・ドラノワ監督、ロジェ・ペルフィット原作、一九六六『寄宿舎——悲しみの天使』（アイ・ヴィー・シー・ヴィデオ）

市村泰一監督、夏目漱石原作、一九六六『坊っちゃん』（松竹ホームビデオ）

あとがき

「男色」を日本文化研究の重要課題と認識して以降、継続的に以下のような国内外の研究会、学会で議論と研究を続けてきました（主なもの）。

＊「男色の美学」サントリー文化財団助成「歴史的想像力研究会」一九九〇年

＊"From *Nanshoku* to Homosexuality; A Comparative Study of Mishima Yukio's *Confessions of a Mask*", 48th Annual Meeting of the Association for Asian Studies　一九九六年

＊「雑誌『変態心理』について」国際日本文化研究センター「大正期総合雑誌の学際的研究」研究会　一九九九年

＊「『ひげ男』を読む」国際日本文化研究センター「幸田露伴の世界」研究会　二〇〇六年

＊「稚児物語におけるジェンダー——その近代への連続／不連続」国際日本文学共同研究集会　二〇〇七年

＊"The Idealization of Male Love in German and Japanese Culture", Japanese People and Culture: Views from a Transcultural Perspective（チュービンゲン大学・同志社大学共同プロジェクト）チュービンゲン大学　二〇〇九年

＊"'Boys' Love' in Japanese *Shojo Manga*: Its Historical Background and the Modern Transformation", Gender and Japanische Populärkultur 学会　フランクフルト大学　二〇一〇年

＊"Male Homosexuality and Queer in Japanese Films and *Manga*: The Influence of Western Representation and New Developments", Finish Gender Conference　ヘルシンキ大学　二〇一〇年

＊「日本のポピュラー・カルチャーにみるドイツのイメージ」京都日独協会第二十一回例会　二〇一三年

最初の研究会で貴重なご教示をいただいた故・木村尚三郎先生、故・粕谷一希先生、山内昌之先生、ハワイの学会でお世話になったタイモン・スクリーチさん、グレゴリー・フルーグフェルダーさん、キース・ヴィンセントさん、また、国際日本文化研究センターで、明治期の雑誌、武士道、幸田露伴について多大なご教示をいただいた鈴木貞美先生、笠谷和比古先生、井波律子先生、井上章一先生、チュービンゲン大学との交流研究会でお世話になりましたヴィクトリア・エシュバッハ＝サボー先生、服部伸先生、在外研究先・ベルリン自由大学のイルメラ・日地谷＝キルシュネライト先生、国立民族学博物館「女神」研究会でご教示いただきました田中雅一先生、岡野治子先生、鼓みどり先生、京都日独協会の下程息先生および京都日独協会のみなさま、また、上野千鶴子さんを囲む勉強会(大阪梅田、一九九二年)でも、江戸の男色についてのレクチャーにお招きいただき、松居竜五さんには、南方熊楠邸文献調査にお声掛けいただきました。研究にご関心をお寄せいただき、お世話になりました多くのみなさまに、心よりお礼申し上げます。

本書の一部の内容初出は、参考文献にあげた論文の一部に相当しますが、大幅に改稿しました。

母のケアの時間もとりつつ、十五年以上の懸案であった本書をまとめることができたのは、二〇

一四年度の同志社大学国内研究のおかげです。同僚のみなさまはじめ、同研究期間中にゼミで通年お世話になりました小森陽一先生、聴講させていただいた安藤宏先生、小森ゼミ幹事の矢口貢大さんにも、心より感謝申し上げます。

「男色」を単著にと一九九八年の段階でお話ししながら、果たせなかった当時の編集部・星野紘一郎さん、高村幸治さんから吉田裕さんへと引き継いでいただき、吉田さんには、何度も手を入れた草稿にきめ細かいご感想、励ましのお言葉をいただきました。お世話になりましたみなさまに、お礼申し上げる次第です。

最後に、いつも車椅子の上で微笑みをたやさない母に、感謝を述べたく思います。

新緑の比叡山をのぞみ

佐伯順子

■岩波オンデマンドブックス■

岩波現代全書 064
男の絆の比較文化史——桜と少年

2015年 6月26日　第1刷発行
2025年 4月10日　オンデマンド版発行

著　者　佐伯（さえき）順子（じゅんこ）

発行者　坂本政謙

発行所　株式会社 岩波書店
〒101-8002 東京都千代田区一ツ橋 2-5-5
電話案内 03-5210-4000
https://www.iwanami.co.jp/

印刷／製本・法令印刷

ISBN 978-4-00-731547-3　　Printed in Japan